ナイトランド叢書 2-3

魔術師の帝国
《1 ゾシーク篇》

クラーク・アシュトン・スミス

安田均 編
安田均・荒俣宏・鏡明 訳

アトリエサード

THE EMPIRE OF NECROMANCERS

The Best of C.A.Smith

Volume 1 : Zothique

Clark Ashton Smith

装画：中野緑

目次

魔術師の帝国《1　ゾシーク篇》

クラーク・アシュトン・スミス

安田均・編

Zothique
W
N
E
S
ドゥー・ザ・ソゥーム
DOO=ZA=JHOM
USTAIM
ウスタイム
ILOZIAN SEA
Aramoam
アラモーム
SOTAR
ソタール
SHA=KARAG
シャー・カラグ
Loithe
ロイゼ
TOSK
トスク
CALYZ
カリーツ
ORIENT SEA
Shathair
シャザイル
ウカストログ
UCCASTROG
YUMATOT
ユマトット

ILCAR《イルカール》
TINARATH《ティナラス》
Ummaos《ウムマオス》
XYLAC《ジラック》
ZUL《ズル=》 BHASAIR《バアニザィール》
Miraab《ミラアブ》
Oroth《オウロス》
NAAT《ナアト》
TASUUN《タスーン》
MYKRASIAN=Mount.《ミクラシアン山脈》
IRIBOS《イリボス》
Mirouane《ミロウアン》
DHIR《ディール》
Yethlyreom《エスリレオム》
CINCOR《シンコール》
Puthuum《プスーム》
ZHEL《ツェール》
ISTANAM《イスタナム》
IZDREL《イズドレル》
YOROS《ヨウロス》
Farard《ファラード》
ULLOTROI《ウロトロイ》
CYNTROM《シントロン》
INDASKIN SEA

ゾシーク　Zothique

汝、ゾシークの影に足をしるし、
　炭のごとき赤く傾いた陽を仰ぎし者よ。
汝はもはや己れの地に戻ることかなわず、
　あてどなく時すぎし海辺をめぐることとなろう。
その黒き浜に都市は砕け、
　死に絶えた神々がただ潮を飲むばかり。

汝、ゾシークの苑を知りし者よ。
汝は、この陰鬱な日没の時代のなか、
もっとも奥まったあずま屋にて、
　しぼむことなき花酒を啜る。
その果実はシームルグの嘴により汁を滴らせ、
　どれ一つとして、緑《あお》き世界を香らせはしない。

汝、ゾシークの野生の娘に想いを寄せし者よ。
汝は、もはや優しき愛などに未練なく、
愛する者の接吻と吸血鬼の口づけをたがえることもない。
時の最後の死都《ネクロポリス》よりあらわれた
このリリスの真紅の亡霊こそ、
淫靡と悪意を汝にもたらすがゆえ。

汝、ゾシークのガレー船をあやつり、
遙かな山なみに浮びあがる奇怪な塔を見し者よ。
汝は、魔術師のおくりこむ大颪に再び挑まねばならぬ。
うつろう月や形を変えし十二宮のもと
外へと注ぐ大海に、
舵とる者として。

（安田均訳）

ジースラ

Xeethra

安田均訳

生誕から死へ、あるいは死から生誕へと、幾多の生涯にわたり自らの選びしものを追う、魔神の網はかそけくもまた数多なり。

——カルナマゴスの聖約

荒涼としたシンコールの東端に横たわるミクラシアン山脈。その前方にうずくまる暗褐色の丘陵の上で、荒廃した夏は久しい間、赤い種馬《スタリオン》のように燃える太陽に草を食《は》ませてきた。山頂に発する奔流は、時に細い糸となり、時に遠い分流をつくり、池へと流れ込んで行った。御影石の大きな丸石は熱のために片々と剥がれ、露わな大地はひび割れ、引き裂かれていた。丈の低い貧弱な草は根本まで焼けつき、枯れ果てていた。

そのために、叔父ポルノスの黒や斑《ぶち》の山羊を世話する少年ジースラは、日ましにより深い谷間の奥へ、あるいはより高い山の上まで、その預り物を追って行かねばならなかった。

夏も終わりのある午後のこと、彼は今まで一度も訪れたことのない、岩だらけの険しく深い谷間へ、山羊を追ってやって来た。そこには、どこから水が湧き出すのか、いかにも涼しげな池が木影に覆われて横たわっていた。坂になって池を取り巻く山径には、雑草や灌木が生い茂っていたが、そこは生気に満ちた緑をまだ完全には失くしていなかった。

意外な発見に驚き、魅せられ、若い牧童は跳ね回る山羊の群れをこの隠れた楽園へと追いたてた。ポルノスの山羊たちが、このような豊かな牧草地を離れて、わざわざ遠くへ迷い出ることはまったくありそうにもなかったので、ジースラはこれ以上山羊を見張っている必要はないだろうと考えた。彼は周りのものにうっとりしながら、まず黄金色の葡萄酒のように輝く湧き水で喉をうるおしたあと、さっそく谷間の探索に取りかかった。

彼には、この場所こそ真の楽園にちがいないと思われた。ますます魅せられながら、自分がここまで来た道のりの長さを忘れ、山羊の群れの帰りが遅れて乳搾りに間に合わなかった場合のポルノスの怒りも忘れて、谷間を守る曲がりくねった険しい岩壁の間を、ひたすら奥へ奥へと進んで行った。どちらを向いても、岩肌はただごつごつとけわしくなっていくばかりだった。次第に谷は狭まり、遂にはまったくの行き止まりになってしまった。そこには険しい岩壁が立ちはだかり、もう一歩も先へは進めなかった。

漠とした不安を胸に抱きながら、彼が踵《きびす》を返して自分の彷徨《さまよ》って来た跡を辿ろうとしたその時、垂直に切り立つ岩壁のふもとに、謎めいた洞穴が口を開けているのに気づいた。それは彼がやって来るほんの少し前に出来たにちがいない。というのは、裂け目の線がひどく鮮明に刻まれていたし、周囲の岩肌に生じた割れ目も、周りのいたる所に密生している苔に少しも覆われていなかったからだ。洞穴の裂けた唇からは矮小な木が飛び出し、ちぎれたばかりの根が空中にぶら下がっていた。頑固な根株はジースラの足元の岩に食い込んでいたが、それは明らかに木が以前立っていた所だ。

ジースラは驚きと好奇心に誘われて、招くような洞穴の暗闇を覗き込んだ。すると不思議なことに、闇の奥から柔らかな甘い香りをのせた風が吹き始めた。あたかも寺院の刺激の強い香と、罌粟《けし》の花の快楽とけだるさを、同時に思い起させる奇妙な匂いだった。それはジースラの感覚を惑わせ、同時に未知なる不可思議さをほのめかせて、彼を誘《いざな》うのだった。躊躇《ためら》いながら、彼は以前ポルノスが話してくれたある伝説を思い出そうとした――いま出くわしたような、秘められた洞穴に関する伝説。だがその物語は危険に満ち、禁忌を帯びた魔術風のものだったという感覚がかすかに残っているばかりで、他のことはすっかり記憶から薄れ果てていた。今、彼にはこの洞穴がまだ発見されたことのない世界への入口であり、しかもその入口は、彼の入ることを許して開いているように思えるのだ。生まれつき冒険好きで大の空想家だった彼は、他の者なら感じたかも知れない恐怖にも少しも動じなかった。強烈な好奇心にすっかり心を奪われ、絶壁に生えた木から落ちたらしい樹脂の乾燥した枝を松明代りに持つと、すぐさま洞穴の中へ踏み込んで行った。

だが、たちまち洞穴の口から奥へと巨大な竜の喉のように傾斜している、凸凹の多いアーチ型の通路に呑み込まれてしまった。松明の炎は、底知れぬ深淵から強さを増して吹き上げて来る芳香まじりの暖かい風に吹き戻され、めらめらと燃え上がっては煙を吐いた。いつしか洞穴の傾斜は恐しいほどけわしくなってきた。だがジースラはためらうことなく、階段のように突き出た岩の角や突起を通りすぎ、下へ下へと降りて行った。

夢の中でさらに夢を見ている者のように、ジースラは自分が遭遇した神秘にすっかり夢中になっていた。一度として、自分の仕事を棄てたことを思い出しはしなかった。降りて来るのに費した時間がどれほどのものか、測ることさえしなかった。その時急に、悪戯《いたずら》者の魔物の吐き出した息のように、熱い突風が吹きつけてきて、松明が消えてしまった。

突然の暗黒に恐慌に襲われて、彼は闇の中でよろめき、危険な傾斜で足場を確保しようとあたりを探った。しかし、吹き消された松明を再び灯す前に、まわりの闇が決してまったくの暗黒ではないと気づいた。下方の深淵からほのかな金色の光によって、それは和らげられていたのだ。この新たな不思議にまたも警戒を忘れ、彼は神秘の光めざして降りて行った。

長い坂の下へ辿り着き、低い洞穴の口を抜けると、ジースラは突然太陽のような明るい輝きの下に出ていた。目が眩み当惑して、地下をさまようちにミクラシアン山中のどこか知らない所へ出てしまったのかと考えた。しかし、目の前に広がる世界が、夏にうちひしがれたシンコールのいかなる地方でもないことは確かだった。なぜなら、年老いてはいるが力強い太陽が無慈悲な夏をもたらしながらゾシークの王国中にぎらぎら輝いて、あたりが黒いサファイア色に見える空も丘も山も、何一つとして見当らなかったのだから。

金色の測りしれない蒼弓の空の下、遥かかなたまで金色にかすむ肥沃な平原が無限に広がり、その入口に彼は立っていた。霞のかかったような輝きを通して、遠くかなたに尖塔か丸屋根か、あるいは城壁か、いずれともはっきりと見定めがたい朧ろげな集塊《マス》がひしめいているのが見えた。足下には、緑青色の巻き草でびっしり覆われた草原が広がっている。所々に、まるで生きた眼のように向きを変えては動き回る奇妙な花がまばらに咲いていた。すぐ近く、草地の向うに、高く大きく広がった樹々の生えた果樹園らしい小さな林があったが、そのみずみずしく繁った葉の間に、燃えるような暗赤色の果実が無数に実っているのが見えた。ずっと見渡しても、平原には人っ子一人いない様子だった。燃えるような空にも、豊かな大枝の上にも、鳥一羽いなかった。ただ、木の葉が風に吹かれてそよぐ溜息――姿の見えない無数の小さな蛇が吐き出す息のような音――が聞こえるばかりで、他には物音一つしなかった。

焼けつく丘陵地からやって来た少年にとって、この世界は今まで知ったことのない悦楽の園、エデンだった。だが、まつわりつく奇異の念と風景全体に吹き込まれた不思議な超自然の活力を感じて、彼はしばらく立ち止まらざるをえなかった。火の粉が降りそそいで、波打つ空に溶けていくように見えた。草という草は不快げに身をよじり、眼のような花は、じっと彼の眼を見返していた。それに樹々は、樹液の代わりに赤い血でも流れているのか、さかんに脈搏《う》っていた。それにも増して、葉の間から発するあの蛇の立てる音に似た囁きが、次第に強く鋭くなってくるのだった。

しかしジースラをためらわせたのは、むしろ別の強い畏れだった。これほど美しく豊かな土地を所有する者はきっとひどく嫉妬深くて、彼の侵入を知ったなら必ずや激怒するにちがいない。彼は人気のない平原を、ゆっくり慎重に見た。それでも誰も見ていないと確信すると、心の中にかき立てられた欲望の命ずるままに、赤く熟した果実へと向かった。

彼は一番近い果樹めがけて走った。下草は彼の足の下で、まるで生き物のようにしなやかに弾んだ。樹の枝は輝く実の重みで撓められ、彼の周囲に垂れ下がっていた。急いで彼は最も大きそうな実をいくつかもぎ、すり切れた単衣の胸元につましく貯えた。その後はもう空腹に耐えきれず、その一つにむしゃぶりついた。皮は歯でたやすく破れ、味は甘美な最高級の強い葡萄酒が、あふれんばかりの酒杯から口に注がれたのではないかと思えるほどだった。すぐに、喉と胸のあたりに息苦しいほどの暖かみが感じられた。奇妙な熱を帯びた興奮が耳の内に湧き起り、彼の五感を支配した。その興奮はたちまち消えたが、今度はまるで空の高みから降って来るような声が聞こえ、驚いて彼は我に返った。

その声が人間のものでないことはたちまちわかった。彼の耳は、不吉さを伴った凶事を告げる太鼓のような轟きで満たされてしまった。それは耳馴れない言語ではあったが、それでも確かに明瞭な意味を持つと思われた。繁茂した大枝の間を透して見上げると、そこに彼の心に恐怖を吹き込んだ源があった。山岳地帯に住む人々が建てる望楼のように、とてつもない背丈の二つの像が樹々の頂きを腰のあたりにしてそびえ立っていたのだ。ジースラにはそれらが魔法によって、緑なす大地からか、金色の天空からか、不意に出現したのではないかと思われた。というのは、まわりの樹々も二つの巨体のせいで小さな灌木に縮んでしまったかのようで、まちがってもその上の像を見逃したりするはずがなかったからだ。

その像は、無限に深き地界の王者ササイドンの祭礼の魔物たちが身につけるような、光沢のない陰気な黒い鎧をまとっていた。ジースラは、二つの像が確かに自分を見つめていると感じた。しかも、彼らの間で交されている会話は理解できぬものの、おそらく自分の出現に関してなのだと……自分が魔神の園に侵入してしまったのだと思うと、彼は身震いせずにはいられなかった。ジースラは隠れている繁みから恐る恐る目を凝らしたが、彼に向かって身を屈めている暗色の兜の前庇しの下がいかなる容貌なのかわからなかった。ただ黄色味を帯びた赤い火のような眼らしき点が、沼地で燃える鬼火のように、顔があるべきはずの空虚な影の中を休みなく動いているのだった。

ジースラは豊かに繁った葉蔭に身を隠していたのだが、無謀にも侵入してしまった領地の護衛者の鋭い眼を避けるには、それさえも貧弱な防壁としか思えなかった。少年は罪の意識に苛《さいな》まれた。しゅーしゅーと音を立てる木の葉も、巨人たちの太鼓のような声も、眼の形をした花も……すべてのものが、彼のやってしまった侵入と窃盗を非難しているようだ。と同時に突然、自分が誰だかはっきりしない奇異な感覚に襲われてとまどった。輝く楽園を発見し、暗い血の色をした果実を食べたのは、なぜか牧童のジースラではなく、他の者であるような……この別の「自己」は、名も記憶さえも持っていなかった。だがその攪乱された心の影の中には、混沌とした光の閃き、朦朧とした声の囁きがあった。ジースラは、再びあの果実を貪り食った時に感じた不思議な暖かみと、激しく湧きあがる興奮を感じた。

突如として樹々の枝を切り裂いて降りかかった鉛色の閃光に、彼ははっとして我に返った。一条の稲妻が澄んだ天空から発せられたのか、それとも鎧の武者が巨大な長剣をふるったのか、後になって考えてもはっきりとはわからない。その光は彼の視界を焼き尽し、ジースラは抑えきれない恐怖に身をすくませた。気づいた時には、開けた草地の中を半ば目の見えないまま走り出していたのだった。

ぐるぐると回転する色彩の渦を通して、ジースラは目の前の垂直に切り立つ壁に、自分が出て来た洞穴の口を見た。背後では、夏の雷鳴のような長い轟きが聞こえていた……それとも、それは巨人たちが洩らした笑い声だったのか。

洞穴の口にはまだ燃えている松明が残されていたが、彼には立ち止まってそれを拾い上げるだけの余裕はなく、闇雲に暗い洞穴の中へ飛び込んだ。そして、冥府の闇を透し見ながら、手探りで危険な傾斜をよじ登って行った。よろめき、つまずき、曲り角ごとに打ち傷をつくりながら、それでも彼はやっと出口へ、シンコールの山蔭の谷間へと辿り着くことができた。

驚いたことに、彼が洞穴の向こうの世界にいた間に、こちら側ではすっかり闇が落ちていた。谷を囲む険しい岩壁の上には、星がいくつもひしめき合っていた。そして紫色に燃え上がった空は、象牙色をした月の鋭い角先で刺し貫かれているかのように見えた。巨大な衛兵たちの追跡がまだ恐かったし、叔父ポルノスの激怒も心配だったので、ジースラは例の小さな池まで急いでひき返し、山羊の群れを集めると、長く薄暗い何マイルもの家路についた。

その長い道のりの間に、何度となくあの興奮が燃えあがり、奇妙な幻想を彼にもたらしては消えて行った。いつのまにか、彼はポルノスに対する恐れをすっかり忘れてしまった。実のところ、自分が卑しい取るに足らぬ牧童ジースラであることさえ忘れてしまっていた。彼は粘土と柴ででき た む さ苦しいポルノスの小屋へ帰るのではなく、もっと別な住居に帰ろうとしていた。高い丸屋根造りの都市で、磨きぬかれた金属の門が彼のために開かれ、火のように赤い旗が、芳しい風の中に翻っている。銀のトランペットが響き、金髪の侍女たちの声、黒人の家令たちの声が、千もの円柱に支えられた大広間で彼を王として出迎えている。空気や光と同じくらいなじみ深い、古くからの王位の壮麗さが身を包み、そして彼、新たに王位についたアメロ王は、父がかつて支配したように東方海に沿ったカリーツ王国のすべてを支配するのだった。彼の治める都へは、獰猛な蛮族の者たちが毛深い駱駝の背に載せて、なつめやしから作った酒や砂漠のサファイアなどを税として運んで来る。朝をもたらす東のかなたの島々からは、半年に一度、ガレー船が香料や珍らしい染物などの貢ぎ物を満載して都へ入港する。

妄想のようでもありながら、日常の記憶のように鮮明な映像が波のように押し寄せては去って行った。狂気のような記憶が押し寄せ、消え失せ……そして再び彼は、山羊の群れを連れて帰りの遅くなったポルノスの甥ジースラに戻っていた。

赤い月が下に突き刺さらんばかりの刃のように、暗い丘のすぐ上に懸る頃、やっとのことでジースラは、ポルノスが山羊を飼っている粗末な木造の畜舎に辿り着いた。ジースラが予想した通り、門のところには片手に陶器の角灯をもち、もう一方にブライアの杖をもった老人が待ち構えていた。彼はもうろくしかけており、激しい口調で帰りの遅れた少年を罵り始め、杖を振り回し、殴るといっては嚇すのだった。

ジースラは杖の前でもたじろぎはしなかった。というのも、また幻想が立ち戻り、その中で彼はカリーツの若き王アメロとなっていたからだ。ただただ驚き戸惑いながら、彼は角灯の光に照らされて目の前に立つ、記憶にない不潔な悪臭を放つ老人を見つめていた。その耳にはポルノスが話す言葉はほとんど理解できなかった。男の怒りに彼はとまどったが、少しも怖がりはしなかった。そして彼の鼻孔はまるで甘い香りにしかなじんでいないとでも言うように、山羊の臭いに不快感を覚えるのだった。今初めて耳にしたかのように、彼は疲れきった山羊たちのあげる鳴き声に耳を傾け、枝で編まれた畜舎や、その向こうの小屋を、生々しい驚きの眼で見つめていた。

「いったい、これが——」と、ポルノスは叫んだ。「大枚払って姉の孤児《みなしご》を養ったお礼というものか。このくそったれな阿呆め！　恩知らずのろくでなしめが！　おまえが乳山羊や仔山羊を一匹でも失っていたら、頭から足まで叩きのめしてやるわい」

若者の無言が単に強情によるものだと考えて、ポルノスは杖で彼を打ち始めた。最初の一撃を受けたとたん、ジースラの頭から輝しい妄想は消えた。彼はすばやくブライアの杖から逃れると、山の中で見つけた新しい牧草地のことを喋り出した。この言葉に老人が殴る手を止めたので、ジースラは思いがけない庭園へ彼を導いた不思議な洞穴のことを続けて話した。この話を証明するために、彼は単衣の中へ手を入れて、盗んで来た血赤色の林檎を取り出そうとした。だが驚いたことに、その果実は失くなっていて、闇の中でそれを失くしたのか、いやひょっとすると、果実そのものに魔力が内在していて消え失せたのかわからなかった。

若者の話をたびたび叱りつけて中断させながら、ポルノスは初めは信じられないという表情で聞いていた。しかし、若者が話していくにつれて黙り込み、やがて話が終わると震え声で叫んだ。

「今日は何て縁起の悪い日なんだ。おまえは魔法によってさまよったのにちがいない。おまえが言ったような池なんて山の中にあるはずがないし、この季節にはどんな牧童だってそんな草地を見つけられるはずがない。そんなものは皆、おまえを誘い寄せるための幻だったんだ。聞いたことがあるが、洞穴もまともじゃなく地獄の入口そのものだろう。わしの親父の話じゃ、こうだ。七つの地界の王ササイドンの庭園が、どこかこの辺の地表近くにある。で、いくつかの洞穴が入口みたいにその世界から開いていて、庭園のことを知らない人間がそこに侵入し、果物にそそられてつい食ってしまう。すると果物の魔力のせいで、その人間は気がふれてしまい、その後でひどい悲しみと長い祟りがやって来るんだ。それというのも、魔神は林檎一つ盗まれても決して忘れず、いつか必ずその代価を取りたてに来るんだからな。ああ、そんな魔界の草を食ったんで、山羊の乳はひと月いっぱいはきっと酸っぱいことだろうよ。結局、苦労しておまえを育てた甲斐もなく、群れを見張る若者をまた別に見つけねばなるまいて」

これを聞いているうちに、またもや妙な想いが、ジースラの頭に燃えあがる雲となって立ち戻って来た。「御老人、余はそちを存ぜぬのだが……」と、彼は当惑しながら言った。さらに、彼はポルノスには半分ほどしか理解できない、なめらかな宮廷言葉を用いて続けた。「余は道に迷ってしまったらしい。どうかカリーツの王国はどこにあるか教えて下され。余は、父祖が一千年もの間治めてきた気高き都シャザイルにおいて、新たに即位したカリーツの王なのだが」

「ああ、ああ」ポルノスは泣きわめいた。「こいつは気がふれてしもうた。魔神の林檎など食ったおかげで、そんな考えが湧いて来るんだ。早く正気に返って山羊の乳を搾るのを手伝うんだ。おまえはただのわしの甥っ子、十九年前、亭主のオウゾスが赤痢で死んだ後、アスクリ姉さんが生んだ子供じゃないか。アスクリ姉さんは長生きしなかったが、わしポルノスがおまえを山羊の乳でわが子同様に育てたんじゃないか」

「余は、余の王国を見つけねばならぬ」ジースラは言い張った。「余は闇の中で道に迷ってしまった。見たこともない所におるのだが、どこをどう歩いて来たものか少しも覚えがない。御老人よ、食事と一夜の宿を貸してもらえればありがたいのだが。夜が明けたなら、すぐに東方海の海辺にあるシャザイルに向かって旅立とうと思う」

ポルノスは身を震わせ、口の中で何かつぶやきながら、陶製の角灯をかざして若者の顔を照らして見た。異邦人が立っているように見えた。とまどいを浮かべたその眼は大きく見開かれ、瞳に金色のランプの炎が輝いていた。ジースラの態度には何ら荒々しいところはなく、穏やかな誇りと心ここにない表情が宿っていた。そして、奇妙な優雅さで擦り切れた単衣をまとっていた。とはいうものの、確かに彼は異常だった。その態度といい、言葉といい、どうにも理解を絶する。ポルノスはまだしばらくもぐもぐ言っていたが、もはや彼を手伝わせるのをせかさず、乳搾りの仕事に取りかかった。

ジースラは翌朝、夜がまだ明けきらないうちに日を覚ました。そして、しばらく自分が生まれてこの方住んできた小屋の、泥漆喰の壁を驚きの目で見つめていた。まわりのすべてが異様で、とまどうものばかりだった。とりわけ、粗末な衣服と陽に灼けた自分の肌の黄褐色に困惑した。というのも、それらは自分が思いこんでいる若きアメロ王にはまったく似つかわしくないからだ。自分を取り巻くすべてが不可解で、彼はすぐにも故郷へ向かって旅立たなければならないと感じた。

寝台としていた乾草の寝床から、彼は静かに立ち上がった。ポルノスは老齢のためか、部屋の奥でまだ眠っていたので、ジースラはその日を覚まさないよう気を配った。前の晩、彼は粗悪なきびのパンと山羊の濃い乳とチーズをあてがわれ、臭い寝床でもてなしてもらったが、この不快な老人にはさんざん困らされ、嫌悪をもよおしていたのだ。ポルノスのよくわからぬ独り言や叱責は気にならなかったが、王だという彼の言葉を老人が疑い、さらには、彼の正体についても妙な妄想にとりつかれているのは明らかだった。

小屋を出るとジースラは、東へ曲がりくねって続いている小径を辿って、岩だらけの丘を進んで行った。この径がはたして故郷まで続いているかどうかはわからなかったが、カリーツはゾシーク大陸の一番東に当るのだから、昇る太陽の下のどこかにあるのは、まちがいなかった。彼の王国の青々とした渓谷が美しい蜃気楼のように眼前の幻となってゆらめき、シャザイルの大きくふくらんだ丸屋根が朝の雲のように東の方に積み重なっていた。彼には、これらすべてがほんの昨日見たように思えるのだった。彼はいつ自分が王宮を出発し、そこを離れたのかまったく思い出すことができなかった。しかし、自分が支配していた土地は、決してそんなに遠くないはずだという確信があった。

狭まりゆく尾根の間を曲がりゆき、やがてジースラはシスの小さな村へやって来た。シスの住民は彼を知っていたが、今の彼には土地は見馴れぬものであり、白日の下で腐敗し悪臭を放つ、汚ならしい小屋の集積でしかなかった。住民たちが彼の周囲に集ってきて名を呼んだ。だが彼がカリーツへの道をたずねると、馬鹿のように彼を見つめ、大声で笑うばかりだった。誰一人として、カリーツ王国のことも都シャザイルのことも知らないようだった。やがて彼らはジースラの態度が妙なのに気づき、その問いかけが狂人めいているとからかい始めた。子供たちは乾いた土くれや小石を投げつけてくる。こうして彼はシスの村から追い出され、それからは東に向う道を辿って、シンコールに隣接している低地の国ツェールへと入って行った。

ただ失なわれた王国の幻だけに支えられて、若者はゾシーク中を何か月もさまよい歩いた。人々は、彼が王位を語り、カリーツのことをたずねると嘲笑った。しかし、狂気を神聖なものと考え、彼に雨露をしのぐ場所や食事を提供してくれる者も沢山いた。延々続く豊かなツェールの葡萄園を過ぎると、数えきれないほどの都市から成るイスタナムへ入った。秋の初めにはもう雪が積るイモルス高地の峠を越え、ディールの岩塩のように青白い砂漠を横切って、ジースラは、今や唯一の記憶となってしまった輝かしい王国の夢を追い続けた。そして、東へ東へと旅を続けた。時には、狂人が幸運をもたらすと考えた隊商と行動を共にできたが、たいていは孤独な旅人として一人さまよい行かなければならなかった。

時にはほんの一瞬、その夢が消え去り、ただの牧童に戻ることもあった。そんな時、彼は異邦にさまよう我が身を嘆き、シンコールの荒れた山々を懐かしんだ。だが、すぐにまた自分が王であることを思い出し、シャザイルの豊かな庭園と気高い宮殿を、そして自分が父エルダマク王の後を継いで王位についた後、自分に仕えた者たちの名や顔を思い出すのだった。

真冬が訪れる頃、遠いシャー・カラグの都市で、ジースラはウスタイムから来た護符を売る商人の一行に出会った。彼らはジースラがカリーツへの道をきくと、奇妙な笑いを浮かべた。王位のことを語ると、商人たちは目配せを交して言った。カリーツはシャー・カラグの数百リーグかなた、東方の陽の下にあると。

「ようこそ、王さま。シャザイルでの王の御世が末永く、幸多いものでありますように」

彼らは嘲るように、丁重にそう言った。

自分が見失った王国の名を初めて耳にして、ジースラの喜びようは大変なものだった。そして、捜し求めていた王国が、夢でも狂気の産物でもないことを知った今では、これ以上シャー・カラグに留まる気がせず、できる限りの速さで旅を続けた。

春の最初の月が、今にも欠け落ちそうな三日月となって夕べの空に懸る頃、彼はいよいよ目的地が近づいたことを知った。なぜなら東の空高く、カノープス星がまわりの小さな星々を従えて、ひときわ明るく燃えていたからだ。それはちょうど、かつてシャザイルの宮殿のテラスから眺めたのと同じ光景だった。

彼の心は帰郷の歓びで躍り上がった。だが、通る地域のあまりに荒れ果てた様には驚いた。それはカリーツからの旅人の往来が絶えてないことを示していた。彼が途中で出会った人間といえば数人の遊牧民だけで、その彼らもジースラが近づくと、まるで砂漠の生き物のように逃げ去った。街道は雑草とサボテンに覆われ、残っているのは冬の雨の跡ばかりだった。ほどなく、彼はカリーツの西の境界を示す立ち獅子の彫り刻まれた石柱を見つけた。獅子の頭はすっかり崩れ落ち、脚と胴には苔が生えて、長い間荒れるがままにされていたにちがいない。悪感にも似た落胆がジースラの心にしのびよった。というのは、記憶にまちがいがなければ、ほんの一年前のハイエナ狩りの途中、父エルダマク王とその獅子のそばを通りかかり、その彫刻の新しさが今も心に残っていたのだから。

やがて、ようやく彼は国境の高い尾根から、海辺に青々とした長い巻物のように横たわるカリーツを見下していた。だが驚きいぶかしんだことに、広々とした平野はまるで過ぎ行く秋のような枯れた姿を見せていた。河川は糸のように細くなり、むなしく砂の中に吸い込まれ、丘は布にくるまれていないミイラの肋骨のようにやせこけていた。そして目に入る緑といえば、春の砂漠に生えてくるほんのわずかな雑草だけだった。なおも目を凝らして見つめると、遙かかなたの紫海の傍らに、シャザイルの大理石の丸屋根が輝くのを見たように思った。まさか彼の王国に、何か敵意をもった魔法の暗い影でも降りかかったのではないかと考え、彼は都へ向かって道を急いだ。

ジースラはひがな一日胸を痛めて歩き回ったが、折しも春なのにいたる所に荒地がのさばっていた。平野には何もなく、村落に人の住む気配すらない。小屋という小屋は崩れ落ち、ごみまみれの廃墟の堆積となって横たわっていた。そして、一千回もの旱魃《かんばつ》が豊かな果樹園を枯らし尽したかのように、残っているのは二、三の黒く朽ちた木株だけだった。

その日の午後も遅く、東方海の白い女王と呼ばれたシャザイルの都に入った。しかし、街も港も空っぽらしく、壊れた屋根や崩れかけた壁の上に静寂が居坐っていた。大きな青銅の方尖塔《オベリスク》は、すっかり古びて緑青をふき、カリーツの神々が祭られている大きな大理石の寺院は、どれも傾き今にも倒れんばかりのありさまだった。

予期したことを確認するのを恐れるかのようにジースラの歩みはのろかったが、それでもとうとう王の宮殿に辿り着いた。彼の記憶によれば、それは花咲く扁桃《アーモンド》、香る木々、こんこんと湧き出る噴水などに半ばおおわれ、そびえ立つ大理石のきらめく地だったが、今彼を待ち受けるものは、枯れ果て、崩れ果てた庭園に囲まれ、凄まじい荒廃の中に立つ宮殿だった。沈む夕陽の幻にも似たバラ色の陽射しが丸屋根に降り注ぎ、それが色あせることで宮殿は陵墓のように蒼ざめていくのだった。

どれほどの歳月、荒れるにまかされていたのか知る由もなかった。彼の頭は混乱に満ち、深い喪失感と絶望感に打ちひしがれた。廃墟の中には誰一人、王である彼を出迎えてくれる者は残っていないようだった。だが、宮殿の西翼の入口近く、柱廊玄関の薄闇の中から、影が分離したかのように何かが動くのが見えた。それから、影は穢《きたな》い襤褸《ぼろ》をまとった怪しげな人々の影となり、割れた敷石の上を這い滑るように進んで、彼の前までやって来た。動くたびに、彼らの身体から衣類の切れ端がぽろぽろとこぼれ落ちた。彼らのまわりには、不潔さ、汚らわしさ、そして病によるる名状しがたい恐しさが漂っていた。彼らが近づいた時、ジースラは彼らの大半が手足や顔のどこかが欠けているのに気づいた。それは明らかに業病に蝕れた徴《しるし》だった。

ジースラは喉がつまり、言葉を出すことさえできなかった。逆にこうした者たちは、耳障りな叫びをあげ、空ろなかすれ声で彼を出迎えた。ジースラが、この廃墟の棲み家に加わるためにやって来た新たな追放者だと思ったのだ。

「余のシャザイルの宮殿に住まうおまえたちは、いったい何者だ」やっとのことで、彼はたずねた。「見よ。余はエルダマクの息子、アメロ王なるぞ。余はカリーツの王位に復すべく、遙かな土地より帰還したばかりなのだ」

これを聞くと、病者の群れに忌まわしい哄笑と忍び笑いが湧き起った。「わしらこそ、カリーツの王さまだ」彼らのうちの一人が言った。「この国はもう何世紀もの間ずっと砂漠でな。シャザイルの都には、わしらのようにどこか他の場所から追い出された者の他、誰も住んでおらんのだ。お若いの、ようこそお仲間に。もう一人の王が加わったからといって、どのみちここでは何のちがいもないのだからな」

こうして、病者たちはおぞましい高笑いでジースラを嘲り、馬鹿にした。彼は暗い夢の断片のただ中に立ちつくし、答える言葉さえ見つけられなかった。しかし、彼らの中で最も年老い、手も顔もほとんど崩れ落ちてしまった男だけは、仲間たちの馬鹿騒ぎに加わろうとせず、しきりに何かを考えこんでいる風だった。やがて彼は、黒い穴でしかない大きく開いた口から、深くくぐもった声でジースラに告げた。

「わしはカリーツの歴史について少し知っているが、アメロという名や、エルダマクという名は聞いた覚えがある。たしか、大昔の支配者の中にそんな名を持った者がいた。どちらが息子でどちらが父だったか知らないが。たぶん今では、どちらの王も王朝の残りの者と一緒に、宮殿の地下深くに横たわる納骨堂に眠っていることだろう」

次第に濃くなる黄昏の中で、暗い廃墟からさらに多くの病者が現われ出て、ジースラのまわりに集った。彼がこの荒れ果てた国の王だと主張したと聞くと、そのうちの数人が姿を消し、腐った水とかびの生えた食べ物をもって戻って来た。そして、君主に仕える家令のように儀式めいた様子でお辞儀をしながら、ジースラに向かってそれらを差し出すのだった。

ジースラは飢えと渇きを感じてはいたものの、忌まわしさにきっぱりと背を向けた。そして一区画をなしている涸れた噴水と、埃にうずもれた灰色の庭園を通って逃げ出した。背後には、業病の者たちのぞっとする騒ぎ声が聞こえていた。だがその音も次第にかすかになり、後を追って来る気配も感じられなかった。彼は逃げながら広大な宮殿をぐるっと回ったが、もうそれ以上病者の仲間に出会うことはなかった。南翼と東翼の門はどちらも暗く空虚だったが、どうせ荒廃くらいしか見られないとわかっていたので、中に入ってみる気も起らなかった。

彼は悲しみに打ちひしがれ、絶望し果てて東翼まで辿り着き、その薄闇の中で立ち止まった。

夢の中にいるような心もとなさを感じながら、今自分の立っている所こそ、旅の間に何度となく思いを馳せたあの海に向かって開いたテラスであることにぼんやりと気づいた。昔の花壇は土が露わになり、木々は水溜りの中で腐りはて、舗道の大きな敷石は砕けていた。しかし、こうした廃墟の上を黄昏のベールが優しく覆っていた。そして海は、紫色の屍衣のような空の下、往時と同じく嘆息をついていた。東の空にはカノープスが上り、ほのかに瞬く小さな星々を従えて大きく輝いていた。

自分が空しい夢に欺かれたのだと考えると、ジースラの心は苦々しさに痛んだ。高みにあるカノープスの壮麗さを見るにつけ彼の心は萎えしぼみ、その眩《まばゆ》いほどのきらめきが耐えがたいものに思われた。ところが、彼が踵を返して立ち去ろうとしたとき、突如、夜の闇よりも暗く、いかなる雲よりも厚い影が、目の前のテラスから柱のように立ち昇り、眩い星を覆いかくした。固い石から生じたその影は、みるみる大きくそびえる巨人となり、やがて鎧をつけた戦士の姿になった。その戦士は陰鬱な兜の下、暗い顔の部分で、火の玉のように明るく動く眼で、かなりの高みからジースラを見下ろしているようだった。

古い夢を突然思い出して混乱したかのように、ジースラは夏の日に打ちひしがれた丘の下、山羊を追って歩く少年を記憶に呼び覚した。ある日少年は謎めいた洞穴を発見し、それを辿って不可思議と驚異に満ちた土地へ着いた。そしてそこをさまよった挙句、暗い血の色をした果実を食べ、園を守護する黒い鎧をまとった巨人たちを目にし、恐怖のあまり逃げ出した……いま再び彼は、その少年になっていた。だが同時に、失った王国を求めて諸国を旅し、ついにそれを見出しながら、そこが呪われた荒廃の地でしかないと知ったアメロ王でもあった。

今や彼の心の中で牧童の感じた恐怖、盗みと侵入の罪の意識が王の誇りと相争っていた。だがその時、春の夜の高い雲から雷のような声が落ちて来た。

「我はササイドンの使者なり。ササイドンは、冥府の入口を通り、彼の園の果実を食べたすべての者に対して、定められた時に我を遣わされる。ひとたび果実を食べた者は、何人《なんぴと》といえども、以後決してそれまでと同じ人間ではおられぬ。果実は、ある者には忘却をもたらし、ある者には記憶をもたらす。ゆえに知るがよい。過ぎ去りし昔のまた別な生において、おまえは確かに若き王アメロであったことを。その記憶があまりにも強く働いたため、現在の生の記憶を抹殺してしまい、おまえをして遙かな昔の王国を捜し求めることに駆りたてたのだ」

「ああ、もしそれが真実ならば、余は二重に奪われてしまった」そう言って、ジースラは影の前に悲しげに頭を垂れた。「なぜなら、アメロとして、今の余には王位もなく王国もない。ジースラとして、以前王であったことが忘れられず、ただの牧童の時知っていた事柄を思い出すこともできない」

「聴け、いま一つ道がある」と、遙かな海の囁きにも似た小さな声で影が言った。「ササイドンはすべての魔術の主《あるじ》であり、彼に仕える者たち、彼を王として認める者たちには、すばらしい魔術の才を与えられる。忠誠を誓い、ササイドンに魂を捧げることを約束せよ。さすれば、必ずやササイドンがおまえに報いられるだろう。もしそれがおまえの願いならば、かの死霊の魔術によって、葬り去られた過去を再び目覚めさせることもできるのだ。おまえは再びアメロ王としてカリーツを治めるだろう。そしてすべてのものが、滅びる前と同じ状態に戻り、死者は甦り、今は砂漠のこの地も栄えることだろう」

「その契約をお受けしよう」ジースラは言った。「ササイドンに忠誠を誓い、魂を捧げることを約束しよう――もし、余の王国を返してくれるならば」

「まだ言い残したことがある」影は続けた。「おまえはもう一つの生の、すべてを思い出したわけではない。おまえの頭にあるのは、ちょうどジースラとしての若き生に該当する部分だけなのだ。アメロ王として生きるうち、おまえはやがて、王であることを悔むようになる。そしてもし、その後悔の念に圧倒され、おまえが君主たる責務を忘れたなら、その時すべての魔術は終わり、煙のごとく消滅してしまうだろう」

「それでよい」ジースラは言った。「それも契約の一部としてお受けする」

その言葉が終わった時、もはやカノープスを隠してそびえていた影の姿は消えていた。星は雲に隠されたことなど一度もないかのように、以前の壮麗さで輝いていた。そして、何の変化も変遷も感じないかのように、アメロ王はただじっと星を見つめていた。牧童のジースラのことも、ササイドンの使者のことも、ササイドンと交わした契約のことも、初めから存在しなかったかのようだった。シャザイルを襲った滅亡も、今では狂った予言者の夢でしかなかった。今やアメロの鼻孔には、ものうい花々の芳香が塩気を含んだ海の香りと混じり合っていた。背後の宮殿から聞こえてくる竪琴の甘くものがなしい響きと奴隷女たちのかん高い笑い声に、海の重々しいつぶやきが貫かれていた。臣民たちが宴を張り、祝い事に興じる夜の都のさまざまな音が響いた。アメロは謎めいた心の痛みとぼんやりした歓喜の情をともに感じながら、星から目を離して父の館の眩いばかりの門や窓を見た。そして、シャザイルの上を通り過ぎる星々さえ色あせてしまう、何千もの大燭台が遠くなげかける光をみつめていた。

アメロ王の治世は長く、豊かな時代だったことが古い年代記に記されている。平和と豊饒がカリーツの国土を覆っていた。砂漠から旱魃がやって来ることもなく、海から嵐が襲うこともなく、貢ぎ物だけが定められた季節になると支配下の島々や遠方の土地から送られて来た。そしてアメロは、豊かなアラス織りの絨氈《じゅうたん》が敷かれた広間に腰をおろし、優雅な宴を張って酒を飲み、リュートの奏者や家令、側室たちの賞賛の声を聞くのに満足していた。

生涯のもっとも華やかな時代を少し過ぎる頃、幸運たる者を待ち伏せる倦怠が、時々アメロの身にも訪れるようになった。そんな時、彼は飽き飽きする宮廷の遊びから目をそむけ、木々や草花、古い詩人の詩《うた》に楽しみを求めた。かくして倦怠は追い払われ、王国が彼に課す務めも些細なものに留まっていたので、依然彼は王であることに満ち足りていた。

やがて晩秋が訪れ、カリーツの上に輝く星が不吉に見えるようになった。それ以来、家畜には疫病が、植物には立枯れ病が、人々には黒死病が、目に見えない竜の翼にでも乗って来たかのように外から訪れた。沿岸地域は海賊のガレー船に襲われ、無惨な略奪を受けた。西方では、カリーツから出入りする隊商が、恐るべき盗賊団によって襲撃された。また、獰猛な砂漠の部族たちが、南の国境近くに横たわる村々に戦争を仕掛けた。今や国中が騒乱と死、悲嘆と悲惨に満ちあふれていた。

　アメロは日々もたらされる悲惨な訴えに、王として心を痛めた。王としての能力にはそれほど長けておらず、統治上の厳しい試練など経験したこともなかったので、彼は宮中の取巻きに相談をもちかけたが、彼らの助言は何の役にも立たなかった。国事に関する心配事はどんどん増えていった。砂漠の蛮人たちは王の権威に束縛されることなく大胆になり、海賊たちは海の禿鷹のように群がった。飢饉と旱魃が疫病とともに国を分ち合った。混乱しきったアメロにとって、これらはすべて回復しがたいものに見えた。王冠が厄介な重荷であるように思われてきた。

　自らの無力さと王国全体の恐しいありさまを忘れようとして、彼は長い夜を放蕩のうちに過ごすようになった。しかし、葡萄酒は忘却を拒み、愛は絶頂の喜びを喪っていた。他の気晴らしを求めて、珍しい仮面劇役者や無言劇役者、道化師たちを宮殿に呼び寄せ、異国の歌い手や、見馴れぬ楽器の奏者たちを呼び集めた。毎日のように、彼は自分の心を慰さめてくれる者には高い報酬を払うという布告を出すのだった。

　彼のために、遠い昔の猛々しい歌や魔法めいた物語詩が、不滅の吟遊詩人たちによって歌われた。手足に琥珀の飾りをつけた北国の黒い肌の少女たちが、ぞっとするほど妖しい身振りで踊った。キメラの角笛の吹き手が奇怪で謎めいた旋律をかなで、蛮人の鼓手は人皮を張った太鼓を打ち鳴らした。また、ほぼ神話と化した怪物の鱗や毛皮をまとった者たちが、宮殿の広間を醜悪な格好で踊り狂った。しかしこれらのものも、耐えがたい物思いにふけるアメロの気をまぎらせることはできなかった。

ある午後、彼が心も重く謁見の間に腰をおろしていると、ぼろぼろの手織服を着た一人の笛吹きがやって来た。その眼は新たにかきまぜられた燠《おき》のように輝き、その顔は異国の太陽の灼熱にさらされたせいか黒く日焼けしていた。彼はアメロに軽くへり下った態度で挨拶すると、自分は陽が没するところよりさらに向こうの辺境に横たわる、谷と山ばかりの地方からシャザイルにやって来た牧童だと告げた。

「王よ、私は忘却の曲を知っております」彼は言った。「王のために奏でてみるつもりですが、ほうびは何一ついりません。万一、首尾よくお気をまぎらせることができましたら、いずれ望むものを頂く所存です」

「それでは、やってみよ」アメロは笛吹きの大胆な言葉に、かすかに興味が湧いて来るのを感じた。

直ちに黒い牧童は、葦笛を取って吹き始めた。その笛がかなでる音楽は静かな谷間を流れ、さざ波たてる小川のようであり、淋しい山の頂きをかすめて通る風のようでもあった。笛の音は巧みに、異国の紫めいた七層もの地平線のかなたにある世界の、自由と平和と忘却を語るのだった。またそこでは、歳月がすべてを踏みにじる鉄のような踵で訪れるのではなく、花びらの靴をはいたそよ風のような柔らかい足どりで訪れることを甘美に歌い上げた。そこでは、世界の騒乱も困窮も測り知れない静けさの中に消え去り、帝国の重荷もあざみの冠毛のように吹き飛ばされてしまう。そこでは、牧童が人気《ひとけ》のない高原で群れの番をしながら、君主の力よりも甘美な静けさに浸《ひた》っているのだった。

この笛の音を聴くうちに、アメロの心に魔法が忍びこんできた。王位がもたらした疲れ、心労や困惑が、黄泉《レテ》の川の流れのどこかへと夢のあぶくのように消え去っていた。目の前に、太陽の輝きが生む生気と静けさに包まれて、魔法の谷間が曲によって呼び起された。そして彼は、いつしか一人の牧童となって緑の小径に群れを追い、せわしない時を忘れ、心地よいせせらぎの側に身を横たえているのだった。

低い笛の音が止んでしまったことに、アメロはまったく気づかなかった。だが、急に幻は薄れ、牧童の安らぎを夢みていた彼は再び悩める王に戻っていた。

「続けよ」王は日焼けした笛吹きに言った。「何なりとほしい物を言え——そして続けよ」

牧童の眼は、夕べの闇の中で燠のように燃えた。「歳月が過ぎ、王国が滅ばぬうちは報酬はいりません」彼は謎めいた言葉をつぶやいた。「でも、いま一度奏しましょう」

こうしてその午後いっぱい、アメロは安逸と忘却に満ちた遠い異国をもの語る魔法の笛の音に心を慰められた。演奏が繰り返されるたび、彼を魅惑する笛の音の魔力が強くなっていくようだった。そして、ますます自分の王位が憎らしく思えた。宮殿の威容そのものが心を圧迫し、窒息させた。もはや麗々しく宝石で飾られた義務の軛《くびき》に耐えることはできない。王は狂ったように牧童の自由な運命を羨んだ。

夕闇の中で、アメロはそばに侍っていた廷臣たちを下がらせると、一人残った笛吹きに向かって言った。

「余をおまえのその国へ連れて行ってくれ。そこでなら余も、ただの牧人として暮せるかもしれぬ」

民衆に見咎められないよう平服に着替え、笛吹きを伴うと、彼は門番のいない裏門を通って宮殿から脱け出した。夜は上弦の月を角のように低く身に付け、さだかならぬ形をした怪物のように街の上にうずくまっていた。しかし、通りには無数の篝火がたかれ、そこだけは深い夜の闇も追い払われている。王とその案内人は誰何もされず、外の闇をめざして進んで行った。アメロは王位を投げ棄てたことを少しも後悔していなかった。彼は、悪疫の犠牲になった者たちが棺台に乗せられて通るのを何度となく目にした。飢餓のため目の落ち窪んだ人々の顔が、まるで彼の行為を裏切りだと責めるかのように闇の中に浮かびあがった。だが彼は少しも気にとめなかった。なぜなら彼の目には、破壊と騒乱に淀んだ時の流れの彼方に見失っていた地が浮び、心は緑なす静かな谷間の夢で満たされていたのだから。

こうして、アメロが黒い笛吹きに従ってしばらく進んだ時、不意に深い闇が彼に襲いかかった。恐しい懐疑と当惑を感じて、彼は思わずたじろいだ。通りの灯はちかちかと明滅したかと思うと、闇の中にすぐさま跡絶えてしまった。都市の喧騒さえも、広がる静寂の中にとだえていった。そして、不穏な夢が移ろいゆくかのように、高い家々が音も立てずに崩れ落ち、影のように消え失せ、崩れた壁の上に星が輝いていた。混沌がアメロの思考も感覚も覆いつくし、黒く冷たい荒廃が彼の心に忍び寄ってきた。彼はこうして長い空虚な歳月が流れ過ぎることも、見事な壮麗さが失われてしまうことも、すべて前から知っていたような気がした。いま自分が、歳月とその腐朽の果てに立っている人間なのだと。そんなことは初めから知っていたが、いまぼんやり思い出したかのように彼には思えた。夜が古びた廃墟から呼びさますような、乾いたかび臭さが彼の鼻孔を満たす。それは、砂漠こそ誇り高い都シャザイルの真の主《あるじ》だと告げていた。

「いったいどこへ、余を連れて来たのだ」アメロは笛吹きに向って叫んだ。

返ってきたのは、嘲りを含んだ雷の轟くような笑い声だけだった。彼をここへ導いて来た牧童の姿が変容し、ふくれ上がりながら闇の中に大きくそびえ立ち、ついには漆黒の鎧を着た巨人戦士の姿をとった。それを見たとたん、アメロの心に奇妙な記憶が津波のように押し寄せ、やがてぼんやりとしたもう一つの生のことを思い出した……どういうわけか、ある日どこかで、彼は夢の中で見た満ち足りて忘却に浸るあの牧童自身だった……ある日どこかで、彼は奇怪な光り輝く庭園へ足を踏み入れ、そこで暗い血の色をした果実を食べたのだった……

その時、地獄の稲妻が心を貫いたかのように突然すべてを思い出した。そして、地獄の境界に立つ神のように、頭上にそびえる強大な影の正体を知った。足下には、再び海辺のテラスの砕けた敷石が散らばり、使者の頭上に輝く星々は、カノープスに先がける星々だった。カノープスそのものは、魔神の巨大な肩に覆いかくされていた。埃くさい闇のどこかで、業病の者たちが大声で笑い、咳込み、かつてはカリーツの代々の王が住み、今は荒廃が巣くう廃墟と化した宮殿を徘徊していた。地獄の力によって滅亡の淵から復興させられた王国のすべてが、今またあの契約が交わされる前そのままの状態に戻っていた。

燃え尽きた火葬の灰と、廃墟にうずたかく堆積した瓦礫にむせぶかのごとく、激しい苦悩がジースラの胸をしめつけた。魔神は彼を巧みに重ね重ね誘惑して、すべてを失うようしむけたのだ。

今まで起ったことのすべてが、果たして夢だったのか魔術だったのか、それとも真実だったのか、彼にはいずれとも確信できなかった。これは、かつて一度きり起ったのか、それとも何度も繰り返されたのか？　結局残ったものは、灰塵と死だけだった。そして彼は二重に呪われており、失ったものすべてを永遠に記憶し、後悔しなければならなかった。

王は使者に向かって叫んだ。「余はササイドンと結んだ契約を終えた。さあ、余の魂を取り、永遠に燃えさかる黄銅の玉座高く坐す、彼のもとへ持って行くがよい。余は、最後まで契約を果たしたく思うがゆえ」

「おまえの魂を取る必要はない」使者は寂しげな夜へ消え去ろうとする嵐のつぶやきのように、不気味な声で告げた。「ここに留まって業病の群れと暮らすなり、ポルノスと山羊たちのもとへ戻るなり、望むようにするがよい。いずれにせよ、さして問題ではない。いついかなる所においても、おまえの魂は常にササイドンの暗黒の帝国の一部なのだ」

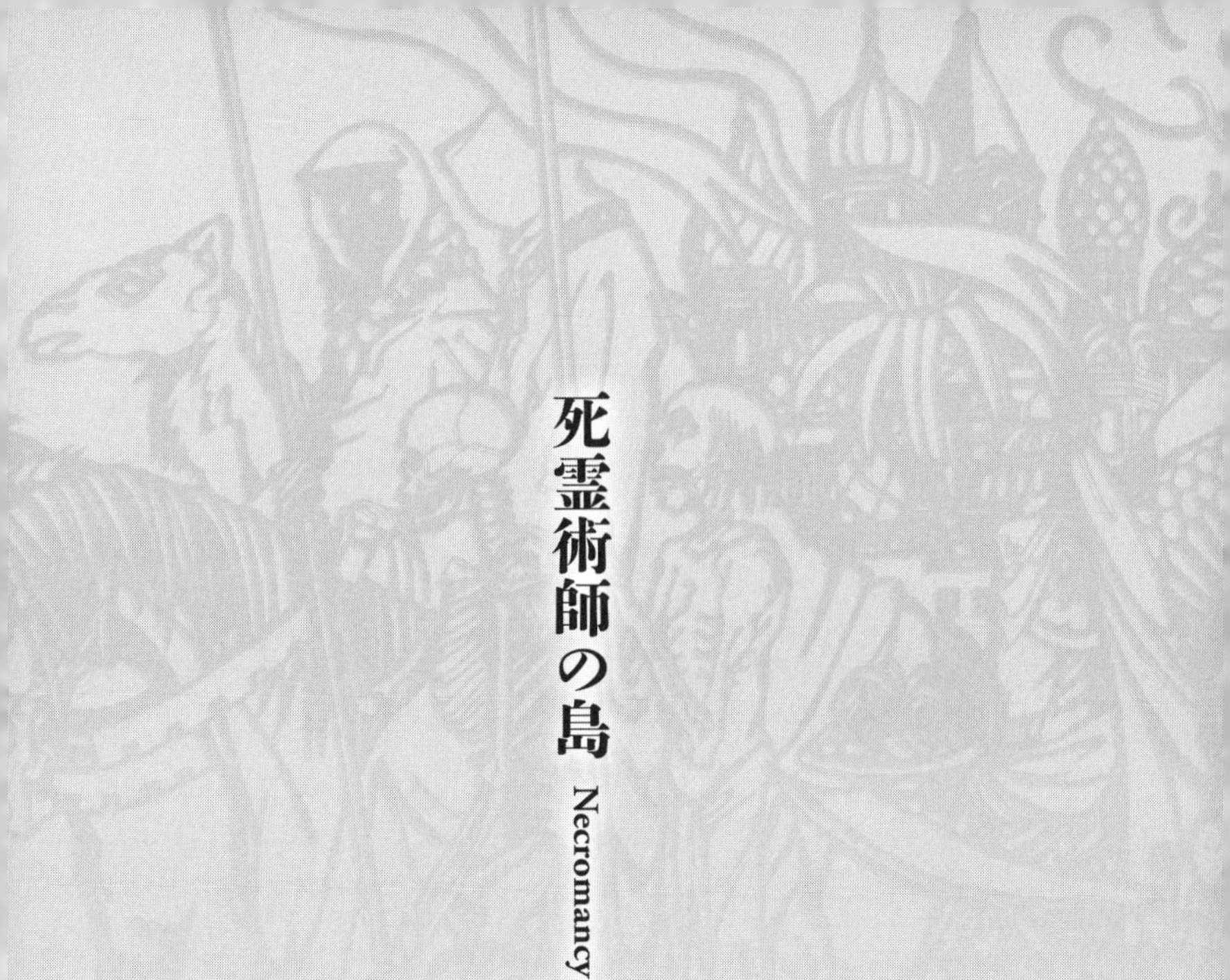

死霊術師の島

Necromancy in Naat

安田均訳

あこがれの死よ、
　そは苦しみからとこしなえに解き放つ、
滅び行きし、
　恋人たちの証せし幸福《しあわせ》、
その翳りを帯びた愛の、
　いかに小暗く甘美なりしか、
遙けき暗黒の大海原《わたつみ》をへた、
　ナアトの地にて。

――ガレー船の漕ぎ手奴隷の歌

ザイラという半ば砂漠となった地の遊牧民の王子ヤダールは、あるかないかの小蜘蛛の糸《ガサマー》よ
り摑みどころのない手がかりを頼りに、あまたの王国をさまよい続けてきた。許婚《いいなづけ》のダリーリ
を求めて、もうこれで月が十三度満ちるのを見たことになる。ヤダールと部下がザイラの黒かも
しかを狩っている隙に、砂漠の鷹のようにすばやく狡猾なシャー＝カラーグの奴隷商人が部族の
野営地を襲って、九人の乙女と共にダリーリを奪い去ったのだ。その夜、惨憺たるテントに帰還
したヤダールを待ち受けていた悲しみは尋常ではなかったが、怒りの念ははるかに激しかった。
彼は、絶対にダリーリを探し出すと誓った。たとえ、奴隷市場であろうと売春宿やハレムであろ
うと、生きていようと死んでいようと、明日であろうと白髪になるほどの歳月であろうと……
彼は四人の部下を率いて絨毯商人を装い、市中の噂を頼りにゾシーク中の都をあちこちとさま
よった。やがて部下は一人また一人と奇妙な熱病に、あるいは道中の危難により先立っていった。
確証もない噂を手当り次第に追い求めたあげく、ついに彼はただ一人、ジラックの西海岸の港オ
ウロスへとたどり着いたのである。
そこで、たまたまダリーリかもしれぬ噂が耳に入った。というのは豪華なガレー船が、彼女の
顔だちに似た異国の愛らしい娘の一団を乗せて出発したという囁きが、まだ聞こえたからである。
彼女たちはジラックの皇帝に買い受けられ、ヨウロスという遙か南の国の王に相互の取り決めの
証《あかし》として贈られることになったという。
恋人を見つけられる期待に胸ふくらませながら、ヤダールはヨウロスへ向う船に乗りこんだ。
それは小さな商人用のガレー船で、穀物と葡萄酒を積込み、日頃は彎曲の多いゾシークの西海岸

を沿岸ぞいに航行していて、陸地から遠く離れて進むものではなかった。空が抜けるように蒼く、安全で静穏な航海が約束されているようなある夏の日、船は港を出た。ところが三日目の朝、それまで岸伝いに通ってきた低くつらなる陸地から、突然、恐しく強い風が吹き始め、それに応じて空と海に夜闇のように黒々とした雲が広がった。やがて船は暴風雨によって遙か沖へと投げだされ、あたりを闇雲にさまよった。

更に二日が経つと、さしも荒れ狂った嵐もおさまり、ついには風も小さな囁きとしか聞えぬほどに回復した。空は晴れ、水平線上には輝くばかりの紺青の丸天井が広がっていた。陸地などはかけらもない大海原が続き、風はおさまったとはいってもまだ船体を揺さぶる程度に波は荒れ、ガレー船は抗えない強さと速さで西へ西へと運んで行かれた。潮の流れは奇妙なもので、まるで嵐に運ばれているようだった。

ただ一人の船客であったヤダールは、これを見てひどく驚いた。船長や船乗りたちの表情も蒼ざめており、懸念は深まった。外を再び見ると海の色は不可解なほど黝《くろず》み、流れ出た血が刻々と暗い色調を帯びて行く様《さま》に似ていた。だが、上空では何事もないかのように陽がさんさんと射している。そこで彼は、ヨウロスから来たというアゴウルという名の灰色ひげの船長にたずねてみた。彼は既に四十年も海で夏を過している。

「こいつですよ、嵐で西へ向って運ばれとる。『黒い河』と海のもんが言っとるおっそろしい流れにはまっちまった。これはずっと向うの陽が沈む所までうねるように速くなって、終いにゃこの世の涯に注いでると言われてまさ。今じゃ、わしらとその最後の涯との間にはナアトの鬼ヶ島、別名『死人使いの島』ともいうんですが、それ以外には何もありませんぜ。その悪名高い島で難破するか、この世の涯に注いでいる滝からどっかに落っこちるか、どっちがひどいかは考えもつきませんがね。とにかく、その涯から生きて帰ったものはいやしません。ナアトの島の方は悪辣な魔術師がいて、そいつに操られている亡者以外、誰も島に奥深くわけ入った者はいない次第でさ。この死人使いは『黒い河』を打ち破る術《すべ》を心得ていて、意のままに他の所へ行けると言われてやす。その邪《よこしま》な奴の術に操られて、亡者たちはどこへでも昼夜といわず泳ぎ行くんだそうです」

ヤダールは妖術や死人を使う術などはほとんど知らず、これらの事象に関してはいくぶん懐疑的であった。しかし、『黒い河』は相変らず水平線に向って激しく船を運んで行く。今となっては、もとの南の針路へ戻る望みはほとんど消え去った。ヨウロスへ着き、夢にまで見たダリーリを見つけだすことがかなわぬとわかり、彼の心は沈んだ。

船は澄みわたった空の下、おぞましい航跡を描きながら終日暗い波間を進んで行く。暗橙色の入日が、やがて大きなどっしりとした星に満ちた夜となった。それも過ぎ去り、琥珀色に輝く朝が訪れた。だが流れは一向に衰える気配を見せず、ガレー船の周りでは陸も雲もこの広大な海原に埋もれてしまったかのようだった。

ヤダールは海面の暗さについて訊ねたが、その謎には誰も答えられなかった。以来、彼はアゴウルや他の船乗りたちとは口をきかなくなった。絶望が重く心にのしかかってきたが、甲板の手すりによりかかりながら、遊牧民の生活から身についた警戒の眼だけは空と海とに注ぎ続けた……午後となる頃、その眼が遥かかなたに紫の弔《とむらい》の帆を掲げた奇妙な船をとらえた。船はこの強い流れに逆って、東への針路をまっすぐにとって近づいてくるようだった。ヤダールがアゴウルに注意をうながすと、船長からは船乗りの罵り語で、あれはナアトの死人使いの船だという声が返ってきた。

やがて紫の帆は視界から消えて行った。が少し経った時、ヤダールはガレー船の後尾に高い波をかきわけながら進む人間の頭のようなものを目にした。生身の者にはとてもそのような泳ぎ方ができるはずがない。アゴウルがかつて述べた死者たちの事に考えが及び、彼の身体を超自然の存在に遭遇したとき勇者が感じるような何ともいえない身震いが走った。結局そのことを口にはしなかったが、船乗りたちはその頭のようなものに気づかなかったようだ。

ガレー船は運ばれていった。漕ぎ手たちは櫓のそばで呆けたように坐り、船長は放置された舵輪の側にものうげにつっ立っていた。

夜が近づき、陽は荒立つ漆黒の海に向って傾いていった。その時、雷雲が西から巨大な壁のように、まず横にのび、次いで急速に上空へ沸き立ったかと思うと、山のようなドームとなって空を圧した。それは見る見る高く張り出してそびえ、何層もの断崖、もしくは高く険しい岬のような威圧感を与えた。よく見れば、それは雲らしい形の変化を見せてはいない。長い夕陽の一条がそれを照らした時、やっとヤダールには見当がついた。遠くに高くそびえているのは島だった。その影が何リーグにもわたって沖へと伸び、時ならぬ夜が到来したかのように暗い水面を更に暗くしていたのだ。島の近くでは波が暗礁にあたって砕け、死者が歯をむき出したかのように白く輝いていた。これが噂にきくナアトの島であることは、船乗りたちの鋭い恐怖の声を待つまでもなくわかった。

　流れは速まり、荒れ狂いながら、前方の牙をむき出したような岩々へと船を運んで行った。神に助けを乞う船乗りたちの声が、波の喧騒に消えていった。ヤダールもまた甲板に立ちつくし、自らの種族の運命を掌る暗黒の神に対し、沈黙の祈りを捧げた。暗い磯に白く山となって砕け散る怪物じみた波、むき出しの大岩、その岩々の間に覗き見える、海へと這いよる暗い森蔭。彼の眼は海を臨む鷹のように、そびえる島の奥にこれらのものを見出した。

　その光景は不気味な災いの屍衣をまとっているようであり、ヤダールの心は陽の隠れた海面に投げられた測鉛のように沈んでいた。ガレー船が陸に近づくにつれ、大波の引く間、長くのびた磯に人々が動きまわっているように見えたが、やがて泡と波しぶきによって暗闇の中へ隠れてしまった。再び見えたと思ったとたん、船は雷のような碾《ひ》きつぶされる音をたてて、さかまく水面下の暗礁にのり上げた。船首と船底の前部がくだけ、船は寄せ波によって再び浮き上ったとみるやまた沈みはじめた。オウロスから航海を同じくしてきた連中を後にして、ヤダールだけが沈没寸前に海へと飛び込んだ。彼は泳ぎが達者な方ではなく、この邪な海で巻き起った渦に呑まれ、溺れようとしていた。

　徐々に失なわれ行く感覚の中で、彼は先立つ年月から呼び戻したダリーリの陽のごとく輝く顔をみつめていた。千変万化する幻影の中に、今は失われたダリーリと共に過した古き良き日々が甦ってきた。と、幻覚が消えた。口中に海水の苦みが広がり、耳には波のこだまが鳴り響き、彼は周りを包む暗さの中でもがきながら意識を回復した。五感が正常に戻るにつれ、傍らで彼を支えながら泳ぐ姿があるのに気づいた。

　頭を上げると薄闇の中で青白い首が見え、やがて助けてくれた相手の半ばそむけた顔と、波間を漂う長い黒髪が眼に入った。その感触は女性特有のものだった。まだ溺れかけた衝撃で意識が混濁していたものの、何か心の底から懐しい感情が沸き上り、彼を揺さぶった。そうした髪と顎にかけての顔立ちは、自分が以前どこかで知っていたものではなかろうか。ヤダールが思い出そうと努めながら指先で再びその体に触れた時、奇妙な冷たさが裸の体から伝わってくるのに気づいた。

　女の力技は大したもので、大波が上り下りする中を楽々と泳いでいく。ヤダールは女の腕で揺籃《ゆりかご》のように揺られながら、大波の頂きから近づく岸辺をみつめた。その磯の荒々しさには、いかに泳ぎ手が巧みであったとしても、生き永らえて着くのは困難なように思われた。ついに、あたかも寄せ波が最も高くそびえる岩に投げつけでもするかのように、彼は上方へと投げ出されて目がくらんだ。が、何か魔法にでもかけられたかのように、波はおとなしくけだるいうねりに変った。そしてヤダールと泳ぎ手は潮が引くと共に、浅瀬となった砂浜に怪我もせず横たわっていた。

　女は一言も発せず、ヤダールの方を振向きもしないで立ち上った。ただ従うようにと合図をしただけで、死のように青い夕闇の垂れ込めたナアトの砂浜を歩み去った。ヤダールは立ち上って後を追ったが、その耳にどこからともなく、潮騒よりも奇妙でおぞましい詠唱が響いてきた。闇の前方少し離れた所に、流木を燃やしたような色の怪しい炎が見えた。女は炎と声に向って真っすぐに歩いて行く。薄明りに慣れてくると、それは浜に浮び上る巨岩の狭間の低い入口から発しているのがわかった。炎の向こうに邪な姿勢で、影のごとく詠唱を響かせる背の高い黒衣の人々が立っていた。

そういえば、船長がナアトの死霊術師《ネクロマンサー》とその術について話していたなと、彼は思いあたった。詠唱は未知の言語によるものだったが、動脈を流れる血を止め、骨の髄まで墓場のような冷気に凍らせるものだった。ヤダールはそうした術には頓と無知であったものの、呪文が重要な意味と力をもつものであることは理解できた。

女は詠唱者の前に進みでると、奴隷のように頭《こうべ》を垂れた。三人の男たちは詠唱を休むことなく続けている。彼らは飢えた青鷺のようにやせていたが背は高く、一様に同じ体つきをしていた。おちくぼんだ眼窩には炎の反射を受けた赤い火花が散っており、その眼は唱いながらも暗くなる海、薄闇と距離によって隠れたその海をにらんでいた。ヤダールは彼らの眼前に立つと、死を約束された土地で、今まさに邪な力による腐敗が熟すのに出くわしたようで、こみ上げてくる嫌悪と恐怖で胸が一杯になった。

火が高く燃え、その先端が揺らめいた。褐色の蛇の群の只中で、青と緑の蛇がとぐろを巻いているかのように。そしてその光は、ヤダールを『黒い河』から救出した女性の顔と胸を明るく照らし出した。彼は女を初めて間近に見て、なぜ先ほど暗い記憶が刺激されたかようやく理解した。彼女こそ失った恋人ダリーリに他ならなかった！

ヤダールは不気味な詠唱者たちには眼もくれず、気が狂ったかのようにその名を呼びながら恋人をかき抱こうと駆け寄った。ところが女は呼びかけに答えぬばかりか、彼の抱擁に対してもかすかな身震いで応えたに過ぎなかった。ヤダールは困惑し不審の念を覚えたが、彼女の体から衣服ごしと同時に肌に触れた指先からも、死のような冷気が這い上ってくるのを感じた。彼の接吻を受けた唇は生気なく青ざめ、息づかいもなく、鉛色の胸には起伏の徴候もない。彼に向けた大きな麗しい眼には、ただけだるい空虚さのみがあった。半分目覚めかけた者が、再び眠りに陥ち入ろうとする時にみせる印象だ。

「あなたは本当にダリーリなのか？」

答えは抑揚もなく、眠気を誘うような不明瞭な声だけ。

「私はダリーリ……」

謎と淋しさと苦痛に困惑しつつ、ヤダールには彼女の声が、気力を使い尽して探索してきたこれまでの道のりよりも、さらに彼方の地から響いてくるような感慨に捉われた。彼女の身の上に起った変化を知るのを恐れて、彼は優しく告げた。

「そう、たぶんあなたは私をよく知っているはずだ。私はあなたの恋人ヤダール王子なのだから。あなたを探してこの世の王国の半ばを巡り、あなたのために限りない海を航海してきた」

彼女はまるで強い麻薬に陶酔しきったかのように、彼の言葉を理解することもなく、くり返すだけだった。「そう、たぶんわたしは……あなたを知っている……」

そんな返答にヤダールが慰められるわけがなかった。そして他の様々な愛の言葉や問いかけに対しても、彼女の答えが口まねに過ぎないことに気持ちが安らぐはずはなかった。

三人の男たちが詠唱を終えているのに、彼は気づかなかった。彼らの存在そのものを忘れ去っていたのだが、ダリーリをしっかりと抱いて立ちつくす王子のそばに三人が近づき、その一人が腕をつかんだ。男はヤダールの名を呼びかけて挨拶し、次にいくぶん不器用に、ゾシークの多くの国々で使われる言葉で語りかけた。

「貴殿がナアトの島に来られたことを、われらは歓迎しよう」

ヤダールは強い疑惑を感じながら、男に厳しく問いただした。

「おまえたちは何者だ。それになぜダリーリがここにいる。彼女に何をした?」

「私は死霊術師ヴァシャーンと申すもの。ここにおりますのは同じく死霊術を業とするもの、息子のヴォーカルとウルドゥラでございます。われらの棲家はこの巨岩の向こうにあり、溺れてしまった者をわれらの術で海より呼び起こし、侍らせて暮しております。その一人に貴殿の言う娘のダリーリがおりまして、オウロスから航海してきた船員たちと一緒でした。貴殿がここにたどりついたように、その船も沿岸から吹き流されて『黒い河』に捉われ、最後にナアトの岩礁で難破したのでしょう。われらは魔法陣も五芒星形も必要としない強力な呪文を使って、溺れた者たちを浜へ集めたのです。いま貴殿の船の乗組員を呪文で集めておりますが、貴殿だけが、われらの言うままになるあの死人によって生きたまま救われたようですな」

ヴァシャーンは話を終え、そのまま薄闇を鋭く注視した。ヤダールは後ろから、寄せくる波をぬけ、砂利浜を通ってゆっくりと昇ってくる足音を耳にした。振りむくと、ナアトまでの旅をともにしたガレー船の老船長が、鉛色の闇の中を進んでくるのが眼に入った。後方には船乗りと漕ぎ手がつき従っている。彼らは夢遊病者さながらの歩調で焚火に近づいてきたが、その外衣や髪から海水が滴り、口からはよだれを垂らしていた。幾人かはひどい傷を負っており、他の者も海にもてあそばれた際に岩で引裂かれたらしい傷だらけの手足をよろよろと揺すっていた。顔の様相からして溺死してしまったことが察せられた。

彼らは自動人形のようにヴァシャーンと息子たちに恭順の意を表わしたが、それは深い死の淵から呼び戻してくれた者への奴隷の対応であることが明確だった。どんよりとした眼には、ヤダールはもとより外界のいかなるものも映ってはいない。ただ死霊術師の訊ねる何か謎めいた言葉を認識した時だけ、ゆっくりと機械のように口が開かれるのだった。

ヤダールにしても、この暗く虚ろな半醒状態の中では、ふるまいが生きている死者めいているといってよかった。ヤダールは死霊術師に導かれ、ダリーリに付き添われつつ、後方に死者たちを引きつれて、ナアトの高地へとくねりながら続く暗い秘密の峡谷をぬけて行った。心の内には、少なくともダリーリだけは見つけ出したというかすかな喜びがあった。しかしその愛は苦い失望をともなっていた。

ヴァシャーンは焚火から引き抜いた流木の束をかざして進んだ。ほどなく血膿のように赤い満月が昇り、荒れ狂う海を照らした。その天球が死のように青白く澄みきらないうちに、彼らは死霊術師たちの棲家の建つ石山の空き地に出た。

家は黝んだ大理石で造られ、低く長い棟が張り出しており、びっしりと生えそろった糸杉の木立の中にひっそりとうずくまっていた。後方には絶壁がつき出していた。それは上方で急な傾斜をなし、縁が段をなして積重なっており、月光の照らす中でナアトの中央山塊へとはるばる連なっているのが見えた。

住居は死が支配してしまっているかのようだった。玄関にも窓にも灯がともされておらず、そこに住まう沈黙が青ざめた天空の静けさと出会うのみだった。死霊術師たちは入口に近づき、先頭のヴァシャーンが一語放つと、それは奥の広間に遠くこだました。すぐ応えるかのように灯火がいたる所で輝きだし、怪物の眼のような黄ばんだ色で家を満たした。ただちに玄関には影が頭を下げるかのように人が出迎えた。彼らの顔色は墓所の蒼白さに彩れ、中には腐敗を示す緑《あお》い斑点の浮出ているものもおり、蛆虫による無残なかみ跡をしるされたものもいた。

さて大広間での食事となり、ヤダールはヴァシャーンやヴォーカル、ウルドゥラらだけが着く卓に坐るよう告げられた。食卓は巨大な板石の高座にあり、一段下の大広間には死者たちがおよそ四十人ばかり食卓に集っていた。ダリーリもその中にいたが、ヤダールの方を見ようとはしなかった。彼としては彼女とは離れたくなく、共に食卓に向えたほうがどれほどよかったかしれない。だが鈍い倦怠感がのしかかり、言葉を発しない呪文に手足をしばられ、もはや何事も自分の意志で動かせないような状態に陥っていた。

ヤダールはこの陰鬱で寡黙な死霊術師たちと、物憂く席を分ちあっていた。彼らは静かな死者たちと起居を共にしつつ、その主人らしい素振りはほとんど見せない。間近で見ると三人の類似点はより一層はっきりとした。父と息子というよりも、まるで一人からわかれた兄弟たちのようである。三人とも年齢不詳で、通常の人間では老年とも若年ともいえない。やがて、隠された死が徐々に露われてくるかのように、三人から凶々《まがまが》しい邪さがぞっとするほどきつく漂ってきた。

　隷属を強いる力がヤダールへと強烈に襲う中、奇妙な晩餐が進められていったが、給仕のされ方にはとりたてて困るようなことはなかった。ただ、肉などはどうして運ぶのか感知できない方法で持って来られたり、酒は空中からひとりでに注がれたり、また往き来する給仕の足どりも、足音のかすかな囁きと軽い冷気の動きによってのみそれとわかるのだった。

　おしだまり、かしこまった動作で死者たちは食事をとり始めた。しかし、死霊術師たちは明らかにまだ待つ様子で食事に手を伸ばさない。

　ヴァシャーンがおもむろに口をきった。「今宵、われらと晩餐を共にする者が他にもいる」その時ヤダールは、空席がヴァシャーンの椅子の横にしつらえてあるのに気づいた。

　ほどなく奥の入口から、ほぼ黒といってよい褐色の肌をした大柄で筋肉隆々の裸の男が、後ろから急きたてられるようにして入ってきた。容貌は野蛮人めいていたが、恐怖と怒りに眼は大きく見開かれ、紫色のぶ厚い唇は泡を吹いていた。彼の後ろでは、錆のふいた重々しい三日月刀を威嚇するように振りかざした二人の死者の船員が、囚人を護送するように付き添っていた。

「この男は人喰族だ」ヴァシャーンは告げた。「わが召使いたちが山の彼方の森でこの男を生け捕った。野蛮な地でだ」さらに彼は付け加えた。「こうして生きたままこの館に招かれるのは、強く勇気ある者のみ。決して無駄には招かれぬ。どうだヤダール王子、貴殿にはその名誉を受ける覚悟がおありかな。これから起ることをしかと御覧あれ」

　野蛮人は戸口に立つと、護衛の武器よりも大広間の参加者たちを恐れるかのように、しばし躊躇した。と、亡者の片方が錆ついた刃を男の左肩めがけてさっと振りおろした。傷口は深く、血が小川のように流れ出し、これに促されて男は前へ進み出た。おびえた獣のように震え出し、逃げ場はないかと両側を必死に見渡している。さらに二度目の促しがあり、男はようやく段をのぼり、死霊術師の食卓に近づいた。ヴァシャーンはそれを見て何かよくわからぬ言葉を唱えたが、男はそれに応えるようにおとなしく死霊術師の傍《かたわら》、ヤダールの向かい側の席についた。後ろにはなおも武器を高く掲げたおぞましい二人の船乗りが付き添っていたが、その顔はどう見ても死後二週間は経過していた。

「もう一人客人がある」ヴァシャーンは言った。「まもなく来るだろう。が、われらは別に待つ必要もあるまい」

それ以上は別になく、ヴァシャーンは食事をとり始めた。ヤダールも余り食欲はなかったが彼らに合わせた。皿に次々と積まれて行く食物の風味はほとんどわからなかったし、上等な葡萄酒の味が甘いか酸いかも識別できなかった。彼の想いはダリーリと、周囲に漂う何ともいえない恐怖とに二分されていた。

ヤダールの五感は飲み食いを続けるうちに激しくとぎすまされ、灯火の間を行きかう年ふりた影や、血も凍るような歯擦音の囁きもわかるようになった。大広間は喧噪の渦に満ちてはいたが、最近死んだばかりの者からもう腐肉の塊りといった者にいたるまで、様々な死者から発せられる臭気が彼へと押し寄せてきた。

ヴァシャーンと息子たちは、そのような環境に慣れているせいか、周囲に無関心に自分たちの食事に向っていた。向いの人喰族はまだ恐怖におびえているのか、目前の皿に手を付けてもいない。肩では傷が大きく口をあけ、二筋の血が間断なく胸を伝って敷石にしたたり落ちているのが音からわかった。

やがてヴァシャーンは人喰族の間で使われる言葉で男に語りかけ、葡萄酒の杯をとることを承諾させた。この酒は他の者たちの葡萄酒が罌粟《けし》のように赤いのに比べ、ベラドンナの花のように暗い菫色をしており、明らかに種類の異なるものにちがいなかった。それを味わった男は強烈な一撃を喰らい、麻痺したかのように椅子の中に崩れ落ちた。杯は硬直した指の中にまだ握られてはいたものの、中身はほとんどこぼれてしまった。ぴくりとも動く気配もなく、手足も震えていない。眼は大きく見開かれてはいたが、意識がまだあることを示すように一点だけを凝視していた。

ヤダールの胸の中で不吉な予感がふくらみ、もはや食事も酒も喉を通らなくなった。宴の主人たちも同様に食事をやめて席から振り返り、ヴァシャーンの背後、食卓と大広間の奥との間の床の一部をじっと注視しているのは妙だった。ヤダールは椅子から少し腰を浮かせ、食卓の向うを見下《みおろ》して、敷石の一つに小さな穴があいているのを見つけた。小さな生き物がそこを棲み家にしているらしい。だがヤダールには固い大理石の中に巣を借る生き物など想像できなかった。

ヴァシャーンはこれから呼び出そうとするかのように、明瞭な大声でただひと言発しただけだった。「エスリット」。小さな二つの火花が暗い穴の中で煌めいたかと思うと、形や大きさはイタチに似ているものの、もう少し細くて長い生き物が飛び出してきた。皮膚は錆びたように黒く、前足は無毛で小さな人の手のようだった。黄色いビーズのような眼は、内に魔神の悪意と知恵を秘めてゆらめいていた。そのすばやく滑るような動作は、毛で覆われた蛇という感じに見えたが、そいつは人喰族の椅子の下へ忍び寄り、傷から床に滴り落ちた血だまりを貪欲に吸いはじめた。

やがてそいつが人喰族の膝に飛びつき、ついで深傷を負っている左肩に跳び移ったときには、ヤダールの心臓は恐怖でばくばく打った。そいつはまだ血の滴る傷に口をあてたかと思うと、イタチのような吸い方で血を吸り始めた。体を流れおちていた血が止った。男は椅子の中で身動き一つしなかった。眼が徐々に大きく見開かれ、恐ろしいほどぎょろついた挙句、ついにどんよりした白眼に反転した。口もとはだらしなく緩み、その隙間から頑丈そうな鮫にも似た歯がのぞいた。

死霊術師たちは小さな血に餓えた魔物に目を吸い寄せられながら、再び食事に手をつけた。ようやくヤダールは、これがヴァシャーンの待っていたもう一人の客人だと気づいた。この生き物が実際イタチなのか、それとも死霊術師の使い魔なのか、ヤダールには知るすべもなかった。やがて、人喰族の苦境を見るに忍びず、恐怖は怒りに変った。彼は今までの探索の間ずっと身につけていた剣を抜き放ち、この魔物を殺そうと飛び出した。その時ヴァシャーンが空中で人差指を使って奇妙な印を結ぶと、王子の剣は振りおろす途中で止まり、赤子のように指先から力が抜けていった。剣は手から落ち、板石の上で大きな音をたてる。ヴァシャーンの無言の強い意志に縛られたかのように、彼は再び食卓に釘づけとなった。

イタチのような獣は、まるで飽くことを知らぬ渇きに苛まれているようだった。何分か過ぎて後も、まだ蛮人の血を吸い続けている。男のみなぎった筋肉は不可解にも刻々としなび、骨や張りつめた腱が幾重にも寄ったしわの下に硬ばった形を曝けだしていった。顔はまるで死が迫ったようにやつれ、手足は古いミイラのように痩せこけてしまった。一方、男の血を吸うものは、家禽の血をすすって丸々とした貂《てん》のように体全体が膨れあがっていた。

この姿をみればこいつはまさしく魔物であり、疑いもなくヴァシャーンの使い魔であった。ヤダールは恐怖に我を忘れ、坐ったまままそれを眺めていたが、やがて生きものは人喰族の骨ばった乾いた肌から降り、邪悪に身をくねらせて敷石の穴に滑り込んだ。

こうして死霊術師たちの棲家ではじまったヤダールの生活は、恐怖に満ちたものだった。最初の晩餐の間中、彼にかけられていた悪意ある呪縛がいつも宿っているような気がした。夢からどうしても目覚める事ができない男のように、麻痺したようにしか動けない。生ける死者たちを司るあのものによって、決断力が何らかの方法で制御されてしまったかのようだった。ダリーリに対する愛の魔力は未だ醒めやらなかったものの、その愛も今や絶望の呪文にとって替られようとしていた。

それでも彼は死霊術師たちとその生活についていくらかの知識を得た。ヴァシャーンは陰惨な皮肉をこめる以外、めったに口を開こうとしなかった。息子たちも死者のように無口であった。エスリットという名のあのイタチのような生きものは、定まった期間ヴァシャーンに奉仕しなければならないかわりに、月が満ちるたび、生命力と豪胆さに溢れた男の生き血を受けることになっていた。それ故ヤダールには、奇蹟が起るか、死霊術師たちを超える妖術でも持つかしない限り、自分がせいぜいこのひと月の寿命であることがはっきりしていた。この屋敷を眺めわたしても、苦い死の門を通り過ぎていない者は、彼と主人たちを除けば他に一人もいなかったからである。

屋敷は近隣から隔絶して建っていた。他の死霊術師たちはナアトの岸辺に棲むという。しかし彼らとヤダールの主たちとの間に交渉はなかった。島を分けている荒れ果てた山を越えると、そこには人喰族たちが蟠踞《ばんきょ》しており、松や糸杉の黒い森蔭で互いに殺戮を繰り返していた。

死者たちは屋敷の後方の、深い地下墓地のような洞窟に住んでいた。夜は石棺の中に身を横たえ、朝が来れば主人に命ぜられた仕事のために甦るのだ。ある者は潮風から遮られた斜面にある岩だらけの庭園を耕し、またある者は黒山羊や家畜の見張りをしていた。荒涼とした珊瑚礁や御影石が角のように突き出た岬で、生きている者にはとてもできないような真珠採りに従事し、信じられないくらいの収穫をあげる者もいた。ヴァシャーンは普通の寿命をはるかに超える歳月の間に、それらを蓄積して莫大な量となっていた。そして、それらは『黒い河』を乗りきる船に積みこまれ、ヴァシャーンか息子たちが死んだ船乗りたちを使ってゾシークへと運び、ナアトの魔術では得られない品々と取り引きされるのだった。

ヤダールにとって気味が悪いのは、先の航海の仲間が他の死者たちと共に行きかいながら、ヤダールの挨拶に対して虚ろな答えを返してくる事だった。その一方、ダリーリとみつめ語り合い、底知れぬ忘却の深みに沈みながら、決して戻ってこない熱烈な恋を甦らせようと躍起となることは、苦々しくはあれ、暗い悲しみの中に一種の甘美さがないわけではなかった。それはあたかもこの死霊術師の島に永遠《とこしなえ》に注ぎくる、止められない潮の流れよりも恐ろしい死の深淵を越え、彼女に手を届かせようとする絶望的な試みであるとも言えた。

ダリーリは幼女の頃からザイラの陥没湖で泳いでいたので、真珠を採取する一団に加わっていた。ヤダールはダリーリの後を追って磯に赴き、彼女が吼え狂う大波の中から再び戻ってくるのを待つことがしばしばあった。そうした時、彼女を追って自らも身を投げ、死の安息を共にわかちあいたい誘惑に駆られることがあった。通常なら彼はきっとそうしていたことだろう。しかし、この行き詰ったおぞましい状況と妖術の暗い網に囚われて、以前の気力と決断力とは見る影もなくなっていた。

月もそろそろひとめぐりにさしかかったある夕刻、ヤダールは岩に囲まれた磯で、逆巻く波の中を潜って行ったダリーリを待って立っていたが、そこにヴォーカルとウルドゥラが近づいてきた。彼らは一言も発さず、こそこそした手招きを送ってよこした。ヤダールはその意図にそれとなく好奇心を感じて後を追い、曲りくねった磯辺から岩の裂け目を縫って上へ続く危険な道を辿って行った。闇が落ちてしまう前に、彼らは陸深く入り込んだ小さな港へたどり着いた。王子はこれまでそんなものがあると思ってもみなかった。島の濃い森影にかくれて穏やかな入江に、ヤダールが以前見た暗紫色の帆をはったガレー船が停泊していた。それはかつて、『黒い河』の激流をものともせずゾシークへまっしぐらに進んで行った船にそっくりだった。

ヤダールはとまどった。なぜ彼らが自分をこの隠された港に連れてきたのか、なぜ奇怪な船を指し示したのか、その重要性を推し測ることができなかった。やがて、この隔絶された場所ですら立ち聞きされたくないと言わんばかりに、ヴォーカルが密かな囁き声で告げた。

「おまえが、私と弟の計画を遂行するのに手を貸してくれるなら、あそこのガレー船を使ってナアトを去らせてやろう。おまえが望むならあの娘ダリーリも一緒に、死んだ船乗りを何人か漕ぎ手として渡してやってもよい。われらが魔法で巻き起す強力な疾風に加護されるなら、『黒い河』に逆らってゾシークに戻り着くことだろうが、もしおまえが拒否するなら、あの化物エスリットに血をすすらせ、手足の先までカラカラにしてやろう。ダリーリもヴァシャーンの奴隷のまま、昼は奴の貪欲さに仕えて暗い海にもぐり——おそらく、夜は夜で奴の欲望の餌食となり続けるだろう」

ヴォーカルの約束によって、ヤダールは何か希望と男らしさが甦ったような気になり、ヴァシャーンのおぞましい妖術が心からとり払われたように思えた。と同時に、ヴォーカルの示唆によって、憤怒の念も湧きおこった。王子は即座に言った。

「その計画を手伝おう。どのようなものであれ、もし私にできるなら」

すると、周囲を何度もちらちらと見回してから、ウルドゥラが小声で囁いた。

「ヴァシャーンは天が与えた以上に生き永らえており、権威をわれわれの上に余りに長く振りかざした。今ではわれわれ息子も年をとった。長い歳月のせいでわれらが楽しめなくなる前に、父の貯えた富や支配の魔力をそろそろわれらが受け継いでもおかしなことではあるまい。ヴァシャーンを亡き者にする手助けを頼む」

ウルドゥラの言葉を反芻し、ヤダールはあの死霊術師を殺すことがまさしく正義であり、自分の豪胆さや男らしさを卑しめない行為であると納得した。そこでためらうことなく言った。「確かに手助けしよう」

ヤダールの同意を得て大いに勇気づけられたのか、今度はヴォーカルが語り始めた。

「これは明日の夕刻までに実行されねばならない。明口、ナアトでは『黒い河』の彼方から満月が昇り、エスリットの魔物めがあの穴ぐらから姿を見せるはずだから。昼までなら気づかれずにヴァシャーンを部屋でつかまえもできよう。いつもなら例の小部屋で、外海や、その辺りを航海する船とか、遠くの大陸を映し出す魔法の鏡に熱心に見入っているはずだ。その遠見《トランス》から目覚めないうちに、すばやく落ち着いて行動すれば、鏡の前のやつを殺せるにちがいない」

予定の時刻になった時、外の通路で待ち構えているヤダールのもとにヴォーカルとウルドゥラが姿を現した。兄弟は揃って、冴えざえとした光を放つ長い三日月刀を右手に握っていた。ヴォーカルはまた左手にも似たような武器を携えていたが、それを彼は王子に差し出した。説明によると、これらの三日月刀は死を与えるルーン文字を唱えて鍛えられ、言葉にはできない死の呪文が彫り込まれているという。ヤダールは己れの剣の方を好んだので、その魔剣を丁重に断った。それ以上ぐずつくこともなく、三人は出来る限りの忍び足でヴァシャーンの部星へと急いだ。

死者たちは皆それぞれの仕事に出ていたので、屋敷は閑散としていた。つね日頃ヴァシャーンのそばで彼に様々に仕える、空気の精か単なる亡霊かわからぬ目に見えないものの気配や囁きも感じられなかった。三人はこっそりと部屋の入口に達したが、そこには銀《しろがね》で夜の印形をむすび、緋の糸で魔王ササイドンの五つの異なる名を反復して縫いとった、黒いアラス織の布がかけてあるだけだった。一瞬、兄弟はその掛け布を掲げるのを恐れるかのように立ち止った。が、ヤダールは躊躇することなくそれを払うと、部屋の中へ入っていった。二人は臆病さを恥入るようにすぐさま彼に続いた。

　部屋は広々として天井は高く穹窿をなし、伸び放題の糸杉の林ごしに黒い海を臨む窓からは、薄暗い光しか射し込んではいなかった。弱い日光を補うために備えられた無数の灯火は、なぜか一つとして炎をともらせていなかった。影がその部屋中に異界の液のようにあふれ、それを通すことで、種々の魔術に欠くべからざる道具立て――巨大な香炉、蒸溜器、火鉢など――が、生あるものの如く震えるのが感じられた。そして部屋の中央より少し奥まった位置で、戸口に背を向けたヴァシャーンが黒檀の三脚台に坐り、千里眼の鏡を覗き込んでいた。鏡は巨大な三角形をして琥珀金《エレクトラム》で造られ、蛇のような銅の腕によって高く斜めに差し出されていた。まるで未知の光源によって灯されたかのように、それは影の中で明るく燃えさかっている。前進しようとしていた三人は、その輝きに目が眩んだ。

　ヴァシャーンは日頃のトランス状態に完全に移っている様子で、硬直したまま鏡を覗き込む姿勢はミイラが坐っているかのようだった。ヤダールはすぐ後ろに兄弟たちが控えているのを充分意識しながら、死霊術師に忍び寄り剣を振り上げた。近寄るとヴァシャーンは膝に大きな三日月刀を置いているのがわかった。この死霊術師が前もって警告を受けたと思いこんだヤダールは、すばやく走り寄って力強い一撃を彼の首に加えた。ところが狙いすましてはいたものの、王子の眼は鏡が発する奇妙な輝きによって眩んだ。まるでヴァシャーンの肩越しに鏡の奥から燃えさかる太陽が現れたかのようだった。切先はそれ、鎖骨を斜めに打った。そのため魔術師は深傷は負ったものの、斬首からは免れた。

　ヴァシャーンはやはり殺そうとする企てを事前に察知していたらしく、刺客たちと剣を交わすつもりだったようだ。が、鏡前に坐り、トランスになったふりをしているうち、おのれの意志に反しておぞましい輝きに圧倒され、いつもの予言《マンティック》の眠りへと入ってしまったらしい。

　手負いの虎のような獰猛さで、たちまち彼は三脚台から跳んで、ヤダールに向き直ったかと思うと、三日月刀を高く掲げて振り回した。王子はまだ目が眩んでいたので、続く攻撃ができなかったばかりか、ヴァシャーンの反撃を避けることもできなかった。敵の三日月刀はヤダールの右肩へ深く切り込み、致命的な傷を負って王子は崩れおち、鏡を支えている蛇に似た銅の腕支えの台に頭を少しあずけるようにして横たわった。

　ヤダールには、伸した体から命が徐々に失せてゆくのが感じられた。ふと視線を上げると、ヴォーカルがこのままでは死を避けられぬと悟ったのか、破れかぶれの勇気でもって飛び出し、ヴァシャーンの首に恐るべき一撃を加えていた。首はもうほとんど胴体から離れかけており、肉と皮一枚によってぶら下っているも同然だった。が、ヴァシャーンはよろめきながらも、通常の人間のように簡単に死にはしなかった。まだ内にこもった魔力によって生きながらえ、叛逆者に一矢むくいようと部屋を逃げ回るのだ。動きまわるにつれ、血が噴水のように噴きだした。首はぶら下がりながらあちらこちらと揺れ、胸の上で怪物の振り子のように動いた。首がそんな状態ではとても相手を見ることができず、剣は滅茶苦茶に振り回される。息子たちは機敏にそれを避け、時をみて反撃を加えていた。ある時は倒れているヤダールにつまずき、時には剣で琥珀金の鏡を打って深い鐘のような響きが周りにこだました。さらには戦闘が海を見下す窓へと移り、死に瀕した王子の視界から消えることもあった。魔術師の一撃で魔法の器具が砕かれたような奇妙な響きが聞こえたり、息子たちが激しい息遣いで父を追い、鈍い剣の命中する響きを耳にしたりした。再び戦いは部屋の中央へと戻り、ヤダールはかすみゆく眼の隅でその光景をとらえた。

その戦いは言語を絶するほど激しく、ヴォーカルとウルドゥラとは目的地を前に精力を使い果した使者のように喘いでいた。しばらくすると、さすがに命である血を失ったのはこたえたらしく、ヴァシャーンの力が萎《な》えはじめた。逃げながら片側から片側へとよろめき、歩調は衰え、剣撃の速さも弱まった。息子たちの打撃で外衣は血に浸ってぼろぼろになり、手足のいたる所は半ば切り刻まれて、身体全体が死刑執行の受け台のように傷痕だらけであった。遂にヴォーカルのするどい一撃が、かすかに首を繋いでいた薄皮を断ち切った。首は落ち、床の上を何度も跳ねながら転がっていった。

やがてヴァシャーンの体はまだ直立したいというように激しくよろめいた後、崩れ落ちた。それでも頭を失くした家禽のようにのたうちまわり、何度も体を持ち上げては倒れ伏すのだった。結局、身を起こそうにも二度と大地を踏みしめられなかったが、三日月刀はまだ右手に固く握りしめており、体のみでやたらめったら振り回していた。横たわったまま剣で床を水平にないだり、半ば起き上って振りおろしたりしていたのだ。一方、首は休むことなく部屋を転がりまわり、口からは子供といってよいかん高い声で呪《まじな》いがとなえられていた。

この醜悪な様子に、ヴォーカルとウルドゥラは亡霊でも見たかのように後ずさりした。彼らはとっとと部屋から逃げだそうと扉に向った。しかし、先に立ったヴォーカルが戸口のアラス織を掲げようとしたとたん、その裾の下から黒く細長い蛇のようにエスリットが滑り出してきた。そいつは空中に躍り上ったかと思うと、ひと跳びでヴォーカルの喉もとに喰らいつき、頸にがっちりとその歯をくい込ませて見るまに血をすすり出した。ヴォーカルは部屋中をよろめきながら、狂ったように指先でそれを引きはがそうと無駄なあがきをくり返した。

ウルドゥラはなんとかその生きものを殺そうと試みた。彼は大声でヴォーカルにじっとするように命じ、三日月刀を振りかざしてエスリットを殺す機会をうかがった。しかし、その声は兄に届かなかった。余りの恐怖のためヴォーカルは命令に従えなかったのだろう。そのとき、転っていたヴァシャーンの首が跳ね上ってウルドゥラの足にぶつかった。それは獰猛な唸り声を挙げて衣の端にくらいつき、首がぶら下ったのでウルドゥラは仰天して後ろに飛びすさった。必死になって彼は三日月刀で首を切り落そうとしたが、歯は決してかみつくのを諦めようとはしなかった。彼は衣を脱ぎすて、まだ食い下っている父の首をそこに残したまま、裸で部屋から逃げ出した。やがてウルドゥラがいなくなった部屋で、ヤダールの意識は徐々に薄れて行った。もはや眼も耳も何も感じられず……

忘却の彼方から、ヤダールは遠方に燃え上る炎の輝きをぼんやりとみつめ、耳に流れこむ遥かな詠唱を聞いていた。それから声と光の方角に向って、暗黒の海の中を上へ泳いでいくように感じた。やがて、薄い水膜を透し見るように、上方に立っているウルドゥラの姿が現われると、ヴァシャーンの部屋の奇怪な容器から部屋にたち昇る芳香が鼻をついた。ウルドゥラが自分に何か語りかけているようだ。

「死より立ち出でよ。万事において主たるわれに従うのだ」

死霊術の不浄な儀式と呪文に応えて、ヤダールは甦った死体にのみ見られる仕草で起ち上った。彼は再び肩と胸にある大きな傷口に黒い血糊《ちのり》をつけたまま歩きだし、甦った死者としてウルドゥラに返礼をかえした。今となっては別に大切でもないが、記憶の中に死とそれに先立つ日々が曖昧に甦ってきた。彼は薄く膜のかかった眼で惨憺たる部屋を見わたし、ヴァシャーンの切り離された首と胴体、あるいはヴォーカルと魔物エスリットの姿を探し求めたが無駄だった。

ウルドゥラが彼に囁いた。「ついて来るのだ」と告げたらしい。

ナアトの『黒い河』に上った赤く丸い月光の下を、二人の影は進んで行った。館の前の岩地には灰の山が堆積し、生きた眼のように石炭が燃えさかっていた。ウルドゥラはその前に立ち、灰を見つめて黙禱した。ヤダールも側に並んだが、これがヴァシャーンとヴォーカルの燃え尽きた亡骸であり、ウルドゥラが奴隷たちに命じて薪を積みあげ、火をつけたのだとは夢にも思わなかった。

やがて、気の滅入るような鋭いうなりと共に、海からの風が突然起り、すべての灰と火花を巨大な竜巻きとして巻き上げてから、ヤダールと死霊術師の上に吹きつけた。両者ともこの風にはとても耐えられず、髪やひげや衣をとわず灰まみれとなり、その場で目をふさがれた。風はさらに吹きつけ、灰の雲を屋敷の戸口に窓にと送り込み、部屋々々を抜けて行った。以後何日もの間、大広間を通る人々の足元に小さな灰の渦が巻きおこるようになったという。ウルドゥラは厳命し、死者たちが毎日枝ほうきでそれを掃いたのだが、一向に灰が失せて床がきれいにはならないようだった……

　ウルドゥラに関して述べる事はもうほとんどない。なぜなら死者たちへの彼の支配はごく短い間しか続かなかったのだから。自分に仕える死者たち以外、彼は他者を寄せつけず、やがておかしな憂鬱感にとらわれると狂気への道をまっしぐらに進んで行った。もはや人生の意味や目的はどうでもよかった。死への渇望だけが黒い海のようにそっと体内に湧きおこり、低い呟きと影のような腕とで彼を包み込みながら、衰微する世界へと引きずり込もうとするのだ。まもなく彼は死者たちをねたみ始め、他の何よりもそうした運命が望ましいと思うようになった。やがて、父を殺害した三日月刀を持ち出し、王子を甦らせて以来入ったことのない父の部屋へと赴いた。そこで傍らに陽のごとく輝く占い鏡を置き、割腹して果て、積った塵と蜘蛛の巣の中へと倒れ伏した。爾来、彼の生命を呼び戻す術師は存在しなかったので、その体は永遠に放置され朽ちるにまかされた。

　しかしヴァシャーンの庭では、死者たちがウルドゥラの死には何ら注意を払わず、日課に勤《いそ》しんでいた。彼らは依然として山羊や家禽を飼い、真珠を求めて暗く逆巻く海へと潜っていった。

　ヤダールはダリーリとともに、今や二人とも同じ状態となったことで、互いに生なき者として憧れ、魅きよせられていくのだった。彼女と寄り添えば亡霊同士の慰めを得ることができた。以前、彼を奈落につきおとした絶望や欲望、別離の長い苦悶は色あせ消滅していった。ついに彼は翳《かげ》多い愛と暗い安寧を、ダリーリとともに分かち合うことになったのである。

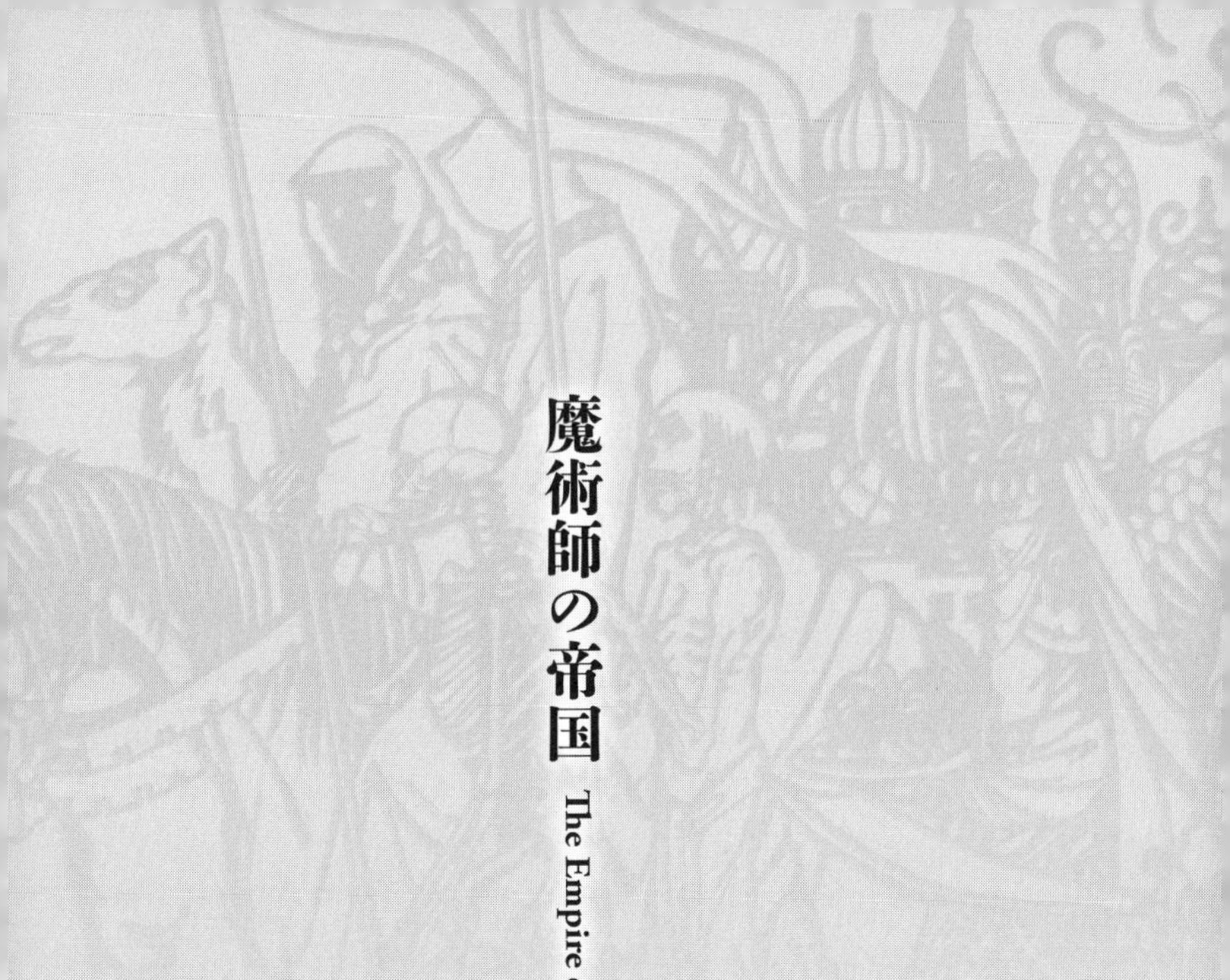

魔術師の帝国

The Empire of the Necromancers

荒俣宏訳

予がここに語ろうとする二人の魔道士の伝説は、わが地球が繁栄の極みにあった時代に伝承された、いくたの光輝充てる伝説も早や忘却のかなたと消え、世界が小暗《おぐら》い老いらくの世紀《サイクル》をむかえんとするとき、はじめて語られるものである。それゆえに、この伝説の語られる遠い未来がめぐりくるまでには、多くの海洋がその揺籃の深みへ落ちこみ、また、いくたの新しい大陸がそこに誕生することであろう。思うに、かくのごとき時代が現実のものとなったとき、この物語は、滅亡に瀕した人類の、忘却のみをおもい焦れる暗い倦怠に、わずかなる慰めを供する鎮魂の詩《うた》となることだろう。予は、この伝説を語りはじめるにあたって、地球最後の大陸ゾシークの民人《たみびと》が語るであろうところをまねようと思う。かのゾシークの——ひかり暗い太陽をいただく沈欝な虚空には、夕暮れを待たぬ星ぼしがおどろくべき明るさで輝くという——あの大陸の民人に想いを馳せながら——

1

マトモーとソドスマは、闇につつまれた魔術師の島ナアトから、いまわしい秘術をほどこすために、干上がりかけた海洋のかなたに位置するこの地、ティナラスへわたった。しかし、ティナラスにおいては、かれらの口寄せ《ネクロマンシー》も、身の繁栄になんら益するところがなかった。というのは、この地方の信仰で、死は浄らかなものとされ、墓に眠る死者を冒瀆することが強く忌み嫌われていたからだった。それゆえ、死者を甦らせる魔術は、とうぜんに嫌悪のまととなり、長の年月を待たずして人びとの憤怒をかい、ついに追放のうきめにあわねばならなかった。そこで二人は、南方にひろがる砂漠、それも大昔疫病の流行で全滅した都《みやこ》があるという、シンコールなる白骨とミイラの土地へのがれることを余儀なくされた。

かれらの行く手には、砂漠がまがまがしくも靡爛《びらん》したその容貌を、巨大な暗色の太陽のもとにさらけ出していた。ひび割れた崖、死んだような砂漠の静寂、常《つね》の人間なら悪寒にとり憑かれるだろう恐怖の情景。そのうえ、食料ひとつ、飲み水いっぱい持ちだす暇もなくのがれてきた二人の運命は、どうみても絶望的としか思われなかった。だが、かれらは奇妙な笑みさえ浮かべて、長いあいだ守護されつづけた領土を攻めおとしに出かける征服者さながらに、シンコールの砂地をあぶなげない足どりで進んでいった。

前方には、かつてシンコールとティナラスを往来した旅人が用いたと思われる巨大な公道が、あるいは干上がった河川を横ぎり、あるいは緑ひとつ見えぬ砂漠をつらぬいて、とどまるところを知らぬかのように延びていた。二人はこれまで、いのちあるものに一度も逢着しなかったが、この道のまん中で、はじめて馬と御者の白骨体をみつけた。二つの白骨体には、生前つけていた豪華な武具甲冑が、いまだに燦然とかがやいていた。

マトモーとソドスマは、腐敗のあとをまったく残していない白骨体の前に停まると、その陰険な顔を見あわせてニヤリと笑った。

「馬にのるのは、兄者のほうがよかろう。たとえわずかな齢《よわい》の差とはいっても、年上の仲間《きょうだい》はつねに優先の権利があるものじゃから。だが、御者のほうは二人の召使いとしよう。この男め、シンコールの地ではじめてわれわれに忠誠を誓う、名誉な下僕になるだろうて」

マトモーがそう告げると、二人は路傍の砂地におり、三重の環を描きだした。かれらはその円の中心に立つと、永遠の虚無から死者を喚びおこして、こともあろうに、かれらの暗い意志に隷従させるための不吉な儀式を執行した。それがおわってから、かれらは白骨体の鼻孔に魔法の粉薬を撒いた。すると、二体の白骨から、悲嘆にくれた軋り音が発せられ、主人の命令に服する召使いのように、直立の姿勢をとって立ちあがった。そこでかねての約束どおり、ソドスマが馬にまたがり、宝石のちりばめられた手綱をにぎった。しかし、白骨の馬にまたがった男の頭上には、まがまがしい死の嘲笑が浴びせかけられていた。いっぽう、マトモーは黒檀の杖にすがりつきながらかれの傍らにしたがい、そのあとには白骨の御者が、豪華なマントを風にはためかせながら随行した。しばらく進むと、こんどは別の死体が道によこたわっていた。しかも、さっきと同じような御者と馬だ。こんどの死体は、ジャッカルに襲われなかったために、太陽の力で完全なミイラにされていた。そこで、二人はさっそく秘術を執りおこない、甦ったミイラの馬にマトモーがうちまたがった。一体の骨と、一体のミイラをひき連れて堂々の駒をすすめる二人の魔道士は、あたかも諸国遍歴の途に就く帝王を彷彿させた。さらに、かれらの行く手に散乱した数多くの白骨体が、同じ方法で愚鈍な現実へと蘇生させられた。かくて、シンコールの茫漠たる原野に、一列の果てしない隊列ができあがった。かれらは、この国の首都エスリレオムが見えはじめたところで、道の両脇に立ちならぶ無数の墓石を発見した。その住人は、死のただ中にあってもほとんど腐敗することがない、包帯を巻かれたミイラたちであり、何百年というもの、その永久の眠りをむさぼりつづけて来たのだった。

だが、この永眠者もまた、二人のおそるべき妖術によって常闇《とこやみ》のかなたから喚びかえされた。そして、ある者は砂地の耕作を命ぜられ、またある者は深井戸に水を汲み、さらにある者は生前定められていたもろもろの仕事に従事することとなった。こうして、何世紀にもわたって護りつづけられた沈黙は、無数の屍《かばね》の発する異様な騒音によって破られた。機織女たちは機織小屋へおもむき、農夫たちは牛の曳く鍬《くわ》について、あぜを耕しはじめた。

この奇怪な行脚《あんぎゃ》と、たび重なる蘇生の秘術に飽きた魔道士は、前方はるかな砂丘のかなたにひろがっているエスリレオムの不吉な夕日に照らし出された巨大な尖塔と、「時」の魔力を受けつけぬ美しい伽藍とに、ようやく注意を向けた。

「なかなかにすばらしい土地だ」と、マトモーはいった。「われわれ二人でここを占領し、死者どもの帝王となろう。明朝はやく、エスリレオムにて戴冠の儀式をおこなおうではないか」すると、ソドスマがこたえた。「そうじゃ。この土地なら、われわれを罵倒する人間はひとりもおらん。しかも、死の眠りからめざめたものどもの行動は、すべてわれわれの指図にかかっておるのじゃから、万一にも反乱などという気づかいはあるまいて」

そこで、二人はエスリレオムに入城した。おりからの夕日が、血潮のように天空を染め、やがて紫の闇に消えいろうとするときであった。かれらは馬を進め、灯火《ともしび》ひとつ点《とも》らぬ広壮な建物のあいだを行軍していき、そこに荘厳な古城をみつけると、自分たちと召使いの住む新居に定めた。この古城は、その昔ニムボス王朝二千年の栄華をけみした、シンコール地方の一大象徴であったと伝えられていた。

うす暗かった金色《こんじき》の大広間に、二人の魔道士があやつる狡猾な妖術によって、緑柱石のランプに灯がともされた。王侯の贅をきわめた料理も、同じ妖術の力で過去から取りよせられた。王者の汲む太古の美酒が、召使いの白骨化した手で月長石の大盃にそそがれた。その一夜、魔道士は贅をつくした大饗宴をもよおし、不覚にも、同夜おこなうはずだったエスリレオムの市民の蘇生を、翌朝まで遅らせる結果となってしまった。

真紅のあかつきが射し入る豪華な寝室で、かれらは目をさました。おこなわねばならぬ仕事は、まだ山ほども残っていた。二人は、この忘れ去られた廃墟を隅々までたどって、ペスト流行の最後の年に死んだため、埋葬されずに街路で朽ち果てていた市民たちを、まずかれらの邪悪な秘術の餌食にした。これが完了すると、つぎはエスリレオムの外縁に位置する広大な霊廟におもむいて、そこに眠っているニムボス王朝ゆかりの王侯貴族たちを甦らせる番となった。かれらは、白骨の奴隷に霊廟の扉を打ち破らせ、なかに安置されていた全皇帝のミイラを、その創祖にいたるまで、罪ぶかい暴挙の魔術で喚びおこした。すると、炎のように輝かしい宝石に飾られた、包帯すがたのミイラたちは、ひかりない双眼を見ひらいて、足もともおぼつかなげに歩きだすのだった。最後に、何代にもわたる諸侯貴族がいつわりの生命を与えられたところで、二人の仕事は完成した。

こうして、シンコールの皇帝皇后たちは、荘厳な隊列をかたちづくり、暗く高慢な髑髏《どくろ》のかんばせも虚ろに、マトモーとソドスムの命ずるがまま、エスリレオムの街路という街路を行進しはじめた。やがて、宮殿の巨大な接見室に入場した二人は、その昔血統ただしい支配者のみが妻と席を分かちあえたという、一対の王座に深ぶかと腰をおろし、ニムボス王朝の神話的な始祖ヘスタイオンのミイラの手から、支配権を継受した。この無気味な戴冠がおわると、宮殿に集まったヘスタイオンの全子孫は、ひびきのない、木霊《こだま》のように単調な声で、二人の即位を祝福した。

かくのごとくして、無頼の二魔道士は、ティナラスの市民に追いやられた、死に場所も同然の砂漠地帯で、みずからの王国と臣下をかち得たのである。かれらは、みずからの不吉な秘術を弄して、シンコールの死者たちに対する絶対的支配をきずきあげると、ここに嫌悪すべき独裁制をしいた。外縁の土地からは、白骨の使者がみつぎ物を捧げに訪れるようになり、またエスリレオム内に残った病死者や臣民のミイラたちも、あるいは使者として街中を徘徊し、あるいは無尽蔵の宝物殿に歩をはこんで、蜘蛛の巣や塵芥にうもれた太古の黄金財宝を、貪欲な二帝王の前に献上する役についた。
労働者たちは、宮殿の園で、すでに朽ち果てていた花ばなを咲かせた。屍肉を身に持つもの、すっかり白骨化したもの、いずれもが入りまじって鉱石を掘り、いのちの消えかけた太陽に向かって、奇怪な大尖塔をきずきだした。いっぽう、侍従や皇子たちは盃はこびを命ぜられ、皇女たちは、墓中の闇にあってさえその輝きを失わなかった黄金《こがね》の髪も誇らかに、その華奢《きやしや》な手で弦楽を奏でるのだった。そして、彼女たちのうちでも、疫病や蛆虫に蝕《むしば》まれることがもっとも少なかった美しい死女たちは、魔道士の屍愛的情欲を満たすため、夜伽のまくらべに召されていった。

2

シンコールの市民は、マトモーとソドスマの命ずるすべての役目を、生ける召使いとして遂行した。かれらは、生前と同じように話し、動き、食べ、かつ飲んだ。また、死ぬ前までかれらが持っていた感覚のなごりをつかって、物事を見聞きし、感じとることもできた。しかし、かれらの頭脳だけは、おそるべき魔術の占有するところだった。そして、わずかながらもおもい起こすのは、とおい昔の別世界での日々——魔道士が召喚した、この生の世界など、かれらにとってはただの虚無——ただ煩悩のみを押しつける影の世界にすぎなかった。かれらの血はとどこおりがちに流れる。かれらの血は忘れ川の水——そして、その忘れ川の蒸気が、かれらの目をすっかりくもらせてしまっていた。

　反抗も不平もあらわにすることなく、死者たちは黙々として圧制者の命に服した。かれらの心に巣食うのは、朦朧として果てしもない倦怠の霧――かつて永眠の美酒に酔い痴れたものたちが、ふたたび死の辛酸をなめねばならぬ運命へ喚び返されたときにのみ知る、あの測り知れない憂いだった。かれらには、もはや情欲も野望も歓喜もない。あるのはただ、忘れ川から喚び起こされた身へのもの憂い虚脱感と、もとの暗黒へ帰ろうとする果てしない悶えだけだった。

　ニムボス王朝の末裔にして、もっとも年若き王は、疫病流行の最初の月に倒れて以来二〇〇年間、二人の魔道士によって冒瀆を受けるまで、壮麗な霊廟で眠りつづけていたイレイロ王であった。かれが、先祖たちや臣下どもといっしょに墓をぬけ、圧制者のもとに仕えることになった運命は、べつだん、疑問や驚愕の対象ではなかった。かれはちょうど、夢のなかに表われる数々の不思議や冒瀆を抵抗なく受けいれる者のように、自分と先祖たちの蘇生になんらの疑義も差しはさもうとはしなかった。暗い太陽ばかりがひかる、虚ろで無気味なこの世界では、自分は単に、魔道士がくだした運命にしたがう木偶《でく》人形にすぎないのだということを、かれはよく理解していた。それゆえに、はじめのうちは他人と同様に、もの憂い倦怠感、忘れ川への帰還をもとめる焦れだけを感じていれば、こと足りた。

　帝王の魔術に身を縛られ、あまつさえ、長きにわたる彼岸での眠りによって自己を失ったかれは、まるで夢遊病者さながらに、創祖たちがつきしたがうこの冒瀆の元凶の横暴をぼんやりと見すごしていた。しかし日が経つにつれて、かきくれたかれの心の暗闇に、ある日とつぜん弱々しい光が射した。

それは、もはや取り返しのつかぬ常闇《とこやみ》のかなたに沈んでいたはずの、若さ満つる存命時代に経験した、あの輝かしい誇りと歓喜であり、またエスリレオムの華やかな栄光のおもい出だった。それをおもい出したとき、このような呪うべき生の模倣を押しつけた魔道士に対する憎悪の情が、かれの胸に湧きあがった。暗黙のうちに、かれは、みずからとその高祖たちの境遇に悲嘆の念をいだいた。

来る日も来る日も、かつてみずからが支配した王宮で、盃はこびの身分になりさがって働くイレイロは、マトモーとソドスマのふるまいを黙視しつづけた。かれらは残虐と欲望のかぎりをつくし、いまや酩酊の底に沈もうとしていた。死の奢侈に身をうずめ、無軌道に堕し、怠惰のために醜く肥満して、秘術の修錬すらおこたり、多くの呪文を忘れていった。だが、それでも二人の専制君主は絶対的に君臨しつづけた。かれらは、紫と紅の寝椅子によこたわりながら、ティナラスへ軍隊を差し向ける計画をめぐらしていた。

かれらは、世界征服の野望と、さらに強大な魔道の修得とを夢みながら、屍肉をくらって成長する蛆虫のように、ますます肥満し、怠惰に堕していった。こうして、かれらの残虐と圧制が度を増すにしたがって、イレイロの暗い心には、あの忘れ川の湿気にも消すことができない反逆の炎が、あかあかと燃えあがった。しかも、この怒りが徐々に強まるにつれて、生前有していた力と意気が、ふたたびかれの体によみがえってくるようだった。二人の暴君の横暴を目のあたりにし、不幸な死者たちになされた悪業のかずかずを知ったかれの脳裡に、いまこそ復讐の声がひびきはじめた。

　イレイロは、エスリレオムの宮殿で、祖父たちとともに、王の命令を黙々と甘受しつづけた。また、王の命がくだされるまで、広間の遠隅《とおすみ》でひっそりと控えつづけた。若い太陽の下で実った葡萄丘から魔法の力で取りよせた赤葡萄酒を、緑柱石の大盃に満たし、主人たちの口ぎたない嘲笑にも耐えた。夜ともなれば、帝王たちは酩酊の極みに達し、睡魔の餌食となって、いつわりの栄光に包んだ醜い肥満体を床にさらした。

　一方、生ける死者たちのあいだに言葉が交されることは、これまでほとんどなかった。父も息子も、母も娘も、恋人も愛人も、誰もが知らぬげに往来し、自分たちの邪悪な運命を呪ったりする者はなかった。しかし、二人の暴君が眠りにおちたある夜のこと、魔法のランプがゆらゆらと揺れ動く大広間で、イレイロがかれの家系の始祖であるヘスタイオンと密議を凝らすときがついにやって来た。しかも、始祖ヘスタイオンは、神話のなかで偉大な魔術師と呼ばれ、古代の秘伝に精通したとつたえられる王であった。

　ヘスタイオンは、小暗い大広間の隅に、他の王族たちとは離れてたたずんでいた。褐色にくすみ、みるかげもなく萎縮したミイラの体を、朽ちた屍衣につつんだかれは、その光りのない目を虚空の一点にそそいでいた。かれはさいしょ、イレイロの質問が耳にはいらない様子だったが、ややあってからこたえを返した。

「予は齢《よわい》を重ねすぎた。予が霊廟の闇に身をゆだねたのは、測り知れぬ昔のことゆえ、おおかたのことは忘れてしもうた。だが、死のかなたに領する広漠たる虚無の世界を模索しつつ遡れば、おそらくは、予が昔得た智慧の幾ばくかをおもい出すことができるやも知れぬ」そういうと、ヘスタイオンは記憶の糸をたぐりはじめた。それはちょうど、かつて蛆虫の這いまわったあとをたどり、朽ち果てた表紙のあいだに隠されていた古代の記録書を捜しあてる様《さま》に似ていた。そして、かれはとうとう次のごとき事実をおもい出した。

「予は、その昔みずからも偉大な魔道士であったことをおもい出した。予は、かずかずの秘術を学んだが、死者を喚びおこす術の嫌悪すべき性質を知るにおよんで、それを行うことを永久に断念した。また、予は別の知識をも持っておった。そして、予の聞きおぼえた古代伝説の断片のうちに、この場に役立つものがかならずやあるに違いあるまい。なぜなら、太古のむかし、エスリレオムとシンコールの帝国を創設したおりに行なわれた滞然たる予言のことを、いま思い出したからじゃ。予言は次のような内容であった。すなわち、帝国とシンコール国民に、将来、死よりもおそろしい悪運が下されるという。そして、この悪運を避け、人民を救うには、ニムボス王朝の創祖と最後の末孫が一堂に会して、たがいに力をつくす以外にないというのじゃ。だが、肝腎の悪運の名は、ついに予言されることがなかった。予言が最後に伝え得たことは、エスリレオムの宮殿の地中はるか、地下最奥の堂を守護する太古の土偶を破壊することによってのみ、さきの二王が解決の方策を得るという神託だけじゃった」

始祖のいろあせた口から聞かされた予言を熟考したイレイロは、次のようにこたえた。

「わたくしも、幼きころの冒険をちょうど思い出したところなのです。あれは、ある日の午後のことでした。わたくしは、誰も行かない地下堂を目的もなく探索しながら、最奥の地下堂へ足をふみいれたのです。そこで、見たこともない奇妙な恰好をした、塵だらけの裸像をみつけました。そのころ予言の話などもとより知らぬわたくしは、失望して、来たときとおなじようにあてもなく路をたどり、太陽をもとめて地上へ戻りでたものです」

そこで二人は、なんの反応もしめさぬ家族たちのあいだを密かに擦りぬけると、宝石の飾られたランプをたずさえて大広間を出た。宮殿の下へつづく階段をくだり、かたち定まらぬ影のように迷路の暗闇をたどりながら、かれらはついに最下の地下堂へ到達した。そして、何万世紀にもわたる塵芥と蜘蛛の巣に覆われた部屋で、かれらは期待どおり、煤けた土偶を見つけだした。土偶というのは、すでに忘れさられた大地の神の表情をうつしたものであった。イレイロがさっそく石片を握って、この裸像を打ち砕いてみると、虚ろになった内部から、錆《さび》ひとつない大剣と、輝かしい青銅でできたかなり重たい鍵と、ある種の合金でつくられた美しい碑板とがあらわれた。そして碑板の表面には、魔術師の圧制を排し、シンコールの民人《たみびと》にふたたび死の忘却をもたらすために行なわねはならぬ方策を述べた神託が、あざやかに刻みつけられていた。そこで碑文の命に従い、裸像の背後に設えられてあった小さな潜り戸の扉が、イレイロの手にした輝かしい青銅の鍵によって開かれた。そして、二人が中を覗いてみると、そこには予言に伝えられていた通りの螺旋階段が延々と続いていた。いままで誰一人見たものがなかった深奥の奈落に燃える、地球の最後の火に通ずる秘密の通路だった。ヘスタイオンは、その扉を守護する役目にイレイロを就けると、ミイラの手に大剣を握りしめ、階上の大広間へとって返した。めざすは、死の色彩にいろどられた召使いたちを身辺に控えさせて、紫と紅の寝台に気品のかけらもなく横たわる二人の魔道士である！

太古の予言と、輝きを放つ金属碑の命令にささえられて、ヘスタイオンの巨大な剣が宙を舞った。マトモーとソドスマの首は、おのおのただの一撃で胴から斬りはなされた。そして、碑文に記されたところにしたがって、二つの死体は四つ斬りの刑に処せられた。魔道士たちは、その冒瀆に満ちた生命を終えて、寝台に仰臥した。かれらが醜い肢体を横たえた寝台は、悲しげな紫の色彩に血潮を浴びて、さらに毒どくしい輝きを増した。

ヘスタイオンは、わけも分からず立ちすくんでいるニムボス家の人びとに向かって、威厳をふくんだ声で囁きかけた。ミイラの口から発せられる声は、耳障りではあったが、相手を威圧する重みがあり、その調子も、さながら子供たちに命令を発する王の姿を思わせた。囁きは、王家の者すべてに伝わると、さらに宮殿の外へ流れ出し、生けるものには理解もおよばぬ道をたどって、シンコール中の死者たちの耳にはいった。

その夜が過ぎさり、暗赤色に染まった次の日が、消えゆく太陽の光とゆらめく松明《たいまつ》とに照らされるあいだじゅう、病いに犯された体をひきずる死骸や、崩壊の間際にまで乾燥した白骨の果てしない隊列が、エスリレオムの街路をおそろしい勢いで通りぬけていた。かれらは、死んだ魔道士の上に君臨するヘスタイオンの守護のもとに、大宮殿の広間へと流れこんでいた。かれらは一瞬たりとも足を停めなかった。その虚ろな眼窩を一心に凝らして、イレイロが待つ地中の堂へ進み、最奥の地下堂で黒ぐろと口をあけている、あの潜り戸をぬけると、そこに続く百万段の階段を一気に駈けおりた。かれらの前には、消えいろうとする地球最後の炎が燃える断崖の縁《ふち》が待っていた。かれらはそこから、底無しの炎地獄へ身を投じ、第二の、同時に浄らかな忘却に還っていった！

だが、すべての死者がその身を解脱《げだつ》に捧げたあとも、ただひとり、ヘスタイオンだけが落ちゆく太陽のなかにたたずんでいた。かれの足もとには、マトモーとソドスマの斬りさいなまれた死体があった。かれは碑文の命ずるがままに、生前習いおぼえていた太古の呪文を、二人に下そうとするところだったのである。もちろん、マトモーとソドスマの死骸に宣せられた呪いは、かれらがシンコール市民に下したとおなじ、死における永遠の生命であった。ヘスタイオンの青白い唇からおそるべき呪文が発せられると、二つの頭《こうべ》はとつぜん目を見開いて、あたりかまわず転がりはじめた。一方、かれらの手足と胴体も、血のこびりついた寝台のうえではげしく悶えだした。それを見届けたヘスタイオンは、後ろを振りむくこともなく、魔道士たちをかれらの罰のもとに放棄して立ち去った。ニムボス王朝創立の瞬間に負わされたすべての運命は、ここに予言どおり終焉をむかえた。かれは、ミイラの体をひきずるようにして、イレイロの待つ暗黒の迷路に、遅々とした足どりを進めていった。

そして、安らかな静寂のうちに、二人は地下堂の扉を潜った。かれらにとって、言葉はすでに不要だった。イレイロが内側から青銅の鍵を掛けおわると、かれらは螺旋階段を下り、炎地獄の縁にたどりついた。そこから、完璧にして最後の虚無の底へ——家族のものたちが待つ永遠の闇へ、その身を投じたのだった……

人の噂に聞く。マトモーとソドスマの四つ斬りにされた死骸は、いまもなおエスリレオムの砂漠を這いまわり、死における永遠の生命の宿命をおって、休息も安寧も得られぬまま徘徊をつづけているという。イレイロが永久に封印した最奥の地下扉《とびら》をもとめて、小暗い迷路の堂々めぐりを、いまもなお繰り返しているという――けっして報われることもなく。

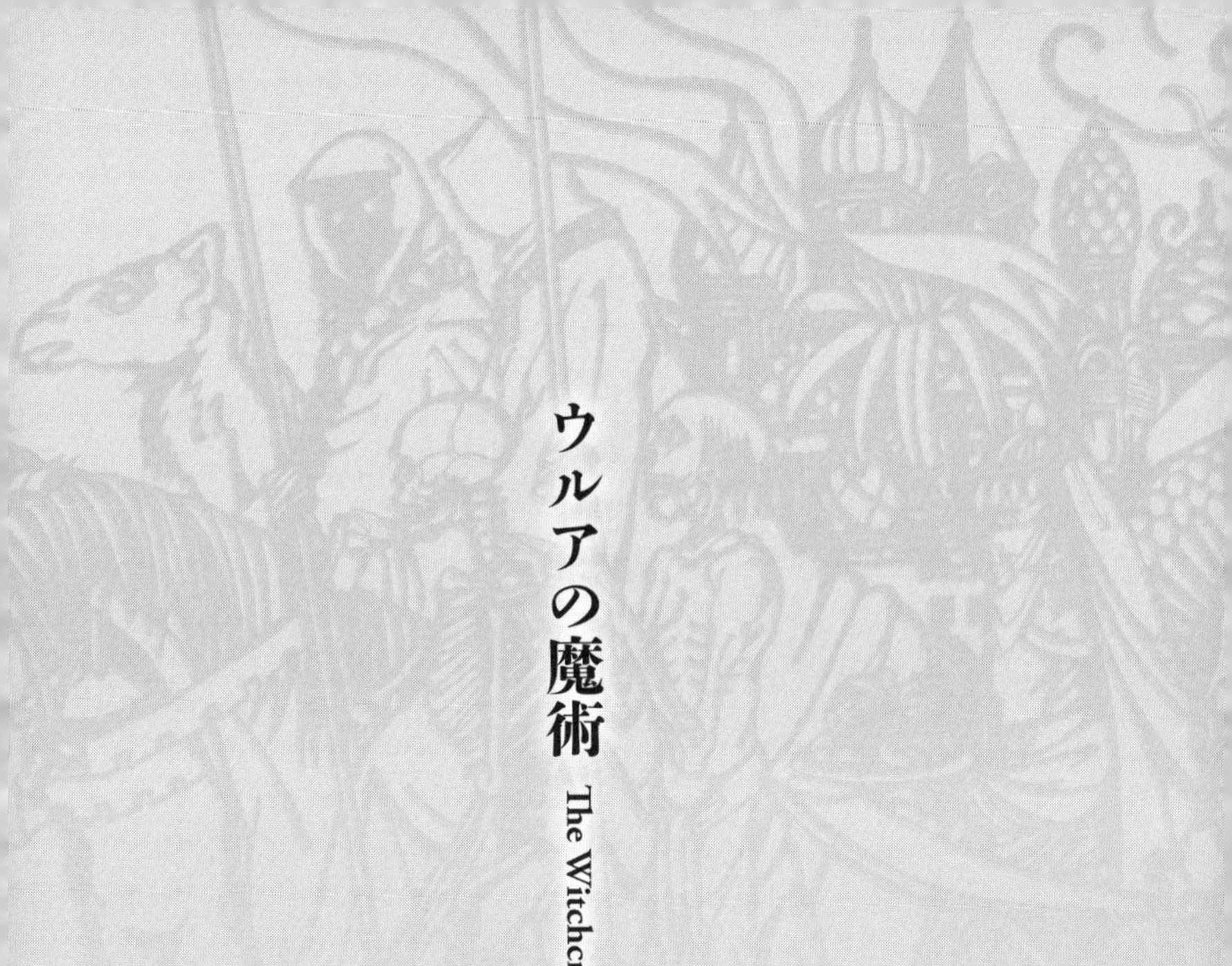

ウルアの魔術

The Witchcraft of Ulua

安田均訳

隠者サブモンは予言者の知恵と黒い妖術への知識で知られるだけでなく、その敬虔な性格でも有名だった。二世代とも言える歳月、彼はただ一人タスーン砂漠の北辺の奇怪な家屋に住んでいた。家屋といっても床と壁にアラビア駱駝の巨大な白骨を使い、野犬、人、ハイエナなどの小骨を組合せて屋根を編んだだけという代物だった。この白く調和のとれた遺骨の片々は、充分鞣《なめ》された皮紐によって縛られ、驚くほどしっかりと密着していたため、いかに砂漠の褐色の砂が吹きつけても入り込む余地はなかった。サブモンはこの家屋を誇りとしていたので、常にその内も外もミイラの髪の箒で掃ききよめ、磨き抜かれた象牙のように汚点《しみ》一つなくしておかねば気がすまなかった。

人里離れた隠棲にもかかわらず、長い旅の難行に耐えてサブモンの許を訪れるタスーンの人々は数多く、中には遙かなゾシークの他国から来た巡礼たちの姿もあった。彼は人々に対して無愛想でも不親切でもなかったが、その願いがありきたりで単に将来の占いとか事業に関する有益な忠告とかになると、しばしば無視する事があった。年をとるにつれてこの傾向は顕著となり、ますます寡黙になった彼は晩年、人と語らうことがほとんどなかった。井戸のそばに植えてある噛く棕櫚と喋ったり、住居の上を過ぎて彷徨《さまよ》う星々と話したりする方を好んだと言われていたが、それはあながち嘘とも言い切れない。

サブモンが九十三の歳を数えたある夏の日、アマルザインという名の若者が訪れた。彼はサブモンの大甥にあたり、かつて隠者の生活にひき籠る以前、目の中に入れても痛くないほどかわいがった姪の息子であった。アマルザインは二十一になるまで、両親と共に高地《ハイランド》で過して来たが、今やファモルフ王の酌人になろうと、タスーンの都ミラアブへ赴く途上にあった。この地位は父の有力な友人によって得られたものだが、この国の若者の間では羨望の的になっていた。運よく王の眼に止まりでもすれば、将来の高い地位が約束されたからである。そこで出発にあたり、母親のたっての願いから、これからの処世に関する問題について賢者の判断を仰ごうとやって来たのである。

サブモンの眼は寄る年波にも、天文学や古代文字の解読への過度な熱中にも曇っておらず、少年が母の美しい面影を宿しているのを見て喜んだ。その結果、彼は蘊蓄を傾け、少年に適切かつ深遠な処世術を教えこんだのである。最後に彼はこう結んだ。

「おまえはわしの許へ来て本当によかった。世間の堕落に無知なおまえが、見た事もない罪や、魔術や妖術に満ちた都へと向うのじゃからな。ミラアブには数え切れぬほど悪があり、特に女どもは皆、魔女か淫売じゃ。奴らの美は汚れきっておるが、何も知らぬ若者や、時には勇者さえもがだまされてとりこになりおる」

アマルザインが旅立つさい、サブモンは奇妙な彫刻——少女と思われる華奢な骸骨模様——が施してある、小さな銀の魔除けを授けて言った。

「これから先、何時もこれを着けておくように言っておく。その中にはヨス・エブニの火葬の薪からいただいた一つまみの灰が入っておるのじゃ。人生におけるすべての誘惑を退け、肉のもつ欲望を鎮めて、晩年遂にすべての人と悪魔の上に立たれた、あの聖者にして大魔道士のな。だからこの灰には徳が籠っており、ヨス・エブニによって征服された邪悪からおまえを守ってくれるだろう。が、もしやミラアブには、この魔除けも防ぐ事のできぬ邪悪や魅惑があるかもしれぬ。そのような時は、ためらわずわしの所へ戻って来るのじゃ。おまえをよく調べて見ればミラアブで降りかかる事などすべてわかるじゃろう。わしの眼と耳には、距離などに妨げられぬ無限の能力がかなり前からそなわっておるからな」

アマルザインはサブモンに暗示された世間の事象には頓と無知だったので、この熱弁にはいささか困惑したが、丁重にその魔除けを受けとった。やがて彼はサブモンに恭々しく別れを告げ、伝説に満ちた罪深い都で自己にどんな運命が降りかかるのか大いに興味をそそられつつ、再びミラアブへの途上についた。

ファモルフは遊蕩にふけって耄碌したとはいえ、なおこの古い砂漠に覆われた国の王として君臨していた。その宮廷には遠方にまで手を伸ばして得た様々な贅沢があふれ、行きすぎた洗練や堕落にみちた世界だった。若いアマルザインは田舎の人々の単純な礼儀作法と、わかりやすい善悪の観念に慣れ親しんで来たので、初め周囲の柔弱《シバリティック》で複雑な社交生活に眩惑された。しかし、生来の強い気質と両親の厳しいしつけ、大叔父サブモンの教訓とによって、致命的な誤りを犯したり堕落するには至らなかった。

かくして彼は宴会の席に酌人として侍り、終始その節度を心得ながら、夜ごと夜ごと王のルビーで飾られた杯に大麻を含んだ刺激の強い葡萄酒とか、阿片をまぜた夢見心地を覚えさせるアラク酒とかを注いでいた。その汚れない心身には、宮廷にはびこる忌わしい虚礼——廷臣たちは恥ずかしげもなくそれを競い、王の倦怠を晴らそうとするのである——がはっきりと見抜けた。北方のドゥーザ・ソームから訪れた黒人の踊り子たちや、南方の島の輝くサフラン色の肌の娘たちが、俊敏かつみだらに体をくねらすのを見ても、ただ驚きと嫌悪の念だけを感じるだけだった。帝王の超人的な善性をかたくなに信じた両親に育てられたアマルザインには、この宮廷の邪《よこしま》な光景がすぐには受入れられなかった。ただ敬虔の念を持つよう教えられていたので、アマルザインはすべてタスーンの王の特殊ではかりがたい特権によるものと思いこむようになった。

最初のひと月の間に、彼は王と皇后ルナリアの一人娘、王女ウルアについての噂をさかんに耳にした。しかし王室の女性は宴席にほとんど現われず、公衆の面前に姿を見せる事も少なかったので、彼には王女と会う機会はなかった。一方、彼女の恋愛沙汰は巨大な宮殿の陰で盛んに囁かれていた。彼女はその母である皇后ルナリア――若かりしころ、魅せられた詩人たちによって何度も謳われた妖しく華麗な美も衰え、醜悪な妖鬼の相がいまでは表われていた――の妖術をうけ継いでいると。ウルアの愛人は数限りなくいたが、多くは彼女自身の魅力とは異なるものによって情熱をかき立てられ、貞節を捧げることになるとも言われた。実際の彼女は子供より少し背が高いくらいで、確かにその姿態には若者の夢に時々現われる女夢魔《サキュバス》の愛らしさが備わっていた。宮廷の多くの者は彼女を恐れ、その邪さは危険なものと見なされていた。ただファモルフだけは皇后ルナリアの場合《とき》と同じく、溺愛のあまりその罪と妖術には盲目で、彼女の意志を拒んだりする事はありえなかった。

務めを終えたアマルザインには多くの時間が残されていた。ファモルフは夕辺の宴が終ると、年齢からか酔いからか、よく常人の倍に近い睡眠をとるからだ。この多くの余暇を、彼は代数と古詩・古物語の勉強に費した。ある朝、代数の計算に没頭している彼の許に、ウルアの侍女の一人である大きな黒人女が遣わされてきた。女は有無を言わさず、ウルアの部屋に直ちについてくるよう告げた。学問を急に中断されて彼は驚き困惑し、しばし返答に窮したが、その躊躇を見た巨軀の黒人女はやにわに彼を剥きだしの腕に抱え、軽々と部屋から運び出して宮殿の通廊を抜けて行った。当惑と屈辱とで頭が一杯になり、露骨な装飾を施された部屋に自分が置かれたと気づいたのは少し時間を経てからであった。淫蕩な香が漂うその部屋には、王女が燃えるような緋の寝椅子に横たわり、真剣で官能的な視線を彼に注いでいた。その姿は妖精族《エルフ》の様に小さく、とぐろを巻いたラミアの様に淫猥でもあった。香の煙がその周りを邪悪なベールのように覆っていた。

ウルアは熱い蜜が流れ出すような声で言った。

「飲んだくれの王に酒を注いだり、虫が食った書物に耽るよりも、他に多くの事があるものですよ、御酌係殿。その若さなら、もっと素晴らしい仕事があるでしょうに」

「私は義務と学問以外に欲するものはございません」アマルザインは素っ気なく答えた。「はっきりとおっしゃって下さい、王女様。どういうおつもりで私を、このような不体裁な流儀で侍女に連れてこさせたのですか」

「そなたのように博識で賢明な方には意味のない質問だこと」彼女は軽く受け流して笑った。「どう、私を美しく、好ましいと思えませんか。それとも、そなたの心は私が思っていたよりも鈍いのかしら」

「おお、勿論あなたは疑いもなくお美しい」少年は答えた。「しかし、その様な事どもは卑しい酌人には関りない事です」

寝椅子の前に置かれた黄金の香炉から濃くたち昇る煙は、彼女の長衣を脱ぐ動きによって二つに割れた。彼女の胸の上の二つの宝石が生きている眼のように燦き、低い含み笑いと呼応するかの如く揺れ動くのを見て、アマルザインは女妖術師から視線を逸らした。

「そう、かび臭い書物が、そなたの眼に覆いを掛けてしまったようね」彼女は続けた。「そんなに古ぼけた学問で自分の眼をふさいでいたいのですか。では行きなさい。でも、そなたは自身の意志ですぐに戻ってくるようになるでしょう」

数日後、アマルザインは日頃の務めを果そうとする際、奇妙な幻覚が見えるのに気づいた。ウルアが至る所につきまとうのだ。例えば、なにか新奇な気まぐれであるかのように宴会の席に現われ、若い酌人の眼にその邪な美を焼きつける。また、昼は昼で宮殿の庭や通廓でたまたま出会うという風に。さらにはすべての者が彼女に加担して、アマルザインの頭に彼女を刻みつけようと、さりげなく噂をしているようにも思えた。遂には重いアラス織の掛け物までが、陰鬱で果しなく続く通廊を吹き抜ける風にざわめいて彼女の名を呼ぶように感じた。

だが、これですべてが終ったわけではなかった。見たくもないその幻影は夜の夢にまで忍び込み、彼を悩ませ始めたのである。耐えかねて目覚めるや、倦怠感に満ちた彼女の温かい甘美な声が闇に響いており、再び眠りに就くと、軽く微妙に愛撫する彼女の指を感じるのだった。窓外の黒い糸杉に掛かる青白く満ちていく月を眺めれば、死に瀕したウルアに生写しの顔が心に喰い入って来るのだ。華やかな掛け物の中で語られる伝説上の女王や女神の恋愛図に、その魔女の姿が現われ若くしなやかに動くのだった。鏡を覗き込めば、魔術に魅せられたように傍らに寄り添うウルアの顔を見つめ返していた。書物をひもとく時も、亡霊の如くウルアが浮きあがり、誘惑するような囁きと気まぐれな動作を見せて消え去ってしまう。この現実か幻影かほとんど識別できないものは、アマルザインを少なからず困惑させたが、それでもまだウルアを無視し続けることはできた。言うまでもなく、あの聖者にして賢者であり大魔法使いであるヨス・エブニの灰を詰めた魔除けの効用であろう。一度ならず、食事の際に奇妙な味覚を感じて、例の悪名高い媚薬を一服盛られたような疑惑につきまとわれた。が、軽いむかつきを覚えた程度で何の害もなく過ぎさった。陰では秘かに呪文がかけられ、通常の三倍も致命的と伝えられる呪術が心と五感を傷つける目的でなされていた事に、彼が気づくはずもなかった。

今や（アマルザインは知らなかったが）彼の無関心ぶりは宮廷でも話題になっていた。彼女の課す義務《つとめ》から彼が免れえたことに人々は驚いたのである。これまで王女に選ばれた者は、隊長であろうと、酌人、高官、一般兵士から下僕まで、皆たやすく彼女の幻惑に籠絡されてきたからだ。それゆえにおのれの美がアマルザインに侮蔑され、妖術による陥穽も失敗に帰し、それが一般にまで知れわたった事によって、彼女の心には怒りが渦巻いていると噂された。やがて彼女はファモルフの宴会にも現われなくなったばかりか、庭や通廊にもその姿をみせる事がなくなった。夢や目覚めていても出没した呪文によるウルアに似たものも消え去った。そこで無垢なアマルザインは、重大な危機に直面しながらも無事に乗り越えたものと思い大いに喜んだ。

ところがある月のない夜、暁前の静かな眠りを貪っていた彼の夢の中に、頭から足先まですっぽりと屍衣を被った姿がたち現われた。女人像のようにそびえるそれは、いかなる呪いにもまさる脅威と恐怖を満ちあふれさせ、無言で彼の上に覆いかぶさってきた。屍衣が胸から開き、墓蛆や屍甲虫、蝎《さそり》、それらが腐肉の断片と共に音をたててアマルザインの上に落下した。瞬間、息が詰まり、胸が悪くなって彼は悪夢から目覚めたが、あたり一面には腐臭が漂い、まざれもなく覆いかぶさってくる重い体の圧迫感を感じたのだ。肝をつぶし、立ち上ってランプに火をともしたものの寝台は空だった。が、嘔吐感をもよおす悪臭はまだ残っている。まるで死後二週間を経て蛆に食い荒された女の死体が、闇の中で傍らに横たわっていたと誓ってもよさそうなくらいだった。

この夜を境として、来る夜も来る夜も彼の睡眠は不潔なものによって妨げられるようになった。視覚ではとらえられないが、触覚にはわかるものが部屋に現われては消えるという恐怖に、とても熟睡するどころではない。死後かなりの時を経た夢魔の硬い腕に抱かれていたり、肉の削げ落ちた骸骨の淫靡な震えが感じられたりして、そのたびに彼は悪夢から覚めた。ミイラの胸に詰めてある防腐剤によって息が詰ったこともあった。また、動かせない巨大な死体の重みにつぶされそうになった時もあり、じくじくと腐乱しかけた唇からぞっとする接吻を受けた事もあった。

これですべてが終ったわけではない。昼日中、死体より不潔なさらに忌わしいものが今度は目に見え、五感に知覚されて、彼の眼前に出現し始めたのだ。例えば、肉が腐り切った体のようなものが、真昼間ファモルフの宮殿の大広間で這いずっていた。それらは影から立ち上り彼の方ににじり寄ってくると、もはや顔とはいえない青白い顔に流し目を浮べ、半ば肉のそげた指先で彼を愛撫しようとした。また彼が行き来するたびに、蝙蝠のような毛深い胸を持つ好色なエムプサ（ヘカテによって送られる亡霊）が踵にまといついた。更には蛇身のラミアが、王の眼前で踊子たちが気どって爪先立って旋回するように舞うのだった。

もはや心静かに読書をしたり、代数の問題を解いたりする余裕はなかった。目を集中しようとしても文字が刻々と変化し、邪悪な意味を持つ秘文字へとねじれていくのである。彼の書く記号や数字は大きな蟻ほどの魔物と化し、戸外にいるように用紙の上でいやらしく体をねじった。その姿はまるで地獄の女王、暗黒の女神アリーラにだけ許される儀式をとり行っているようにも思えた。

このように呪われ取り憑かれて、若いアマルザインは気も狂わんばかりだった。それでも嘆くこともなく、自分の眼に見えるものを他人に語る事もなかった。彼にはこれらの恐怖が実体をもつものにせよ、非物質的なものにせよ、自分にしか知覚できないとわかっていたからである。こうして夜、月がめぐる中、彼は死体と床をわかち合い、昼、往き来しながらずっと見るも汚らわしい亡霊たちにからまれていた。いまや彼もこれらがすべて、おのれの愛を拒絶されたウルアが復讐に送り込んできたものだと固く信じ込むようになった。と同時に、ある種の魔力はいかにヨス・エブニの銀の魔除けであろうと防ぎ切ることができないかもしれぬという、サブモンの暗い示唆にも気づいた。現にその魔力が自分に降りかかっていると思い、彼は隠者の最後の教示を思い起した。

結局、自分を救えるのはサブモンの魔力しかないと感じて、彼はファモルフ王の許に行き、しばしの暇を求めた。ファモルフはこの酌人が非常に気に入っていたのだが、その痩せ衰えた身体と蒼白い顔に気づき、快くその要求を聞き入れた。

蒸し暑い秋の朝、持久力があり脚力もあることから選ばれた馬に跨り、アマルザインはミラアブから一路、道を北にとった。奇妙な重苦しさが辺りの空気に澱んでいた。砂漠の丘に巨大な銅色の雲が多くの天蓋をもつ魔神の宮殿のようにそそり立ち、何層にも積み重なっていた。陽の暑さはまるで溶解した真鍮の中を泳いで行くようだ。沈黙のおりた空にはいつもの禿鷹も姿を見せなかった。あのジャッカルでさえ何か未知の運命に恐れをなしたかのように、ねぐらにひき籠っている。アマルザインはサブモンの許に急いだが、眼前には再び体のただれたものどもがぼんやりと出没し、こげ茶色の砂上で汚らわしく身をよじり、馬蹄の下から女夢魔の淫らな呻吟が響いてくるように思えた。

風も途絶え、星明り一つない夜が辺りを覆う頃、彼は枯れかけた棕櫚に囲まれた井戸にたどりついた。そこでもウルアの呪いによって眠ることはできなかった。砂漠の墓から現われた乾いた挨っぽい死体が傍らに硬直したまま横たわり、測ることもできないほど深い砂穴にあるその住居へと骨だけの指で彼を誘なうのだ。

そのような魔物にとり憑かれ疲れ切って、アマルザインは翌日の昼過ぎにサブモンの待つ骨細工の家にたどり着いた。隠者は別に驚いた様子もなく、彼を暖く迎え入れた。そして、もうその話は聞いているという態度で耳を傾けた。

「すべてわしには最初からわかっておった」彼はアマルザインに告げた。「ウルアの放つものからもっと以前におまえを助けてやることもできた。しかし、まさにこの時、おまえがありとあらゆる非道がまかりとおっておるあの老いぼれの宮廷も、悪に満ちたミラアブの都も見捨てて、帰ってくる事が必要だったのじゃ。まだ占星術師どもにはわかっておらぬが、ミラアブの破滅は天界で既に決まり、差迫っておる。わしはおまえがそれと運命を共にしてほしくはなかったのじゃ」

　彼は続けた。

「ウルアの呪文は今日この日にこそ破らなければならぬ。彼女が送り込んだものは、彼女自身に戻さねばならん。さもなくば、魔女はその暗黒の王である冥府第七界の王ササイドンの許へと去っても、悪霊どもは目に見え触知できる災いとして存在し、未来永劫おまえにとり憑くからじゃ」

　そして驚くアマルザインを尻目に、象牙の飾りだなから暗く輝く金属の楕円鏡を取り出し、その前に置いた。鏡は仮面をつけた像の、衣に覆われた両腕によって高く支えられていた。覗き込んでみたが、その表面には彼もサブモンも部屋の何ものも写し出されてはいなかった。サブモンはさらによく見るように言い、自分は奇妙な絵が描かれた駱駝皮の垂れ幕によって仕切られた小さな礼拝室へとひき籠った。

　鏡を見つめるうちに、ウルアの放った憑きものが傍らを行き来し、娼婦のような下品な仕草で何とか注意を引こうとするのが目に止った。が、意志を集中し、なおも彼は視線を反射しない金属に据えた。やがてサブモンの悪魔祓いを行う古代の呪文が、力強く間断なく聞こえてきた。礼拝室の垂れ幕を越えて、悪魔を遠ざけるための香料の耐えがたい刺激臭も漂ってきた。

やがて、鏡から目を上げることなく集中していたアマルザインには、ウルアの送ったものが砂漠の風に吹き払われ、煙のようにかき消えて行くのが感じられた。一方、鏡自体は薄暗く、朧ろげながらミラアブの都の大理石の塔が、要塞の如く広がる不吉な雲を背にして浮び上ってきた。その光景は移ろいゆき、宮殿の大広間で廷臣や幇間たちに囲まれたファモルフが、酒のしみのついた紫の衣に酔っぱらった老醜をさらけだしていた。さらに鏡は、淫猥な模様のタペストリーに飾られた部屋を浮び上がらせた。火のような深紅の寝椅子の上には、王女ウルアとその新しい恋人たちが金の香炉から立ち昇る煙の中で座していた。

驚きながら覗きこんでいたアマルザインの眼に奇妙なものが映った。濃くくゆっていた香炉の煙がもくもくと膨れて立ち昇り、これまでとり憑いていた亡霊どもに刻々と変化していったのだ。続々と湧き集って、部屋はそれら地獄のものどもの巣窟、納骨所が裂け怨霊どもが噴出したありさまとなった。ウルアと右側にいた男――王の護衛隊長――との間に巨大なラミアが出現し、蛇身で両者を締めつけ、その人間の胸で彼らを押しつぶした。左側には蛆に半ば食い尽された死体が現われ、その唇のない歯でいやらしい笑みを浮べ、屍衣に巣食う蛆虫どもは二番目の愛人――宮殿の主馬頭――に降りかかった。さらに他の忌むべきものたちが魔女の大鍋から立ち昇る煙のように膨れ上り、ウルアの寝椅子に汚ならしい口と指を押し寄せて押しつけた。

隊長と主馬頭の顔には、恐怖が地獄の烙印のようにはりついた。恐怖はウルアの瞳の中にも、陽の差込まぬ窖にともされた青白い炎のようにゆれ、胸当ての下でも波打っていた。またたく間に部屋は荒々しく揺れ始め、香炉は傾いた板石の上に転倒し、淫猥な掛け物は嵐の中で風をはらんだ茶色の帆のように膨んだ。巨大な亀裂が床に生じ、寝椅子の横を速やかに拡がった。それは壁から壁に走り、部屋全体が真二つに割れた。王女と二人の恋人は周りの汚れたものもろとも、その裂け目に轟々と呑み込まれていった。

鏡は再び暗転し、ミラアブの青い塔が金剛石《アダマント》のような黝《くろず》んだ天空に投げ出され、崩れ落ちるのを映し出した。それは鏡自体をも振動させ、それを支える金属の仮面像まで今にも崩れ落ちそうだった。サブモンの住居もその震動のために振るえたが頑強な作りであったので、ミラアブの宮殿や家並みが崩壊し、廃墟と化すなかでしっかり立っていた。

大地が平静に戻ると、サブモンが礼拝室から現われた。

「起ったことを、今さら教訓めいた話にするつもりはない。おまえは肉欲の本質を見たのだ。同じく俗世の崩壊する流れもな。さて、賢明になったおまえのことじゃ。俗世を超越した不滅の事々《くさぐさ》に向かうじゃろう、早々に」

その後アマルザインは、サブモンの死に至るまで共に過ごし、星々の科学と魔術や妖術の隠れた領域での、彼の唯一の弟子になったという。

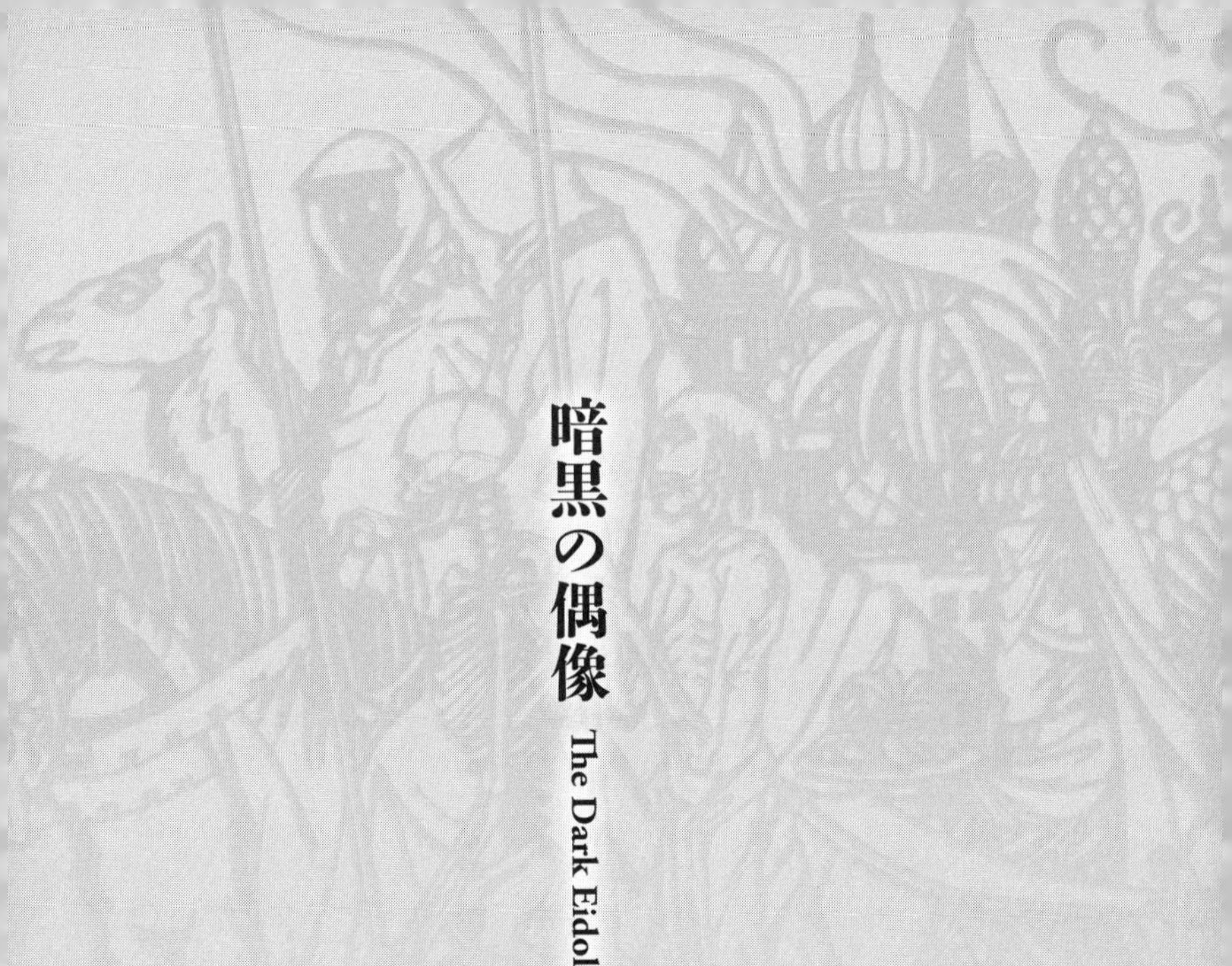

暗黒の偶像

The Dark Eidolon

鏡明訳

七界の地獄の君主たるササイドンよ
彼《か》の地に大なる大蛇《おろち》住まいて
限りない炎と闇とをくぐりおり
室《むろ》より室へとその胴をくねらしいくという
——地界の空にかかりし太陽たるササイドンよ
なんじの古き悪徳こそ　必ずや絶えることなく
なんじの黒き光輪は　永遠《とわ》に輝き続けむ
名すら持たぬ　海の底なる大陸にても
ただ悪しき術者のみ　なんじが名に刃向いたり
民の心は　なんじ崇め奉らむ

——ジースラの歌

地球最後の大陸たるゾシーク、日輪はすでにして原初の光輝を失い、あたかも血霞かかりたるように、ほの暗く色うつろうていた。数知れぬ新しき星々が天界に姿を現わし、深淵は真近にその影を落していた。その黒影の内より古代《いにしえ》の神々が、人類の前へと戻ってきた。ハイパーボリア、ミュー、ポセイドニスの頃以来、忘却の彼方に置かれた神々が、名こそ違えたとはいえ、同じ属性のまま戻ってきた。古き魔神どももまた帰り来たった。邪悪なる犠牲《いけにえ》の香気に肥えふとり、古代の魔術を再びはぐくんだ。

ゾシークの妖術師、魔術師どもは数知れず、彼《か》の者どもの術の不思議、非行の数々は至るところで伝説となり、後々の世にまで語り継がれた。しかしながら彼《か》の者どもの内にても、ナミルハより偉大なる術者はなかった。ナミルハなる道師は、ジラックの町々を邪《よこしま》なる支配の下に置き、後には悪魔の帝王たるササイドンと霊夢の内にて交わりを結び、ササイドン自身と紛れもなく肩を並べるほどの者と、みずから称したのであった。

ナミルハは、ジラックの主都ウムマオスの市《まち》に居を構えていた。彼はタスーンの砂漠より、砂嵐の黒雲にも似たみずからの術の悪名をたずさえてウムマオスの市へとやってきたのだった。ナミルハにとって、ウムマオスへやってくるということは、生まれ故郷へ帰るということだったが、そのことを知っている者は一人としてなかった。なぜなら彼《か》の術者は、タスーン生れの者と思われていたからであった。左様、あの偉大なる魔道師が、ウムマオスの路傍や市場でその日のパンを請うていた怪しげな素性の孤児《みなしご》、物乞いの少年ナルソスと同じ人物であるなどとは、いかなる者とて夢にも思わなかった。ナルソスなる少年は侮蔑され、惨めな生活をただ一人でおくっていた。ナルソスの心の内では、富んでこそいるが人心の冷たいウムマオスの市への憎しみが、ひそやかな炎のようにくすぶりはじめ、いつの日にかその炎が、全てのものを焼き尽す大火となることを告げていた。

　ナルソスの少年期や青年期を通じて、ウムマオスの人々に対する恨みや憎悪は、町それ自体に対するもの以上に激しかった。そしてある日のこと、彼《か》の少年より僅かに年長の王子ゾトウラが、性の悪い馬にまたがったまま、王宮の前の広場にてナルソスと出会った。ナルソスは施しを請うた。しかしゾトウラ王子はその願いを冷笑するや、乗馬に拍車をかけ傍若無人に前へと駆りたてた。ナルソスはひづめにかけられ、地に倒れ伏した。そののち何時間もの間、ナルソスは死に瀕したまま意識を失って横たわっていた。その間というもの、少年の傍の道を通る人々は、見向きもせず歩み過ぎていった。やがて少年はようやくのことで意識を取り戻し、自分のあばら屋へと身体《からだ》をひきずりながら帰った。しかしそれ以来一生の間、ナルソスは僅かに片足をひきずるようになってしまった。そしてひづめの跡が一つ、その体の上に焼印を押したように残って、生涯消えることはなかった。のちになってナルソスはウムマオスを離れ、市の人々は少年のことなどすみやかに忘れ果ててしまった。南の方、タスーンの国の奥深くへ入り込んでいくにしたがって、ナルソスは大砂漠へと迷い込み、半ば死にかかる目に会った。しかし最後にナルソスは、魔術師オウファロックの住居とする小オアシスへとたどり着いた。この行者は人々とともに住まうよりも、より正直なるハイエナやジャッカルとともに暮すほうを選んだのだった。オウファロックは、この飢えたる少年の偉大なる知恵と邪なる心とを見てとると、少年を救い、看護した。ナルソスはオウファロックと何年もの間、共に暮し、その弟子となって、悪魔より啓示された知識の継承者となった。オウファロックの草庵にて習ったものといえば、不可思議なことばかりであった。ナルソスの食らったものといえば、水々しい大地よりのものではない穀物と果実であり、飲んだものは大地の葡萄の果汁よりかもしだされたものではない酒であった。やがてオウファロックのごとく、ナルソスも魔道の修士となり、主魔たるササイドンとみずからのきずなを結んだ。オウファロックの死後、ナルソスはナミルハと名を改め、タスーンの放浪の民と地の中に深く埋葬されたミイラどもの間で、偉大なる魔術者として名高くなっていった。しかしながら彼《か》の術者は、ウムマオスの市《まち》での惨めな少年時代を忘れることができなかった。ゾトウラより蒙《こうむ》った仕打ちを忘れることができなかった。年月をおうごとに、ナミルハは復讐の黒い糸を何度となく心の内で紡ぎ上げていった。そしてナミルハの悪名はますます高く、巨大なものとなっていった。タスーンを遙かに離れた遠い国々でも、人々はナミルハを畏怖していた。ヨウロスの町々でも。食人神オルディギアンの住居たるズル゠バァ゠ザイールにおいても、彼の術者の行状は人々の間でひそやかにささやかれていた。ウムマオスにナミルハがやってくる遙か以前より、市の人々の間では、彼の修士は砂嵐や悪疫よりも恐ろしい、伝説的な天罰のようなものとして知られていた。

ウムマオスの市からナルソスという名の少年が消えた次の年のこと、皇太子ゾトウラの父王ピットハイムは、秋のある宵、暖を求めて寝所へ忍び込んできた毒蛇の牙にかかって死んだ。その毒蛇はゾトウラが忍ばせたものだという噂もささやかれたが、それは誰一人として立証できない種類のものだった。ピットハイムの死後、ただ一人の息子であったゾトウラは、ジラック王国の皇帝となり、ウムマオスなる王座より虐政をしいた。怠惰にして暴虐なるゾトウラ、彼《か》の王こそは奇態なる享楽と残忍とで満たされた人であった。しかし同様にして邪悪なる臣民たちは、その王の背徳を喝采して迎えた。このようにしてゾトウラは成功し、天帝も地獄の王もゾトウラを懲らそうとはしなかった。赤色の太陽と色褪せた月とが、何度となくジラックの上空を西の方におもむき、船さえ稀にしか通わぬ大海の内へと沈んでいった。その大海は、船人どもの言い伝えが真実であるとするならばなのだが、永遠の奔流のごとく、忌むべきナアトの島の岸辺を洗い、遙かに切り立つ大地の果てより黄泉《よみ》なる空間へ向けて、恐るべき広大な瀑布となって落ち込んでいるということだった。

ゾトウラの悪行はますますその度を加え、その罪悪はあたかも深淵の上に実った熟れ過ぎの果実のようであった。しかしながら時の風は未だかすかにしか吹かず、果実は落ちなかった。ゾトウラはその取り巻きたち、道化や宦官、そして女どものただ中で笑い興じていた。ゾトウラの贅を尽した生活の噂は、遙かなる国々にまで伝えられ、地の果ての薄暮の国に住まう人々の間においても、ナミルハの名高き魔術と並び称される不思議として語られていた。

時移りて、ハイエナの年、小犬座の月のこと、ゾトウラ王はウムマオスの住民のために、大いなる宴《うたげ》を催した。東方の島ソタールに産する香料によって、異国の風味に料理された肉が至るところに広げられ、ヨウロスとジラックに産した、地下の炎のように強い酒が、巨大な瓶《かめ》より尽きることなく全ての者のために注がれた。その酒は炎のごとき歓楽をかきたて、華麗ともいうべき狂気を燃えたたせた。やがてそれは、冥土なる忘却の河の水もかくやと思わせるほど探き眠りをもたらした。酒を飲むにつれ一人また一人と、人々は街路や家の中、そして庭園で酔いつぶれていった。その様子は、まるで疫病が人々の上に襲いかかったかのようであった。そしてゾトウラは、王宮の黄金と黒檀の大広間の中で、側女や侍従たちとともに眠りこけていた。こうして天狼星が西方へ沈まんとする頃には、ウムマオス全市中で目を覚ましている人間は、男も女も一人としていなかった。

それ故に、ナミルハがやってきたのを見た者も、聞いた者もいなかった。しかし翌日の朝遅く、けだるげに目を覚ました皇帝ゾトウラは、騒々しいざわめきと混乱した喧噪とを耳にした。それは、ゾトウラよりも早く目覚めた宦官や女たちの声であった。その理由を尋ねた皇帝は、不思議なことが前夜の内に起きたということを聞かされた。しかし未だ酒と眠りに浮かされていたゾトウラは、愛妾のオベザーがゾトウラ自身の目で怪異を見てとることができるようにと、王宮の入口に彼を連れていくまで、その出来事の持つ意味がわからなかった。

さてゾトウラの宮殿はウムマオスの中心に孤立して建てられていた。その北と南、そして西の三方の遙か遠方にまでまたがって、王室の庭園が広がっていた。そこには素晴しい曲線を描いているヤシの木、そして高々と水を吹き上げている噴水が所狭ましと並んでいた。しかし東側には、王宮と貴族たちの邸宅との間に、一種の公共広場として使用されている大きな空地があった。そして夜の内はほとんど人通りのなくなるこの空地に、堂々たる建物が、すっかり姿を現わした太陽の下でそびえ立っていた。その建物のドームは、あたかも一夜の内に生えた巨大な石のきのこのように思えた。その死のごとく白い大理石のドームは、王宮のそれをしのいでそびえ立っていた。列柱様式の玄関と奥深いバルコニーがしつらえてある建物の前面は、漆黒の縞瑪瑙《しまめのう》と、竜の血に染まったような斑岩とが交互に織りなす模様で飾られていた。ゾトウラは口汚くののしり声をあげ、ジラックの神々の魔神に対する冒瀆の言葉を荒々しげに呼ばわった。皇帝の驚きは大きなものだったが、彼はこの奇跡が魔術によるものであると考えた。女たちは恐れ戦《おのの》いて悲鳴をあげ、王の周囲に集まった。やがてますます多くの臣下たちが目を覚ますと、口々に何事か騒ぎたてた。金糸で織った服を着こんだ宦官たちが、まるで金の容器に入った黒色の大きなゼリーのように、身体を震わせながらやってきた。しかし全ジラックの皇帝として、その臣下のただ中にいるゾトウラは、みずからの戦きを隠すために口をひらいた。

「ジャッカルのように、闇に紛れてウムマオスの市中に忍び込み、しかも余の宮殿にかくも近々と向い合わせて、小汚い小屋を作りおったこの身のほど知らずめは、いったい何者なのだ？　行ってそれなる不埒者《ふらちもの》の名を尋ねてまいれ！　待て、行く前に、隊長には剣の刃をよく砥いでおくようにと命じておくがよい」

　もしも後込《しりご》みしたりして皇帝の逆鱗《げきりん》に触れるのを恐れて、いやいやながらも数名の侍従たちが出発し、奇怪な建物の入口へと近づいていった。近寄ってみるまで、人っ子一人いないように見えたその入口の敷居のところに、地上のいかなる人種よりも巨大な骸骨が現われ、大股に使者たちに向かって歩きだした。それは真紅の絹布を腰に巻いて黒玉の留め金でとめ、金剛石のきらめくターバンを巻きつけ、その最頂端は高い入口の楣《まぐさ》にほとんど触れんばかりだった。落ちくぼんだ眼窩の奥には、鬼火のような瞳が光っていた。そしてその歯の間からは、埋葬されてから何年もたった死人のもののような黒ずんだ舌が、突き出されていた。しかしそれ以外の部分では、肉という肉はきれいになくなっていた。骸骨が太陽の光を浴びて純白に輝いた。

侍従たちはその骸骨の前で、口をひらくことすらできなかった。彼等が身体《からだ》を動かし、身を震わせてたてる装身具の黄金が触れあう音、そして鋭い絹ずれの音だけが辺りの静けさを破った。骸骨が歩みを止めたとき、黒瑪瑙の敷石の上で、その足骨が鋭い音をたてた。そして腐れかかった舌が、歯の間でうごめき始め、吐き気を催すような猫撫で声を発した。

「戻ってゾトウラ王に伝えるがよい。予言者であり魔術者たるナミルハが、王の傍らに住まうことになったと」

骸骨のあたかも生ける人のように話すのを聞き、滅亡した都市の運命《さだめ》の警鐘として聞いていた恐るべきナミルハの名を耳にしてみれば、もはや侍従たちは骸骨の前に一刻たりとも立ってはいられなかった。彼の者どもは恥も外聞もなく、転《まろ》ぶようにして戻ると、ゾトウラに伝言を伝えた。

いまや、ウムマオスでみずからの隣りにやってきた者が誰であるのかを知ってみれば、皇帝の怒りは、あたかも闇よりの風に吹かれた弱々しい炎のごとくに、消し去られてしまった。葡萄酒の色に彩られていたゾトウラの頬は、奇妙なほど蒼白となった。ゾトウラの口からは一言も発せられなかったが、その唇はあたかも何か祈願、もしくは呪いのようなものを呟いてでもいるように、しまりなくうごめいていた。そしてナミルハがやってきたという知らせは、邪悪な夜鳥のように、宮殿中、そして市中へと広がり、最後のときに至るまでウムマオスの市中にはびこることになる恐怖をまきちらした。なぜならナミルハは、その魔術による暗い名声や、彼に仕える恐ろしい魔物どもによって、ある種の権力を持つ者となっていたし、その権力には、地上なる王たちも敢えて争おうとはしなくなっていたからであった。地獄や異次元に住まいし巨大な闇の神々を恐れるごとくに、至るところでナミルハは畏怖の的となっていた。そしてウムマオスでは、次のような噂が流れていた。悪疫と同じように、ナミルハは手下をつれてタスーンより砂漠の風に乗ってやってきた。そして悪魔の力を借りて、一時間の内に王宮の傍らに自分の家を築き上げてしまった。そしてまた、ナミルハの家の土台は堅牢なる地獄の帳《とばり》の上に乗っており、その床には穴が幾つもあいていて、穴の底には地獄の業火が燃えさかっている。もしくはその光は、星々が地界の夜空を通過するときに見えるものなのかも知れなかった。そしてナミルハに随行しているものはといえば、異邦なる国々の死人たち、天空や大地や深淵の悪魔ども、魔術師みずからが、禁じられた術を行なって作り上げた、邪《よこしま》にして狂気の雑多なる魔物どもであると人々は噂していた。

人々は、ナミルハの豪奢な邸宅の近所を避けるようにしていた。またゾトウラの宮殿の中でも、ナミルハの家が見える窓やバルコニーに近づく者はほんの僅かであった。皇帝ゾトウラみずからも、侵入者を無視しようと装《よそお》って、ナミルハのことは口にしなかった。後宮の女どもは、いつもナミルハとその妾姫たちについての、淫らな噂話をささやき合っていた。しかし町の者は一人として、魔術師その人の姿を見たことがなかった。けれども中には、ナミルハは自分の姿を透明にして、好きなときに市中を歩いているのだと信じこんでいる者もいた。魔術師のしもべたちの姿もまた見かけることがなかった。しかし時折りではあるが、地獄に堕ちた人々のたてるかと思われるような呻き声が、入口から聞こえることがあった。また、まるで石像が大声で笑っているような、堅いきしり声の哄笑がすることもあった。影をつくるような陽光も、ランプもないのに、ぼんやりとした影が玄関の中で動くこともあった。そして夕暮れ時になると、まるで悪意に満ちた瞳のように、気味の悪い光が窓の内で点いては消えした。やがて燃えさしの太陽が、ゆるやかにジラックの上を越えて、遥かなる海の中へと投していった。そして色褪せた灰色の月は、夜毎に隠れたる深淵へと投していくにつれ、しだいにその暗さを増した。時は移り、魔術師が公然とは悪しき事を成さぬこと知り、また彼《か》の術師が居ることによっては、一人として害を受けぬことを知ると、ウムマオスの住民たちは気を取りなおした。そしてゾトウラは、以前のごとく酒に溺れ、豪華なる食卓に坐した。そして全ての悪徳の王、悪なるササイドンはジラックの真の、しかし知れることのない支配者であった。しばらくののち、ウムマオスの人々は、ゾトウラの王者らしい悪を自慢するのと同じように、ナミルハとその恐るべき術のことをやや自慢に思うようにさえなった。

しかし未だ、生ある男女にその姿を見られたことのないナミルハは、悪魔どもが彼のために築き上げた家の広間の中に坐して、復讐の黒い網を、何度も何度も心の内で織りかえしていた。ウムマオスの市の住民の中で、ナルソスという乞食少年を憶えている者はなかった。そして当時、ゾトウラがナルソスに仕かけた酷い仕打ちも、皇帝にとっては忘れ果ててしまった悪行の中でも、最も些細なものであった。

さて、ゾトウラの恐れも何かしら柔らぎ、側女たちも隣りに住まっている魔術師の噂話をそれほどしなくなっていた頃、新たなる怪異と恐怖とがまき起こった。それというのは、ある宵のことだった、ゾトウラが廷臣たちとともに食卓を囲んでいると、皇帝の耳に無数の蹄鉄を打ったひづめのような音が、王宮の庭の方で響くのが聞こえたのだ。そして廷臣たちもその音を聞き、酒の酔いの最中《さなか》にあったにもかかわらず、非常に驚いた。皇帝は怒って、その音の原因を調べさせようと、何名かの衛兵を見に行かせた。けれども、ひづめの音があちらこちらでしているのにもかかわらず、月の光に照らし出されている芝生や花壇の上を見回している衛兵たちの目には何も映らなかった。その音は、まるで野生馬の大群が入り乱れて駆歩し、跳ね回っては、王宮の前を行きつ戻りつしているようであった。それを見聞きしているうちに、衛兵たちは恐怖に襲われて、それ以上前へ進もうとはせず、ゾトウラのもとへと戻った。兵士たちの報告を聞くにつれ、皇帝自身の酔いはさめ果て、烈火のごとく怒ると、その怪異に見《まみ》えんものと外へ出ていった。その一夜というもの、見えないひづめは、縞瑪瑙の敷石の上では高らかな響きをたて、草花の上では鈍い音をたてて走り回った。ヤシの葉は風もないのに、まるでその間を馬が駆け抜けてでも行くように、左右に大きく分かたれた。そして見る間に、丈の高い百合と大きな花弁の異郷の花々が踏みにじられていった。庭の上のバルコニーに立っているゾトウラの胸の内には、その凄まじいばかりの騒ぎを耳にし、最も珍しい花々が損われていくのをまのあたりにするにつれ、怒りと畏怖とが同時に巣食っていった。女どもや廷臣たち、そして宦官たちは、ゾトウラのすぐ後ろで立ちすくんでいた。一晩中、王宮の住民たちにはいかなるまどろみもやってこなかった。明け方になると、ひづめの喧噪は王宮を離れてナミルハの家の方角へと去っていった。

ウムマオスの市の上を夜明けの光がすっかりおおうと、皇帝は兵をつれて外へ出た。ひづめが下ろされたところにあった草の葉や茎は踏みにじられ、折り砕かれて焼け焦げたように黒ずんでいるのを、ゾトウラは見てとった。芝生や花壇の至るところに、馬の大群の駆け抜けたような足跡が、くっきりと刻み込まれていた。しかしそれらのひづめの跡は、庭園の端で途絶えていた。そして誰もが、この幻の一群はナミルハのもとからやって来たのだと信じていた。しかし魔術師の住居の前の地面には、これを証明するような事実は見出せなかった。というのはそこに生えている芝生の上には、何の跡もなかった。

「ナミルハの奴が、これをやったというのならば、奴の上に災いあれ！」ゾトウラは叫んだ。「いったい余が何をしたというのだ？　神かけて、あの男の首を踏みにじってくれる。あの地獄の馬どもが、余の花にやったことを見てみろ。ソタールの血紅色の百合を、血管の色をしたナアト産のアイリスを、そして愛の傷痕に似た紫のウカストログ産の蘭を見てやってくれ。ナミルハの奴には、余の刑車がこの花たちがされたと同じほどに思い知らせてくれるぞ。いいか、ナミルハが地上でのササイドンの片腕であろうとも、万という悪魔たちの太守であろうとも、必ずや奴を刑車で車裂きにしてくれん。刑車の回転にあわせて、炎で刑車を真赤に熱してやろうか。ちぎられた花のように奴がのたうち、黒焦げになるまであぶってやろうか」こうしてゾトウラは虚勢を張った。しかしその脅しどおりの処刑の命令は、ついに皇帝の口からは発されず、王宮からナミルハの家へと向かう者は一人もいなかった。また、魔術師の門の方からもやってくる者はなかった。

たとえやってきたのだとしても、それらしい音もせず、姿も見えなかった。

その一日が終り、闇の帳がおりて夜が更けゆくにつれ、やや周囲の黒ずんだ月が昇った。静かな夜だった。ゾトウラは食卓について、ナミルハに対する憂さ晴らしを口にしながら、怒りのおもむくままに幾度となく酒杯を空にしていった。やがて夜はさらに更けていき、幻の訪問は繰返されないように思えた。しかし真夜中になると、寵姫オベザーとともに寝所で横になり、酒のもたらした深い眠りの中へ沈み込んでいたゾトウラは、王宮の入口や長いバルコニーを駆け廻り、跳ね回っているひづめの騒々しい響きに叩き起こされた。一晩中、ひづめの音はそこここでとどろき、石造りの円天井にこだました。その間というもの、ゾトウラとオベザーはその響きを聞きながら、クッションと上掛けの間で互いに身を寄せあっていた。宮殿の全ての人々も、その音に目を覚まして怯えていたが、誰一人として自分たちの部屋の外へ出ようとはしなかった。夜が白々と明けかかると、突然ひづめの音は去っていった。太陽が昇ったのち、ひづめの跡が門やバルコニーの大理石の敷石の上に発見された。その数は数え切れぬほどで、深く刻み込まれ、まるで焼きつけられたかのように、黒く焦げていた。

ひづめの跡のついた床を見ると、皇帝の頬はまるで大理石のように白くなった。それ以来、恐怖はゾトウラに取りついて離れなかった。ゾトウラが泥酔しているときでさえ、恐怖は付きまとっていた。なぜなら、その幻影がどこまでくれば止まるのか、王にはわからなかったからである。側女たちはひそやかにその噂をし、中にはウムマオスを去りたいと願う者もいた。日夜の酒宴は、なにか邪悪な翼におおわれているかのようだった。その翼は黄金色の酒に影を落とし、金色に輝くランプの光をかげらせた。そして再び深夜になると、ゾトウラの眠りはひづめの響きによって破られた。それは宮殿の屋根を駆け抜け、廊下という廊下、広間という広間を全て走り抜けた。蹄鉄の響きは宮殿中に満ち、その音は最上階のドームにまで反響した。それはまるで神々の悍馬どもが、天上から天上へと隊列を組んで駆けていくようだった。

ゾトウラとオベザーの二人は、恐ろしい蹄の音が自分たちの部屋の前の広間を行ったり来たりしている間、共に横になっていた。二人は罪の意識や畏《おそ》れなどを感じてはいなかったが、さりとてそのひづめの響きの傍らで気が安まる思いをしていたわけでもなかった。夜明け前の薄暮の時刻、ゾトウラたちはかんぬきのかかった自分たちの部屋の真鍮の扉の上で、耳を聾せんばかりの大音響がとどろいたのを聞いた。それはまるで、なにか逞しい駿馬のようなものが棹立ちになって、前足をそこに叩きつけたかのようだった。その出来事のすぐあとで、蹄の音は去っていき、最後の嵐の前兆のような静寂をあとに残していった。朝になってみると、蹄の跡は広間の至るところに残り、鮮やかなモザイクを台無しにしていた。その黒い穴はまた、金糸織りの敷物といわず、銀糸や緋糸で織られた毛氈といわず、所きらわず焼き抜いていた。白色の高い円天井さえも、蹄の跡で斑点を打ったようになっていた。そしてゾトウラの部屋の真鍮製の扉の上高く、馬の前足の跡が深々と刻み込まれていた。

今やウムマオスの市中だけでなく、ジラックの国中にこの憑き物の話は広まった。そしてそれはなにか不吉な、奇妙なものだとみなされていたが、その解釈については人それぞれ異なっていた。ある者はその幻の来襲は、ナミルハのもとからやってきたものであり、それはナミルハが全ての王や皇帝に対して至上の権利を持っているという証しを意味しているものだといった。またある者は、それは東の彼方、ティナラスで最近勢力を増した新たなる魔術師のところよりやってきたもので、その術師はナミルハに取って代ろうと願っているのだとした。そしてジラックの神々の僧侶たちは、自分たちの多くの神々が寺院にもっと多くの犠牲《いけにえ》を供することを要求している験《しるし》として、その幻を派遣したのだと考えていた。

やがてゾトウラは、多くの僧侶や魔術師、そして占い師たちを王宮の謁見室へと呼び集め、この憑き物の原因をはっきりさせ、魔除けの方法を案出するようにと命じた。その謁見室の紅玉髄と碧玉の床もまた、見えないひづめによってひどく荒されていた。彼《か》の者たちの間では何の意見の合意もないと見て取ると、ゾトウラは、幾つもの宗派にわたる僧侶たちには神々への供物のための金を与えて立ち去らせた。そして魔術師と予言者たちには、拒否すれば首を切ると脅して、ナミルハの家を訪れさせることにした。そしてもしも、幻を派遣したのがナミルハの仕業で、他の者の仕業でないとしたら、その真意は何《いず》れにあるのかを尋ねてくるようにと命令した。

魔術師と占い師たちはその役目を恐れ、後込《しりご》みした。彼《か》の者どもはナミルハを畏怖し、その暗い邸宅の恐るべき神秘の内へ入っていきたいとは思ってもいなかった。しかし皇帝の剣士たちは、魔術師どもが竣巡すると、半月刀を高々と振り上げて彼等を前へと追いやった。こうして一人一人、乱れた隊列を組んで使者たちは、ナミルハの住居の門へと歩を進め、悪魔の手になる家の中へ消えていった。夕暮れ前に、男たちは青ざめた顔でなにやら呟き、取り乱したままゾトウラのもとへ返ってきた。その姿はまるで地獄を目《ま》のあたりにして、みずからの運命を知った人間のようであった。そして彼《か》の者どものいうことには、ナミルハは丁重に自分たちをもてなし、次のような伝言を自分たちに託して送り返したのだという。

「ゾトウラに知らせるがよい。憑き物は皇帝がとうの昔に忘れ果ててしもうたことについての兆《きざ》しなのだ。その理由は運命が決定し、特に用意しておいた時がくれば、明らかにされるであろう。その時は近づいている。なぜなら私ナミルハが、皇帝と全廷臣を、明日の午後の会食に招待するのだから」

ゾトウラが驚き、狼狽したのは、この伝言を告げると、使者たちが王宮を立ち去る許しを請うたことだった。そしてゾトウラがきびしく詰問したにもかかわらず、術者たちはその訪問の詳しいことは口にしたがらなかった。それだけではなく、術者たちはあいまいな言葉でしか、ナミルハの伝説的な家の模様を話そうとしなかった。彼等は互いに他人のいったこととは矛盾したことを話した。そこでしばらくすると、ゾトウラは使者たちを退がらせた。彼等が去ると、ゾトウラは坐したまま長い時間にわたってナミルハの招待について考えこんでいた。行きたくはなかったが、かといって断るのも恐ろしかった。その夜皇帝は、平生より遥かに多量の酒をくらった。忘却の河の眠りとまごうほどにゾトウラは寝入った。また王宮の周囲でも、皇帝の眠りを覚ますようなひづめの音はしなかった。そしてその夜の内に、予言者と魔術者たちは、しのびやかな影のごとく、音もたてずにウムマオスから出ていった。朝になってみると、術者たちはジラックの国を去って、他の地へと向かっていった。

そしてそれ以来、戻ってはこなかった……

同じ日の夕刻のこと、ふだん自分に仕えている使い魔どもを去らせて、ナミルハは自分の家の大広間にただ一人腰を下していた。魔術師の前にある黒玉の祭壇の上には、黒ずんだササイドンの巨大な立像が安置されていた。その偶像は、遥かなる昔、ファルノックと呼ばれた暴君のために、悪魔の乗り移った彫刻家が刻み上げたものだった。魔王は完全武装した戦士の姿になぞらえてあり、あたかも雄々しい戦いの最中《さなか》にでもあるかのように、鎚矛を大きく振り上げていた。この立像は、砂漠に埋没しその敷地が放浪民《ノーマッド》たちの手によって争われていたファルノックの宮殿の中に、長い間放置されていたものだった。そしてナミルハはみずからの占術によって像を見出し、以後その地界の像がいつでも自分とともにあるようにと再建したのだった。以来その立像の口を借りて、ササイドンは予言をナミルハに伝え、魔術師の問に答えたりした。

黒い武具で身を固めた彫像の前には、馬の頭蓋骨を象《かたど》った銀製のランプが七つ吊り下がっていた。その眼窩からは青や紫、真紅の炎が刻一刻と彩りを変化させながら、漏れ出ていた。毒々しくも鮮やかな色合いの光だった。そして、頂飾りのついた兜《かぶと》の下から覗いている悪魔の顔は、永遠《とわ》に変化し、移ろいゆく、邪悪なそして怪しげな影に満たされていた。大蛇の彫刻が施された椅子に腰を下したまま、深いしわを眉間に刻み込んだ鬱々《うつうつ》とした面持ちで、ナミルハは偶像を見つめていた。それというのは、ナミルハはササイドンに頼み事をしたのだが、像を通じて答えた魔王はその頼みを拒否したからだった。ナミルハの心の内には反抗が芽生え、誇りで荒れ狂っていた。ナミルハはみずからを全ての魔術師の王とみなし、当然のもののごとく、魔界の王どもの支配者であると自負していた。長い間考え込んでいたのち、はっきりと不遜なほどの調子で、みずからの頼みを再び口にした。その口調は、自分が終生の忠誠を誓言した無敵の宗主に対するものというよりも、自分と同等の者に対してあてられたもののようであった。

「余はこれまで、全ての点でなんじを助けてきた」と魔像がいった。石のように堅く単調なその声は、七つの銀製のランプの中で、重苦しくこだましました。「よいか、死することのない火の闇の妖虫どもは、なんじの呼び声に応じて軍隊のように現われ出た。地霊の翼もなんじが呼べば、太陽をさえぎるために天へ舞い昇った。しかし、なんじの願うこの復讐を助けるわけにはいかぬ。なぜといって、皇帝ゾトウラは余には何の害もなさず、また、知らず知らずではあるが余によく仕えているからである。そしてジラックの者どもも、その背徳のゆえに、余の地上における崇拝者の中で最低のものというわけではない。それゆえナミルハよ、ゾトウラとはうまくやっていくほうがなんじのためになる。この乞食の少年ナルソスが蒙った昔の出来事は、忘れてしまったほうがよい。なぜなら、運命というものは奇妙なものだ。その結末は、しばしば隠されたままになっている。率直にいってみればもしもゾトウラの馬がなんじをひづめにかけず、蹴りとばさなかったとしたら、なんじの人生は変ったものとなっていたであろう。ナミルハの名と名声は、見られることのなかった夢と同様に、忘却の内で眠っていることになったであろう。そうだ、なんじは依然としてウムマオスに乞食のままでとどまり、みずからの生業《なりわい》に満足しきり、決して賢者たりしオウファロックの弟子となるために出立するなどということはしなかったであろう。そして余、ササイドンも、余の奉仕と契約を受け入れる魔術師中の王を失うことになったであろう。よく考えるのだナミルハ、この事を熟考するがよい。我々の両方とも、ゾトウラがなんじをひづめにかけたことに対して、最大級の感謝を捧げ、ゾトウラにはそのことで大きな借りがあるようにさえ思えるではないか」

「たしかに借りがある」ナミルハは執念深げに、うなり声でいった。「誓ってもいい、おれは自分の計画どおり、明日その借りを払うつもりだ……おれにはおれを助けてくれるものたちがいる。御身の反対にもかかわらず、おれの命に応じてくれるものたちがいる」

「余に反抗するのは、まずいぞ」やや間を置いて魔像がいった。「そしてまた、なんじが考えているものたちに頼るのも上手なやり方ではない。しかしながら、それがなんじの意とするところであるのが、余にはよくわかった。なんじは誇りに満ちて、意地強く、復讐に焦がれている。ならば、なんじの意のごとくするがよい。だがそれによって生ずる結果について、余を恨んだりしてはならぬ」

そしてこの言葉のあと、偶像の前にナミルハが坐している広間には、静寂がたちこめ、頭骨様のランプの内では、色彩を変化させながら、炎が陰鬱に燃え続けていた。そして影が絶えずゆらめきながら、像の顔とナミルハのそれの上を行っては戻りしていた。やがて夜半にかかる頃、妖術師は立ち上がり、螺旋を巻いている階段を、高い円天井へと登っていった。その円天井の頂点には、天の星座へ向けてひらいている小さな丸窓が一つしつらえてあった。しかしナミルハは、その魔術の力によって、階段の最後の螺旋へ入った者は突然、階段を登っているというよりも降りていると感ずるようにと工夫をこらしていた。そして最後の一段を登りつめると、窓からは自分の足の下のめくるめくような深淵の中を通っている星々が見下せるようにしてあった。ナミルハがそこに跪きながら、大理石の内の秘密の発条に触れると、丸窓の硝子《ギヤマン》は音もなくひらいた。それから魔術師は、円天井の彎曲した内部にうつぶせになって、深淵に顔を覗かせた。長い黒髭《ひげ》を宙になびかせながら、ナミルハは人類の知らない神秘文字《ルーン》をささやいた。そして地界のものにも、地上のものにも属していないある種の存在と言葉を交した。その存在は呪文で呼び出すには、地獄の鬼や、大地・空気・水・そして炎の悪魔たち以上に恐るべきものたちだった。ササイドンの意志に挑むように、ナミルハはそのものたちと契約を結んだ。その間というもの、魔術師の周囲の大気はそのものたちの声で凝《こご》り、その存在たちが大地に向けて身体を傾けるときの吐息によってかもし出される冷気による白霜が、彼《か》の術者の漆黒なる髭に薄く降りた。

ゾトウラの酒よりの目覚めは、恐れに満ち、忌わしいものでさえあった。瞼をあけるよりも前に、陽光はゾトウラが受け入れるのも断わるのも恐怖しているあの招待の思いで、皇帝の心を暗いものにした。しかしゾトウラはオベザーに向けて口をひらいた。

「とどのつまり、この魔法使いだという男は、いったい何様だというのだ。余は此奴の召命に、まるでなにか傲慢な君主に街路より呼びこまれた乞食のように、従わなければならないとでもいうのか」

〝拷問者《トーチャラー》〟の島ウカストログ生まれの金色の肌なるオベザーは、その斜視がかった瞳で皇帝の方を盗み見して、いった。

「ゾトウラ様、それを受けるのも拒むのも、貴方のお考えのままになさるべきですわ。それに、行こうと留まろうと、ウムマオスと全ジラックの君主であらせる貴方にとって、それはたいしたことではありませんわ。誰も、貴方の王たることを非難する者はありませんもの。それゆえ、お出かけになったほうがよろしくありません？」というのは、魔術師のことを恐れていたのにもかかわらず、オベザーは、ほんの僅かしか知られていない悪魔の建てた家のことについて知りたかった。そして同じように、女の常で、その有名なナミルハの姿を見たかった。彼《か》の術者の姿と風采は、ウムマオスでは未だおぼろげな伝説となっていた。

「おまえのいうことにも一理ある」ゾトウラはいった。「だが皇帝というものは、みずからの行動には、いつでも人民の幸福ということを考慮に入れておかなければならない。それに国事もここに関りあってくる。もっとも女などには解るまいがな」

そしてその日の朝遅く、たっぷりと贅沢な朝食をとったのち、ゾトウラは侍従と廷臣たちを呼び寄せ、合議した。ある者はナミルハの招待を無視するようにと進言し、ある者は、あの幻のひづめの跳梁以上に悪いものが、市や王宮へやってこないように、招待を受け入れるべきだと主張した。

次にゾトウラは多くの僧侶たちを一堂に呼び集め、夜の闇に紛れてひそやかに逃亡したあの魔術師と予言者たちを呼び戻そうとした。しかしその者たちの中で、ウムマオス中で声高く呼ばわれた自分の名に応じた者は皆無であった。そしてこの事実は、ある種の驚きをまき起こした。けれども僧侶たちは、以前にも増して大勢やってきた。そのために、謁見室へ集まった僧侶たちの最前列の者の腹は、一段高くなった皇帝の壇の前へ圧しつけられ、最後尾の者の尻は、後方の壁や柱に平たく圧しつけられたほどであった。そしてゾトウラは、招待を受け入れるべきか拒絶すべきかについて、僧侶たちと論議をたたかわせた。僧侶たちは、以前と同様、ナミルハは幻の派遣とは何の関係もないと主張した。彼等によれば、ナミルハの招待は皇帝に対する危害や、悪意の前兆を表わしているものではない。この伝言の文面からおして、予言が魔術師の手で、ゾトウラに告知されるということは明白なのだといった。そして、もしもナミルハが真の大魔術師《マギ》であるとするならば、この予言は自分たちの聖なる賢知を確認し、幻の神聖なる原因を再認識させてくれるものであろう。そしてジラックの神々は、再び崇め奉られることになるだろうといった。

やがて、僧侶たちの主張を聞いた皇帝は、宝物係に命じて、新たなる供物を彼《か》の僧どもに与えて退がらせた。僧侶たちは、自分たちの神々に成り代って、ゾトウラやその王宮の人々に甘言じみた祝福を与えて、立ち去った。こうして一日は過ぎていった。太陽はその頂点を登りつめ、ウムマオスの彼方へ向けて、昔は海底だった砂漠の上に広がる午後の大気の中を、ゆっくりと下っていった。ゾトウラの心は依然として定まらなかった。やがて皇帝は酒庫の役人を呼び、その酒の貯えの内より最も強く最も珍奇なる酒を、自分の酒杯に注ぐようにと命じた。しかしその酒の内にも、確信や決断を見出すことはできなかった。

午後も半ばにかかる頃、まだ謁見室の王座に腰を下ろしたまま、ゾトウラは王宮の入口で絶叫と喧噪とがまき起こるのを聞いた。男たちの低い号泣の声と、宦官や女たちの金切り声とが交錯し、それはあたかも恐怖が口から口へと飛び交い、広間や部屋部屋へと侵入していくかのごとくだった。そして恐怖に駆られた喧噪が王宮中に広がっていった。ゾトウラは酒よりの眠りから覚め果て、その騒ぎの原因を探るために近習の何人かを遣ろうとした。

その時だった、広間の中へ一団の背の高いミイラが隊列を組んで入ってきたのは。そのミイラどもは、高貴なる紫と紅の経帷子《きょうかたびら》で身を包み、萎《しぼ》んだ頭骨の上には黄金の冠を戴《いただ》いていた。ミイラどものうしろには、まるでしもべのように、巨大な骸骨が従っていた。骸骨どもの身にまとっているものは、明るい橙色の腰布であり、その額から頭頂部にかけての頭蓋骨の上部には、サフラン色と黒色の縞蛇が一匹、頭飾りとしてとぐろを巻いていた。そしてミイラは、ゾトウラの前で跪き、乾ききった細い声でいった。

「遙けき昔、タスーンなる広大な土地の王たりし我等は、皇帝ゾトウラの名誉ある護衛の任を負うために、そして皇帝がナミルハによる宴へと出立するとき、それにふさわしい者として皇帝に付き添うために派遣された」

それから乾いた歯の触れ合う音と、風化した骨の幕《スクリーン》を空気が通り抜けるようなかすれた音とともに、骸骨が口をひらいた。

「我等、失われし種族の巨大なる戦士もまたナミルハによって派遣されてきた。我等の使命は、皇帝に付き添って会食へ出席される王宮の人々を、全ての危難より守護し、この宴にふさわしく壮麗に出立できるようにすることにある」

これらの怪異を目にした酒庫役人と他の侍従たちは、一段高くなっている王座の周囲に後ずさりしたり、柱の背後に身をひそめたりした。彼等がそのようなことをしている間、ゾトウラは血走った白眼の内の見ひらかれた瞳をあてどもなく宙にさまよわせ、蒼白にむくみ上がった顔のまま、坐しているみずからの王座の上で、凍りついたように身動き一つしなかった。そしてナミルハの使者に対して、一言の言葉も皇帝の口からは発されなかった。

やがてミイラどもは前に進み出て、ほこりっぽい口調でいった。

「全ての用意は終っております。宴はゾトウラ殿の到着を待つばかりであります」そのときミイラどもの経帷子がうごめき、胸の部分が露わになった。そして呪われた紅玉にも似た瞳の、瀝青色の小さな鼠のような魔物が、ミイラのむしばまれた心臓から這い出てきた。その有様は、まるで鼠が自分の穴から出てくるときのようであった。その魔物どもはかん高い声で人間の言葉をしゃべり、先程の文句を復唱した。次には骸骨どもがその文句を引き取って繰り返した。そして最後に、これまでゾトウラの見ることもできなかった、不明瞭な体型をしたなにか毛皮に包まれた生き物――それはあたかも白い柳細工の檻のように見える骸骨の肋骨の内に坐していた――生き物によって、その文句は悪意に満ちた口調で繰り返された。

夢の運命《さだめ》に従う眠れる人のごとく、皇帝は王座から立ち上がり、前へと進み出た。その周囲を、ミイラどもが護衛のように取り囲んだ。そして骸骨たちの各々が、自分の赤味がかった黄色の腰布のひだから、奇妙な風に穴をうがたれた銀製のフルートを取り出し、皇帝が王宮の広間から出ていくのに合わせて、甘く邪悪な、そして死を思わす音色をいっせいに奏でた。その音楽には恐ろしい魔力がこめられていた。なぜなら廷臣たちも、女たちも、衛士も、宦官も、そして料理人や皿洗いに至るまで、ゾトウラの王宮にいた全ての人人が、いたずらに身を隠そうとしていた部屋や小部屋から、まるで夢遊病者の一隊のごとくにおびき出されてきたのだから。そしてそのフルートの音《ね》に操られて整列し、ゾトウラのあとを追った。斜めから照らしてくる太陽の光の中で、一団の人々がナミルハの家へ向かっていく様子は、奇妙な見物《みもの》だった。人々の周囲には死人の王たちの隊列が従い、骸骨の吐く息が銀のフルートの中で恐ろしい音色をあげていた。ゾトウラは、自分の傍らにオベザーが歩んでいるのに気づいて、やや安心した。彼女はゾトウラと同じように、みずからの意のままにならぬ恐怖の奴隷となって、他の女たちをうしろに従えながら歩んでいった。

ナミルハの住まいのあけ放たれた入口までやってきたとき、皇帝はその入口が、半身竜で半身人間の、紅色の肉垂を持った巨大な動物に護衛されているのに気づいた。その動物たちは、血みどろの庭ぼうきに似たその肉垂で、黒い縞瑪瑙の床石の上をはらうようにして、ゾトウラの前に頭を下げた。そして皇帝はオベザーとともに、その武骨な怪物どもの間を通り抜け、そのうしろに、ミイラ、骸骨、そして廷臣たちが奇妙な一隊となって続いた。やがて彼等は、多くの柱の立ち並ぶ巨大な大広間へと入った。これまでかすかにではあるが彼等のあとに従っていた日光も、ここでは傲慢なまでに燃えさかっている何千ものランプの、災いを暗示するような光の中に呑み込まれてしまった。

ゾトウラは恐怖の最中《さなか》にあり、その部屋の巨大さに圧倒されていた。この建物の外観は、その長さ、高さ、幅とも壮麗なほどに充分の大きさを持っていたが、それでもゾトウラは、この部屋と建物の外観の大きさとを一致させて考えることがほとんどできなかった。なぜならゾトウラには、自分が高さの知れない柱の長い列を見下ろし、明るく照らされた遠い部分から、闇夜のような暗がりにまで広がっている食卓の列を見下ろしているように思えたからであった。その食卓の上には、豪奢な食物が山と積まれ、酒の瓶が所狭ましと並べたてられていた。

広い間隔を置いて並べられた食卓と食卓の間では、ナミルハの使い魔や他の召使いどもが、絶え間なく行ったり来たりしていた。その様子は、あたかも悪い夢の中の幻影が、皇帝の前で実体化したようであった。朽ち果てかかった錦織りの礼服を着込んだ王族の死骸が、その眼窩の中で虫どもをうごめかせたまま、一角獣の角でできた乳白色の酒杯に、血のような色の酒を注いでいた。三叉に分かれた尾を持つ女怪《ラミア》と四つの乳房のキメラが、その真鍮の爪で湯気の立っている大皿を高くかかげて入ってきた。犬頭の悪魔が、だらしない炎の舌でなめまわされながら、人々の先導役として仕えるために飛んできた。そしてゾトウラとオベザーの前には、太股と臀部は肉付きのよい黒人女のもので、それより上は巨大な猿の白骨という奇怪な化物が現われた。この怪物はいうにいわれぬ微妙な指の骨の動きで、皇帝とその愛妾に自分のあとに続くようにと合図した。

左様、ゾトウラには、その怪物に導かれてあの食卓と柱の長列の端までやってきたとき、自分たちがなにやら邪な明りに照らし出された地獄の洞窟の奥深くに入り込んでしまったように思えたのだった。部屋の端のここには、他の食卓からは離れて、一つ別に食卓が設けてあった。そこにはナミルハがただ一人で腰を下ろし、彼《か》の術者の背後には七つの馬の頭蓋骨のランプの炎が絶え間なく燃えさかっていた。そしてササイドンのよろいを着けた黒い彫像が、ナミルハの右手にある黒玉の祭壇の上にそびえていた。その祭壇から少し離れたところに、鉄製の怪蛇《バジリスク》の爪にささえられて、金剛石の鏡が立っていた。

ナミルハは重々しく、不吉なほどに丁重な様子で立ち上がって、ゾトウラたちを迎えた。彼《か》の術者の両眼は、恐ろしくも不思議な祈禱によって造り出された、うつろの中の遥かなる星々のごとく、荒涼として冷たいものだった。彼《か》の道師の唇は、破滅なる封印をされた羊皮紙の上の薄赤い封蠟のようであった。そのあご髭は黒く油を塗られて、まとまった巻き毛となっていた。その強《こわ》い髭は、ナミルハの朱色の礼服の胸のところに垂れ下がった真直ぐの黒蛇の束のようであった。ゾトウラは、あたかも凍結していくかのように血液がとどこおり、心臓の周囲でふくれ上がっていくのを感じた。伏せた瞼の下から辺りをうかがっていたオベザーは、いつも王を取り囲んでいる威厳と同じように、この術者の周囲を包み、たちこめている目に見えぬ恐怖に恥じ入り、おびえた。しかしその恐怖の最中にも、オベザーは、この男がどのような態度で女たちと交わるのかを不思議に思うだけの余裕に自ら気づいていた。

「ゾトウラ殿、私の用意した宴へ、ようこそいらっしゃいましたな」ナミルハはいった。そのうつろな声の奥には、なにか葬式の鐘のような響きが隠されていた。「どうぞ、私のテーブルにお坐り下され」

ゾトウラは、自分のために黒檀の椅子がナミルハの向い側に設けてあるのを見てとった。そしてその椅子の左手に、やや小作りできゃしゃな椅子が、オベザーのために置かれてあった。そしてゾトウラは、巨大な広間いっぱいに置かれた他の食卓に、自分の臣下たちが同じように着席しているのをながめた。彼等の周囲では、呪われた死者たちに悪魔どもが付き添っているのにも似て、ナミルハの恐ろしいしもべたちが忙しげに給仕して回っていた。

そのときゾトウラは、黒ずんだ、死人のもののような手が、自分の水晶の杯に酒を注いでいるのに気づいた。その手には、黄金のコウモリの口に巨大な火オパールがはめ込まれた細工の、ジラックの皇帝の印章のついた指輪がはまっていた。ゾトウラも、ちょうどそれと同じ指輪を、肌身離さず、いつも人さし指にはめているのだった。振り向いてみると、ゾトウラは、自分の右手の方向に父王ピットハイムと生き写しの男を認めた。しかしそれは、毒蛇の猛毒がすっかり全身に拡がり、死のもたらす紫色のむくみを残していった後の父王の姿をしていた。ピットハイムのベッドの内へ毒蛇を入れさせた張本人のゾトウラは、自分の座席の中ですくみ上がり、罪への恐れで小きざみに震えていた。ピットハイムの姿を装ったものは、それが死体、それとも幽霊、またはナミルハの魔術によって造られた単なる幻影であったとしても、とにかくそれはゾトウラの方へやってきて、彼のひじの所で、けっして震えることのない、硬直し、黒ずみ、腫れ上がった指で、ゾトウラの給仕をしていた。恐れ戦きながらゾトウラは、そのもののふくらんだ無関心な瞳、そして一言も口を開かずに厳しくつぐまれている、紫色に青ざめた唇に気づいた。そしてまたそのものがゾトウラの杯に酒を注ぎ足したり、肉を切ったりするために皇帝の傍らに身を傾けると、その幾重にもひだが重なった服の袖から、斑点のついた毒蛇が、寒気のする輪を描いて時々顔を覗かせた。やがて、恐怖の氷のような霧を通して、ゾトウラは、ナミルハが冒瀆的にもピットハイムと同じ役目を自分のためにさせようと作り上げたものを、おぼろげながら見てとった。それは、ササイドンの静かで暗鬱な立像の、動く複製のようなよろいを着けた暗い姿だった。そしてゾトウラは、気にもとめずに、オベザーの横に佇んでいる恐ろしい給仕をぼんやりと見た。それはオベザーの最初の愛人とそっくりの、皮をはがれ、眼を失った死体だった。彼は難破して〝拷問者〟の島に打ち上げられた、シントロン生まれの少年だった。その島で、引いた潮のあとに横たわっていた少年をオベザーは見つけ、蘇生させた。オベザーは自分自身の快楽のために、しばらくの間少年を秘密の洞窟の中へかくまい、食物や飲み物を運んでやった。やがて、少年に飽きると、オベザーは少年を裏切り〝拷問者《トーチャラー》〟へ引き渡した。そして彼女は、少年が死ぬ前に、その残虐な人々によって少年の上に加えられた様々の苦痛や試練の内に、新たな快楽を感じとったのだった。

「酒をお飲みなさい」ナミルハはそういうと、あたかも失われた年月の不吉な日没にも似た暗赤色の酒を、一息に飲み干した。ゾトウラとオベザーの二人も酒を飲んだ。しかし二人の血管は暖まるどころか、毒薬のそれのような冷気が心臓へ向けてゆっくりとつのってくるのを感じた。

「まったく、よい酒ではありませぬか」ナミルハはいった、「それに、我々の交際の将来のために乾杯するには、最適のものでしてな。というのは、この酒は葬瓶のような格好をした黒碧玉のつぼに入れられて、王族の死者たちとともに長い間埋められていたものなのですよ。私の食屍鬼《グール》どもが、タスーンで墓を掘ったときに見つけだしましてな」

いまやゾトウラの舌は、冬の霜におおわれた大地の中で凍りついたマンドラゴラ同様に、冷たくなったかのようだった。そして皇帝は、ナミルハの丁重な言葉に対してなんの返答もできなかった。

「どうぞ、この肉をお試しなさい」ナミルハはいった、「なにしろこれは、特別に選んだものでしてな、ウカストログの〝拷問者《トーチャラー》〟たちの飼っているというあの豚の肉なのです。あの者たちの刑車や拷問台の上に残った肉の細片を餌とすることを常としているという、あの豚ですよ。その上私の料理人たちが、素晴しい墓場の香油で香りを整え、毒蛇の心の臓と黒コブラの舌とを詰め物にしてあるのです」

皇帝は一言として口をきけなかった。そしてオベザーさえも沈黙していた。彼女は、シントロン生まれの自分の最初の愛人の似姿をとった、痛々しく生皮をはがされたものの面前にいることによって引き起こされた、自分自身の背徳の思いでひどく苦しんでいた。オベザーの、妖術師に対する畏怖は非常なものとなっていった。なぜなら彼女にとって、古く忘れられてしまった犯罪に対する魔術師の知識、そして亡霊を出現させたことが、他の全ての魔術よりも悪意に満ち満ちているように思えたからであった。

「さて」ナミルハがいった。「お二人とも、肉には味がなく、酒には火がないことにお気づきになったようですな。そこで、我々の会食を活気づけるために、歌い手と楽師どもを呼び寄せることに致しましょう」

術者はゾトウラもオベザーも知らない言葉で何事かいった。その言葉は、あたかも何千もの声が代りに応じ、語尾が長く延ばされていくかのように、巨大な広間の中を反響していった。ただちに歌い手たちが現われた。それは体毛がなく、毛ずねの雌食屍鬼《グール》で、その腐肉のきれはしでいっぱいの長く黄色い犬歯は、ハイエナのように人々に向っておもねっている口から、頬の上にかけて曲線を描いていた。食屍鬼《グール》たちの背後に楽師たちが入場してきた。彼等の内の何名かは男悪魔どもで、漆黒の駿馬の後の部分の上に直立して歩み、ナアトの島の人食いどもの腱と骨とで作られた竪琴を白猿の指でかき鳴らした。そして他の者は、種々雑多な半人半獣《サチュロス》で、その山羊のような頬をふくらませて若い魔女の大腿骨より作られたオーボエを吹き鳴らしたり、黒人の女王の胸の皮とサイの角とで形造られたバグパイプを鳴らしたりした。

彼等は儀式ばったグロテスクな仕草で、ナミルハの前に頭を下げた。それから、ただちに雌食屍鬼《グール》たちは、腐肉の臭いをかぎつけたジャッカルの吠え声のような、ひどく痛ましく、いまいましい叫び声をあげ始めた。そして悪魔とサチュロスたちは、見捨てられた宮殿の、後宮を吹き抜ける砂漠の風の呻き声にも似た、挽歌を奏でた。ゾトウラは身震いをした。なぜならその歌は、皇帝の骨の髄まで氷で満たし、その音楽は没落し、時という蹄鉄を打ったひづめに踏みにじられた、帝国の廃墟のような荒涼さを彼の胸の内に残していったからであった。その邪悪なる音楽のただ中で、絶えることなく、ゾトウラの耳には、荒れ果てた庭園の上の砂の移ろいゆく音が、そして過去の奢侈の遺物である、長椅子の腐れかかった絹布が風にはためく音、そして崩れ落ちた円柱の低い柱身から、とぐろを巻いた蛇の発する音が、聞こえ続けているように思えた。そしてウムマオスなる栄光も、砂漠の旋風《シミューン》の茶色の柱の去っていくように、過ぎ去っていくかと思えた。

「さて今のは素晴らしい音色でしたな」音楽が止《や》み、雌食屍鬼《グール》たちももはや吠え声をたてなくなると、ナミルハはいった。「しかし、あなた方が私のもてなしを、なにか退屈なものとお思いになっているといけませんから、そこで、私の踊り手たちをあなた方のために踊らせてみせましょう」

魔術師は大広間の方に振り向くと、自分の右の手の指で、空中に謎のような記号《しるし》を描いた。その記号《しるし》に答えて、無色の霞が高い天井よりたちこめ、寸時の間、カーテンが下りたように部屋の内を隠した。カーテンの彼方では、混乱し、押し殺されたような喧噪が聞こえ、まるで遠方でしているかのようなかすかな泣き声がしていた。

それから、いかにも恐ろしく、霞が晴れていき、ゾトウラは沢山あった食卓が片付けられているのを認めた。円柱の間の広々とした空間には、ゾトウラの王宮の住民たち――侍従や宦官、廷臣や女奴隷そして他の者たち――が、両腕を胴に縛りつけられて、床の上に横たわり、その姿は華麗な羽毛を持った鳥のようであった。魔術師の竪琴師やフルート吹きによって奏でられる音楽に合わせて、骸骨の一団が爪先の骨の音を軽快にたてながら、王宮の人々の上に爪先き立って現われ、ミイラの一団もぎごちなく飛び跳ねた。そしてナミルハの他の怪物どもも、奇怪に踊り回った。魔物どもは、邪悪なサラバンドのリズムに合わせて、皇帝の臣民たちの体の上をあちこちと跳ね回った。そのひと跳ねごとに、魔物どもの高さと重さは増し、踊るミイラは巨人族《アナキム》のミイラのごとくなり、骸骨どもは骨だけの巨像《コロサス》のごとくなっていった。そして楽の音は大きくなっていき、ゾトウラの臣下たちのかすかな悲鳴をかき消していった。踊り手たちはますます巨大になり、巨大な円柱の間の円天井の影の奥深く、そびえ立っていった。彼等の足踏みする音は、部屋の中に雷鳴を造り出した。そして彼等が踊っている足の下の者たちは、秋に葡萄酒を作るために踏みつぶされる葡萄のようであった。部屋の床には血の色の液体がたまっていた。

気味の悪い闇の中の沼へ呑み込まれていく人間のように、皇帝はナミルハの声を聞いていた。

「私の踊り手たちも、あなたを楽しませていないようにみえますな。それでは今から、最も王者にふさわしい見世物を、あなたにお見せ致しましょう。立ち上がって私のあとについていらっしゃい。というのは、この見世物は、その舞台に王国が一つ必要になるというものなのでしてな」

ゾトウラとオベザーの二人は、自分たちの椅子から夢遊病者のように立ち上がった。自分たちの幻の給仕や、踊り手たちが飛び跳ねている大広間には一瞥もくれず、二人はナミルハのあとに従って、ササイドンの祭壇の彼方の小部屋へ向かった。そこからは、上方に螺旋を描いている階段を伝って、広く高いバルコニーへと、やっとの思いでたどり着いた。そのバルコニーは、ゾトウラの王宮と向かい合っていて、日没の目的地へ向けての市の家々の屋根の上を見渡していた。

あの地獄図のような会食ともてなしの間に、何時間もが過ぎ去ったようであった。なぜなら一日は終りに近づき、皇帝の宮殿のうしろに沈んで視界から隠れてしまった太陽が、その血の色の光線で、無限の天空に縞模様を措いていたからであった。

「見るがよい」とナミルハはいって、奇妙な言葉を付け加えた。その語に、建物の石は、打ち鳴らされた鐘のように反響した。

バルコニーがかすかにゆれ、ゾトウラは欄干越しに、ウムマオスの町並みが小さくなり、自分の下方になっていくのを見つめた。それはまるでバルコニーが途方もない高さにまで飛び上がっていくように見えた。そしてゾトウラは、自分自身の王宮のドームを見下ろし、家々を見下ろし、耕作された平野、そして彼方の砂漠を見晴るかした。巨大なる太陽は、砂漠のはずれに低く沈みかかっていた。ゾトウラは目がくらめき、上空の冷えきった空気が皇帝に吹きつけた。ナミルハが他の言葉をしゃべるとバルコニーは上昇をやめた。

「よっく見るのだ」妖術師はいった。「これまでおまえの物であった、しかしもはやおまえの物ではない王国の上に、よく目をすえておけ」それから、両手を沈みゆく太陽の方角、そして日没の彼方の深淵へ向けて大きく拡げたまま、ナミルハは口にするだけで地獄に墜ちるという十二の名を大声で呼ばわった。そしてその名前に続いて、恐るべき呪文を唱えた。ぐな・ぱだんびす・でもんぷら・さんぎす・ふりどーる・あぼらごもん――

すると、たちどころに、巨大な黒い雷雲が太陽に向って突き出てくるようにみえた。地平線に沿って、その雲は頭と足を持った途方もなく大きな怪物の形を取っていった。そしてその姿は、どことなく悍馬の一群に似ていた。恐ろしくも後足立ちになると、その一群は残り火を絶やすように、太陽を踏みにじった。そして、まるでなにか巨人《タイタン》の曲馬場にでもいるように駆けめぐり、ますます高く、巨大になって、ウムマオスの方へとやってきた。災難の兆しのような深いとどろきが、その一団に先行して聞こえ、大地は目に見えて震えた。そしてゾトウラが、その一団が雲のように実体を伴わない物ではなく、宇宙的な規模の巨大さの内で、世界を踏みにじるためにやってきた現実の生物なのだということに気付くまでになった。自分たちの影を何リーグも前に投げかけ、悍馬たちはあたかも悪魔に駆られているかのように、ジラックの市へと突進した。馬たちのひづめは、山からころげ落ちる岩のように、周辺の原野のオアシスや町々の上に下ろされた。

多くのやぐらを持った嵐にも似て、一団はやってきた。世界すらその重さの下に傾き、深淵の方へと沈みゆくように思えた。不思議の内へと魂を奪われた男のごとく沈黙して、ゾトウラは佇み、自分の王国の上に繰り拡げられる破壊を見つめていた。近づくにつれ、巨大な悍馬どもは信じ難いほどの速度で競い合った。その足音の響きはあたりをとどろかせ、馬どもは今やウムマオスの西方、数マイルに広がる緑野と果樹園を侵しはじめていた。そして悍馬どもの影は、日蝕の邪悪なる黒影のように、ウムマオスをおおうまでに近づいてきた。頭上を見上げながら、皇帝は、馬どもの瞳が大地と天頂の中間のあたりにあるのを見てとった。その瞳は、高々と浮かんでいる積雲の上から見下ろしている邪悪な太陽のようであった。

それから、迫りくる暗黒の内から、耐えられないほどの雷鳴を上回って、ゾトウラはナミルハの声がするのを聞いた。魔術師は勝利に狂喜して叫んでいた。「いいかゾトウラよ、おれは深淵の王サモゴルゴスの馬を呼び出してやったのだ。悍馬たちは、御身の王国を踏みつぶしてしまうだろう。遙かなる昔、御身の乗馬がナルソスという名の乞食の少年を蹴り倒し、ひづめにかけたのとちょうど同じようにな。そしてこのおれナミルハが、その少年であったということも知っておくがいい」そしてナミルハの瞳は、狂気と悪の虚飾に満たされ、悪意に満ち、不吉な、その最頂点の時にある星々のように燃えさかっていた。

恐れと喧噪とでまったく茫然としているゾトウラにとって、妖術師の言葉はかん高く割れた、運命の嵐の音の倍音に過ぎなかった。そして皇帝は、その言葉の意味を理解していなかった。すさまじくも、堅固に作られた屋根を引き裂き、一瞬の内に頑丈な石造建築をこぼちて、ひづめはウムマオスの市の上に下された。壮麗な寺院のドームは卵の殻のように圧しつぶされた。そして傲然とした邸宅も打ちこわされ、大地と同じように平らになるまで踏みつけられた。そして一つ一つ、市の家々は、世界が混乱の内に叩き込まれたときのように、大きな音とともに平らに踏みつぶされていった。遙か下方では、暗くなった街路の中で、人々と駱駝がせわしく動き回っている蟻のように逃げまどっていたが、逃れることはできなかった。ひづめは、市の半分が廃墟で占められ、夜が全てをおおうようになるまで、情容赦なく踏み下ろされた。ゾトウラの宮殿も踏みつぶされた。そして今や悍馬たちの前足は、ナミルハの住居のバルコニーと水平にぼんやりと浮き出て見えた。そして彼等の頭は恐ろしいほど高いところにあった。それはまるで彼等が、棹立ちになり、妖術師の住まいを蹴りつぶそうとしているかのように見えた。しかしその時、馬の一団は左右に分かれ、痛ましい光輝が、低くなった太陽から輝き出た。そして悍馬たちは、東方に広がっているウムマオスの国土の残りの部分を、そのひづめの下に踏みにじった。ゾトウラとオベザーそしてナミルハは、陶器の破片のちらばった貝塚でも見るように、市の廃墟を見下ろした。そしてジラックの東部へ向かっていくひづめの、天変地異のような響きを聞いた。

「いやまったく、素晴らしい見物《みもの》だった」ナミルハがいった。それから皇帝の方へ振り向くと、悪意をこめて付け加えた。「しかしながら、あの運命がまだ成就されていない前に、御身のことは片づいたなどと思うなよ」

バルコニーは最初の高さにまで下りたように思えた。けれどもそれは、依然として砕けちった廃墟の上で高い位置を占めていた。やがてナミルハは皇帝の腕を摑むと、バルコニーから中の部屋へと導いた。そのあとにオベザーは押し黙ったままで続いた。皇帝の心臓は、あのような災厄に踏みにじられて、彼の内で押しつぶされていた。絶望が、呪われた夜の土地に迷い込んだ男の両肩に載った悪夢にも似て、ゾトウラの上に重くのしかかった。そして部屋の敷居のところで、自分とオベザーとが引き離されたのも知らなかった。また幾つかのナミルハの怪物たちが影のように現われ、無理やり女を彼等といっしょに階段を下へ行かせ、そして歩みながら、自分たちの腐れかかった経帷子で彼女の悲鳴を押し殺してしまったのだということも知らなかった。

その部屋は、ナミルハがみずからの最も不浄な儀式や術のために使用していたものだった。その部屋を照らし出しているランプの光は、悪魔の霊液《アイコー》がこぼれたようなサフランの赤色だった。その光は、人間にはその目的をいうことはほとんどできそうにないような、梨状瓶や坩堝《るつぼ》、黒ずんだ炉や蒸溜器の上を照らした。魔道師は蒸溜器の一つで、星のように冷たく光る黒い液体を熱した。その間ゾトウラは、無関心にそれを見ていた。そしてその液体が泡立ち、急速に蒸気を上げはじめると、ナミルハはそれを金で縁取りした鉄製の杯の中へ蒸溜して、その杯の内の一つをゾトウラに渡し、自分のために別の杯を用意した。そしてゾトウラに断固とした命令口調でいった。「これを飲み干すのだ」

その液体が毒薬ではないかと恐れて、ゾトウラはためらった。妖術師は、今にも殺さんはかりの目つきでゾトウラをにらんだ。そして大声で怒鳴った。「おれと同じようにするのが、御身は恐ろしいのか?」その言葉とともにナミルハは杯をみずからの唇に持っていった。

こうしてゾトウラは、あたかもなにか死の天使の命令によるかのように、無理やり液体を飲み干した。そして暗闇が完全に支配するようになる直前に、ゾトウラはナミルハが自分の杯を仰いだのを見た。それから、言葉にはできない苦痛とともに、皇帝は死んだように見えた。そして皇帝の霊魂は体を離れて自由にただよった。再びゾトウラは、肉体のない瞳を通じて部屋を見た。肉体を失ってゾトウラは、サフラン色の光の中に立っていた。肉体は床の上の死体のように、自分の傍らに横たわっていた。そしてその側に、うつぶしたナミルハの体があり、二つの落とされた杯があった。

そのようにして佇みながら、ゾトウラは奇妙なことを目にした。それというのは、突然彼自身の体がうごめき、立ち上がったのだ。その間というもの、妖術師のそれは死んだように静かだった。そしてゾトウラは、自分自身の容貌、その黒真珠と紅玉を縫いこんだ淡青色の錦繡の短衣を着込んだ自分の姿を見つめた。その身体《からだ》は彼の眼前で生きていた。けれども、その瞳は平生よりも暗い炎を宿し、深い邪悪をたたえていた。やがて、肉体の耳も持たずに、ゾトウラはその姿がしゃべるのを聞いた。その声は力強く、傲慢なナミルハの声であった。

「ついてこい、宿無しの幻よ。御身は、全ておれの命令どおりにするのだ」

見えない影にも似て、ゾトウラは魔術師のあとについていった。両名は階段を伝って、巨大な宴会用広間へと降りていった。彼等はササイドンの祭壇と、よろいに身を固めた立像のところにやってきた。その前方には、馬の頭蓋骨のランプが七つ、以前と同様に燃えていた。妾姫オベザーだけが、何物にも飽きたゾトウラの心を動かす力を持っていたのだが、その愛するオベザーが、祭壇の上に縛られたまま横たえられていた。しかしその広間には誰一人いなかった。そしてあの運命の宴の名残りは、円柱の間に黒くたまっている踏みにじられた果汁以外、何一つ残っていなかった。

ナミルハは、自分のために皇帝の身体を思うとおりに使いながら、黒い偶像の前で立ちどまった。そしてゾトウラの魂に向かっていった。「みずからを自由にする力もなく、どのようにも動くことのできない、この神像の中に閉じ込められるがいい」

完全に妖術師の意のままになっているゾトウラの魂は、立像の中に入り込んだ。ゾトウラは、自分の周囲の偶像の冷たく巨大なよろいを、まるで窮屈な石棺のように感じた。ゾトウラは、彫刻されたヘルメットがおおいかぶさっている黒い眼から、身じろぎもせずに外を見つめた。

こうして見つめながら、ゾトウラは、自分自身のものであった身体が、ナミルハの魔術的な所有によってしだいに変化していくのを認めた。それは、淡青色の短衣の下の足が、突然黒馬の後足に変り、そのひづめは、あたかも地獄の業火に熱せられたように赤熱して光ったのだった。そしてちょうど、ゾトウラがこの異変を見つめているうちに、ひづめは白熱光を放ち、煙がその下の床から立ち登っていった。

それから祭壇の上で、その馬と人間との混淆の忌わしいものは、オベザーの方へと傲然として歩を向けた。そしてその歩いていくあとには、煙を上げているひづめの跡が現われた。女はどうすることもできずに仰臥したまま、凍りついた恐怖のたたえられた瞳で、そのものを見つめていた。そのものは片方の輝いているひづめを持ち上げると、それを、紅玉で飾られた小さな金銀細工の胸当ての間の、女のむき出しの肌の上に下ろした。オベザーは、その残虐な仕打ちに悲鳴をあげた。その声は、地獄で新たに呪われた者の魂があげたものかと思われた。ひづめは耐えられないほどに光輝を放った。それはあたかも、悪魔どもの武器が鍛え上げられるという溶鉱炉から、いま引き出されてきたばかりのようであった。

　そのときだった、鉄石のように堅い神像の内に閉じ込められていた皇帝ゾトウラの、怖けづき、打ちひしがれ、無気力になった霊魂の内に、自分の王国の崩壊や臣下たちが踏みつぶされるのを目《ま》のあたりにしても、目覚めようとはしなかった勇気が湧き上がってきたのは。速やかに大いなる憎悪と怒りとが、皇帝の魂の内にて息を吹きかえし、皇帝はみずからの右腕が自分の思いどおりにならんかと欲した。その右腕には剣が握りしめられていた。

　やがて皇帝の内に声がしゃべりかけるように思えた。冷たく荒涼とした恐ろしいその声は、あたかも立像みずからによって発せられたようであった。声はいった。「余は地の下なる七界の地獄の君主にして、地の上なる人の心の内の七の七倍の数ある地獄の王たるササイドンである、しばらくの間、ゾトウラよ、互いの復讐のために余の力をなんじに与えよう。余の似姿なるこの像と、何から何まで同一になるがよい。あたかも魂が肉体と一致するように。見よ！　堅牢なる鎚矛がなんじの右手の内にある。鎚矛を持ち上げ、打ちおろすがよい」

　ゾトウラは、みずからの内なる巨大な力に気づいた。ゾトウラを囲む逞しい筋肉は、力の戦慄に打ち震え、みずからの意志に敏感に反応した。皇帝は自分の右の手の内なる巨人なくぎだらけの頭の鎚矛の柄を感じた。その鎚矛が、死すべき肉体を持った人間の手では、いかなるものも持ち上げることすらできないのにもかかわらず、ゾトウラにとってはその重さが、手頃なものとしか思えなかった。それから、戦場の戦士のようにその鎚矛を高々と持ち上げると、ゾトウラはただ一撃で、その自分自身に帰すべき、悪魔の馬の脚とひづめの結合された肉体を使っている、忌わしいものを打ち倒した。その生き物はたちどころに崩れ落ちると、その砕け散った頭蓋骨から、パルプ状の脳を、光っている黒玉の壇上に飛散させたまま横たわった。そして両足をかすかに震わせると、動かなくなった。そしてひづめは、激しい、目もくらむような白熱光から、赤熱した鉄の赤色へとゆっくりと色を移ろわせていった。

しばらくの間というもの、オベザーという名の娘のかん高い悲鳴以外には、何の音もしなかった。オベザーは苦痛と、目のあたりにした多くの怪異への恐怖とで発狂していた。やがて、その悲鳴にむかつきはじめたゾトウラの魂の内で、ササイドンの冷たく恐ろしい声が再び語りかけた。

「行くがよい。もはや、なんじのなすべきことは何も残っておらんのだから」そしてゾトウラの霊魂は、ササイドンの像の内より抜け出て、広い空中の内なる無と忘却の自由を見出した。

しかしナミルハにとって、終局はまだやってこなかった。魔術師の狂った、傲岸な魂は、あの一撃によってゾトウラの肉体から解き放たれ、自分の意図したものとは異なった方法で、自分自身の肉体へと戻った。その肉体は、呪われた儀式と禁断の転生の部屋に横たわっていた。ほどなくその部屋でナミルハは目を覚ました。彼《か》の術者の心の内には、恐ろしい混乱が渦巻き、部分的には記憶も失っていた。それというのは、ササイドンの呪いがみずからの瀆神のゆえに、今やナミルハの上に振りかかっていたからであった。

ナミルハの心の内ではっきりしているものといえば、復讐への邪な、途方もない考えだけであった。しかしながら、その理由も対象も、あいまいな影のようなものとなっていた。そしてそのあいまいな敵意に駆られたまま、ナミルハは起き上がり、自分の脇に、神秘なルーンのサファイアとオパールがその柄に埋め込まれた魔法の剣を吊《か》るした。彼の術者は階段を下りて、再びササイドンの祭壇へとやってきた。そこにはよろいをまとった神像が、以前と同じように無感動な姿で立っていた。その不動の右手には、平衡を保った鎚矛が握られていた。そしてその下の祭壇の上には、二つの犠牲《いけにえ》が横たわっていた。

奇妙に晴いヴェールが、ナミルハの五官の上にたちこめ、彼は、ゆっくりと黒ずんでいくひづめを持った馬の足の怪物を見ることができず、まだその傍らで生きているオベザーという娘の呻き声を聞くことができなかった。ナミルハの瞳は、祭壇の彼方の、黒い鉄製の怪蛇《バジリスク》の爪の上に立てられた金剛石の鏡に魅きつけられていった。そして鏡のところにいったナミルハは、そこに自分の顔を見出したのだが、もはや彼はそれが自分のものであるとは知ることができなかった。瞳は影におおわれ、脳髄は移り変っていく妄想という名の蜘蛛の巣で満たされていたために、ナミルハはその顔を皇帝ゾトウラのそれと取り違えた。地獄の業火そのもののように飽くことを知らず、ナミルハの古き憎しみが彼の内に湧き上がった。術師は魔の剣を抜き放ち、それをもって、鏡の内なる人影へ向けて切りかかった。時には、魔術師の上にかかりたる呪いのゆえに、そしておのれの成しとげたる邪な変身のゆえに、術者はみずからが妖術師と戦っているゾトウラだと思い込んだり、また再び、みずからの狂気の変換で、皇帝に打ちかかっているナミルハに戻ったりした。そして時には、名すら失ったまま、名も無き敵と戦っていることもあった。やがて強い魔術によって鍛え上げられていたにもかかわらず、魔法の剣は柄のところから砕け散った。そしてナミルハは反射像が依然として無傷なままなのを見てとった。そこで魔道師は、半ば忘れ去った、最も恐ろしい呪いに満ちた神秘文字《ルーン》を大声で怒鳴った。しかし、忘却の内なる呪いであってみれば、それは効果を現わさなかった。ナミルハは、重い剣の柄で一心不乱に、鏡の上を叩き続けていた。柄の内のルーンのサファイアとオパールが砕け果て、みずからの足もとに細かな破片となって落ちていった。

祭壇の上で死に瀕していたオベザーは、ナミルハがみずからの反映と戦っているのを見ていた。そしてその光景は彼女を、あたかも砕けた水晶の鐘のいんいんとした響きにも似た、狂気の哄笑へと駆りたてた。やがて、その哄笑とナミルハの呪いの声をおおい尽くすように、突然巻き起こった嵐のとどろきにも似た音が近づいてきた。それは、サモゴルゴスの巨大な悍馬によって引き起こされた雷鳴であった。深淵の方へ向けて戻ってきた悍馬の群が、先刻残していったただ一つの家を踏みにじるために、ジラックの国を駆け抜け、ウムマオスの上へとやってきたのだった。

忘却の墳墓

The Tomb-Spawn

安田均訳

砂漠からファラードへと夜が訪《おとな》うとともに、隊商《キャラバン》の最後尾がはぐれそうになりながら到着した。北門に近い葡萄酒店《ワインショップ》では、喉の渇きに疲れ果てた他国からの多くの行商人たちが、ヨウロスの名酒を片手に英気を養っていた。そこで疲労を癒そうと酒杯が触れあうなか、語部《かたりべ》が話をはじめる。

「王であり、かつまた魔術師でもあった偉大なるオッサルゥ、彼こそはかつてゾシークの半ば以上を治めた名高き王であります。その軍隊は熱風に吹き上げられた砂塵のように疾く、彼自らは嵐と暗黒の魔神を意のままに繰り、太陽の霊まで降臨させることもできたといわれます。青々とした糸杉が稲妻の猛打を知るように、すべての者はその魔術を嫌というほど知らされておりました。

「不死とも思えるほど彼は齢《よわい》を重ね、ついに知恵と力の極みに至りました。かの邪悪な暗黒神ササイドンが、彼の呪文と卓越した魔術に祝福を与えたといわれます。そしてついには晩年、異なる世界より炎の髪をひく彗星に乗って地球を訪れた物怪《もののけ》ニオス・コルガイと親交をもつまでになったのです。

「オッサルゥは占星術の知識にも長けておりましたので、ニオス・コルガイの来訪をいちはやく察しておりました。そこでかの物怪を迎えるためにただ一人、砂漠に出向きました。夜になると荒野に太陽のような彗星が落ち降《くだ》るのを、多くの国の人々が目撃しましたが、それがニオス・コルガイの到着であると知っていたのはオッサルゥ王だけでした。彼は月も没した夜明け前の暗黒の時刻、すべての人が眠りを貪っている頃に、異邦の物怪を伴って宮殿に帰りつき、玉座の間の真下、予めニオス・コルガイの住居として用意した地下室へと招き入れたのです。

「それ以来というもの、かの物怪は誰にも見られず、知られることもなく、常に地下室に住み続けたといいます。伝えによれば、そのものはオッサルゥに助言を与え、宇宙の星々についての知識を教えたと申します。ある星のつかさどる期間には、女や若い戦士がニオス・コルガイに生贄として捧げられたともいいます。彼らはだれ一人還らず、それゆえ目にしたものについて語った者もおらず、物怪の姿を推し測ることさえできませんでした。しかし宮殿に足を運んだ者はみな真下の地下室から響く、布を被せた太鼓がゆっくり叩かれるような鈍い音と、地下の泉が噴出するような音を聞くのでした。時には狂ったコカトリスのたてるような邪悪さに満ちたかん高い声が聞えたともいいます。

「多年にわたってニオス・コルガイはオッサルゥに仕え、王は見返りとして物怪にさまざまな便宜を与えたのでした。やがて、ニオス・コルガイは奇病に罹り、床下の丸天井の部屋でのかん高い声も聞えなくなったばかりか、太鼓や泉の音も微かとなり、ついには止んでしまいました。魔術師である王の呪文もニオス・コルガイが死をまぬがれるには力足りませんでした。ですが、オッサルゥはかの物怪が死んだ時、二重の魔法の円で丁寧にその身を囲み、最後に部屋を封じたのです。そして後にオッサルゥも死んだ時、丸天井が上から開けられ、王のミイラは奴隷たちによってその中に降ろされました。ニオス・コルガイと思われるもののそばで、永遠の休息をとれるようにと。

「歳月は流れ過ぎ、もはやオッサルゥは語部《かたりべ》の口の端《は》に上る名前にすぎません。彼の住んでいた宮殿や、それがあった都も今や忘れ去られ、ある者はそれがヨウロスにあるといい、またある者は都エスリレオムを建てたニムボス朝のシンコール帝国にあったと申します。しかし、これだけは確かなことです。未だどこか封じられた墓所で、異邦の物怪がオッサルゥ王とともに死体を横たえているということです。そしてすべての都市や王国が衰退する中で、彼らのまわりには肉体を腐敗から護るオッサルゥの魔法円があり、そして、この円の外側にはあらゆる侵入を阻止するもう一つの円があるということ。したがって、墓の扉からそこに入った者は即座に死ぬと同時に一瞬にして腐敗し、地面に倒れる前に腐った塵埃となって崩れ落ちるだろうということです。

「これがオッサルゥとニオス・コルガイにまつわる伝説です。誰もその墓を見つけた者はおりません。が、暗黒の予言者にしてかの偉大なる魔術師ナミルハは幾世も前にこう語っております。砂漠を過ぎるある旅人がいつの日か、それとは知らずに遭遇するであろうと。さらに彼の伝えるには、これらの旅人たちは扉以外の道を通って墓所に降り立ち、怪異を目撃するだろうと。もっとも彼は、その怪異の性質については何も語っておりません。が、ただニオス・コルガイはどこか遠くの世界から来た生物であるため、生きていた時と同じく、死んでのちもなお異界の法則に従うであろうとは言っています。そして、ナミルハの言い伝えについては、誰も未だその秘密を解くに至っておりません」

ウスタイムからやって来た宝石商人のミラブとマラバクの兄弟は、この語部の話にうっとりと聴き入っていた。

「まったく不思議な話だ」ミラブが言った。「しかしまあ誰でも知っているが、昔は偉大な魔法使いがいたんだろう。深遠な魔術があり、不可思議な使い手がいたというわけだ。そのうえに本当の予言者というものがな。ゾシークの砂漠は忘れられた墓や都市でいっぱいだよ」

「いい話だ」マラバクが応えた。「でもおしまいがない。なあ語部さんよ、それからの話はないのかい？　怪物や王といっしょに貴金属や宝石は埋められていないのかい？　死者を金塊で包んだ墓や、吸血鬼から滴った血で固まったようなルビーにあふれた石棺を見たことがあるぜ」

「私は先祖が話したとおりに伝えました」と、語部はきっぱり言った。「その墓を見つける定めにある者たちが、残りを語らねばなりません――もし幸いにも、彼らが発見してから帰還することができたならの話ですが」

ミラブとマラバクは、宝石の原石や彫刻した魔除けとか、小さな碧玉や紅玉髄の偶像などの商いを営んでおり、ファラードで大きな利益を得ていた。いま南方の湾で採れた薔薇色や暗紫色の真珠、あるいはまたヨウロスの黒サファイアと葡萄酒色の柘榴石などを積んで、東方の海に面したウスタイムの地へと長い回り道の旅をする商人たちと共に、北方のタスーンへと帰るところだった。

道は乾いた土地を抜けて続いてきた。さて隊商《キャラバン》がヨウロスの国境に近づくにつれ、砂漠はより甚しく荒涼とした様相を示しはじめた。丘陵は巨大なミイラが横たわったように黒ずみ痩せ細っていた。水路は乾いて干上がり、塩が斑点のように吹き出して湖底に続いていた。かつては穏やかな水がさざ波をたてたであろうと思われる崩れかけた崖の高みにまで、灰色の砂の大波は迫っていた。束の間の幻のように、砂塵の柱が巻き起こっては通り過ぎた。それらすべての上に、太陽が焦げつくような天空から巨大な燠《おき》となって熱を注いでいた。

この、ひと目で人の住めそうもない不毛の荒れ地を、隊商は用心しながら進んでいった。高い崖に囲まれた狭い谷を駱駝を速足で急がせながら、商人たちは槍や大刀《クレイモア》を構え、不安げな目つきで不毛の尾根を見つめた。この辺りには隠れた洞穴に、ゴーリィとして知られる野蛮な半人半獣が潜んでいたからだ。食屍鬼《グール》やジャッカルと同様、ゴーリィも腐肉を喰らうのである。彼らは人喰い族でもあり、旅人の肉を好んで喰い、その血を水や葡萄酒の代わりに飲んで生きていた。そういうわけで、ゴーリィはヨウロスとタスーンの間を旅するすべての人々に恐れられていた。

陽は絶頂に登りつめ、狭く険しい谷の最も奥深い暗所までも無情な日射しで照らした。細かく灰のようになった軽い砂を吹き上げる風ひとつなかった。

さて、路は斜面の狭間《はざま》を、古い流れのような跡をたどって下方に続いていた。ここにはかつての淵の代わりに砂や丸石でせきとめられた砂だまりができており、駱駝はその中へと膝まで潜りこんでもがいた。やがて曲がりくねった河床の曲り角までくると、何の予兆もなく谷はゴーリィのぞっとするような茶褐色の身体で埋めつくされた。ゴーリィは両側から一斉に現われ、岩だらけの斜面から狼のように駆けおりてくるかと思うと、高い岩棚から豹のように身を投げて向ってくるのだった。

この食屍鬼風の半獣たちは、言いようもないほど凶暴で素早かった。かすれた咳をしたり唾を吐いたりする以外、物音をたてず、研ぎすまされた二列の歯と小鎌のような爪の武装だけで、隊商の上に波のように襲いかかってきたのだった。駱駝に乗った人間一人に対して、二十匹もかかってきたように思われた。アラビア駱駝の何頭かはゴーリィに脚や腰や背を齧られたり、犬のように喉にくいつかれたので、すぐに大地に倒れてしまった。みるまに駱駝も乗り手もこの飢えきった怪物どもにおおいつくされ、その場で食われ始めた。宝石の箱や高価な織物の行李《こうり》は乱闘の際に引き裂かれ、碧玉や縞瑪瑙像は無意味に砂中にばら撒かれ、真珠やルビーは誰も知らないまま血溜りの中に浸されていた。これらはゴーリィにとって何の価値もなかったのである。

ミラブとマラバクは事が起こった時、隊商のずっと後方にいた。ミラブの乗っていた駱駝が石で打ちみを負い、びっこをひいていたので、意に反してかなり遅れていたのだ。かくして、幸運にも彼らは食人鬼めいた連中の襲撃を免れた。二人は呆然と立ちつくし、仲間の運命を見た。その抵抗も恐しい勢いで制圧されている。しかし、ゴーリィは自分たちの引きずり倒した駱駝と商人たちばかりか、敵の剣や槍で傷ついた仲間まで食うのに夢中になっていたのでミラブとマラバクに気づかなかった。

二人の兄弟は槍を構え、虚しいかもしれないが勇敢に戦った後、仲間の後を追おうと決心した。が、アラビア駱駝は見るも恐しい惨状に怖気《おじけ》づき、また血の匂いとゴーリィのハイエナのような臭いを嗅いで尻ごみし、振りむきざまヨウロスへの道へと向かった。

こうして思わぬことから逃亡する羽目になったものの、途中はるか彼方の南斜面の上から、兄弟の行方を阻もうと駆けてくるゴーリィの別の一団を発見した。ミラブとマラバクはこの新たな危機を回避すべく駱駝を脇径へと向けたが、ミラブの駱駝がびっこをひいているために速度を落として進まねはならなかった。いつすぐ後ろにゴーリィが現われるかもしれないと思いながら、彼らは天頂を超えた太陽を背に何マイルとなく東へと進んでいった。そして午後半ば、あの古い低地の雨も降らない分水界へとたどりついた。

浸蝕されてしわが寄り落ち窪んだ平原を見渡すと、名も知れぬ都市の白壁や丸屋根が光って見えた。ミラブとマラバクには、都市が数リーグしか離れていないように思われた。彼らは遠い砂漠に隠された都市を発見したと思い込み、追手を避けようとその平原に向かい、長い下り斜面を降りはじめた。

二日間は、ミイラに必要な瀝青《タール》を含んだ塵のような埃っぽい土地を進むだけだった。目指す丸屋根はごく近く見えたのに、進むにつれて後退していくように思われた。状況は絶望的だった。今や彼らにはひと握りの乾し杏と四分の三が空になった水袋しかない。食糧は宝石や彫刻などの積み荷といっしょに、隊商の駱駝ごと失くしてしまった。ゴーリィの追跡は止ったように思われたが、兄弟のまわりには渇きという名の赤い悪魔と、飢餓という名の黒い悪魔が集っていた。二日目の朝、ミラブの駱駝は起き上がらず、罵りにも槍の先で突かれても動こうとしなかった。以後、二人は残った駱駝を共有し、一緒に乗ったり交互に乗ったりした。

きらめく都市は蜃気楼の如く現われたり消えたりするので、しばしば彼らはその存在を見失った。しかし、二日目の日没ももう一時間に迫った頃、彼らは壊れた方尖碑《オベリスク》や崩れかけた監視塔の長い影を辿りながら、旧い街中へ入っていった。

かつて首都だったのだろうが、今やその壮大な邸宅もばらばらの細片や瓦礫の山と化していた。

砂漠が徐々に拡大してかつての誇り高い凱旋門へとなだれ込み、舗道や中庭を満たしていた。ミラブとマラバクは疲労でよろめき、裏切られた期待に気を落としながらも、井戸や水槽が長く砂漠と化した年月にも、たまたま残されていないものかと探しまわった。

市の中心部では堂々たる寺院や高い建物の壁が、押しよせる砂に対してまだ障壁として一部役立っており、古い水道の跡を発見した。それは炉のように乾いてしまった水漕へと続いているだけだった。市場には砂塵で塞がった噴水の跡があった。しかし、水の存在を示すようなものはどこにもない。

何の希望もなくさまよっているうちに、彼らはいまは忘れられた君主の宮殿だったと思われる巨大な楼閣の廃墟にやって来た。そこには歳月の侵蝕を拒絶する頑丈な防壁が未だ残っていた。神話の英雄をかたどった緑色の真鍮の像で両側を護られた門は、まだ崩れていないアーチを備え、周りを睥睨している。宝石商人たちは大理石の階段を昇り、巨石の柱があたかも砂漠の空を支えんとそびえ立つ屋根のない大広間に入った。

幅広い舗装の板石の上には、アーチや台座や壁柱の破片がうず高くつもっていた。大広間の奥に、かつては玉座が据えられていたと思われる黒縞大理石の台座があった。その台座に近づくにつれてミラブもマラバクも、どこかに隠れた泉か流れがあるようなゴボゴボという低く不明瞭な音を聞きつけた。音は敷石の下、地下の深みから上《のぼ》ってくるように思われた。

音の源を正確に突き止めようと、二人は夢中になって台座にのぼった。そこにはおそらく比較的最近、巨大な石塊が上の壁から落下して大理石がその重みで砕け、一部が下にある地下室へ落ちたのか、周囲がギザギザになった暗い穴が開いていた。あの水が流れるような音は、この穴から脈うつように規則正しく聞こえてくるのだった。

宝石商人たちはこの穴をのぞきこみ、どこから来るのかわからない怪しげな微光に照らされ、蜘蛛の巣の張ったような闇に目を凝らした。が、何も見えはしない。長い間封じられていた貯水庫の空気のような、じめじめした黴くさい臭いが鼻孔に触れるだけ。彼らにはその絶え間ない泉のような音が、穴の端からほんの数フィート下の闇の中に発しているように思われた。

二人とも地下室の深さを測りかねていた。しばらく相談した後、彼らは宮殿の入口でのんびり待っている駱駝のもとへとひき返した。駱駝の引き具を取りはずし、長い手綱と皮の胴帯を結んで、ロープ代わりの一本の紐を作った。彼らは台座に戻ると、その紐の一端を落ちている大きな石塊に結びつけ、他の端を暗い穴の中へ垂らした。

ミラブが紐をつかんで深みへと慎重に降りていくと、十フィートか十二フィートでつま先が固い表面に着いた。用心深く紐をまだ握りしめつつも、彼は石でできた水平な床に立っていると知った。陽の光は宮殿の壁の向うで、急速に消えてゆこうとしている。しかし、薄れゆきながらも微光は敷石の穴からはまだ射し込んでいた。そしてそこではまた、崩れかかった半開きの扉の輪郭が、奥の未知の地下室か階段から部屋に射す薄光によってか、その片側をはっきりと見せていた。

マラバクが機敏におりてきてミラブに加わる。一方、ミラブは水音のような音の源を探して周りを注視した。目の前のはっきりとしない影の中に、ぼんやりとした不可解な物体の輪郭が識別され、何かグロテスクな彫刻で囲まれた巨大な水時計か噴水のように思われた。

一瞬、光が途切れたように思えた。ミラブはその物体の正体を見極めることができず、松明《たいまつ》も蠟燭も持っていなかったので、自分の麻の上衣のへりを帯状に引き裂いて火を点け、できるだけ前方にゆっくりと燃えるそのきれはしをかざした。宝石商人たちはこのように鈍くくすぶり燃える光によって得られた視界の中で、破片の散乱した床から暗い天井までそびえ立つ、とんでもなく巨大なその物体をはっきりと見た。

それは狂った悪魔の瀆神的な夢にも似ていた。その主な部分、胴体といえる部分は形として古代の壺にも似ており、丸天井の部屋の中央で奇妙に傾いた石座の上に鎮《お》かれていた。それには青白く、無数の小さな穴がぽつぽつとあいている。胸や平らな基部から多くの腕のような、脚のような突起が伸び、ふくれ上った悪夢のような体節の形をして、地面の上を這いずりまわっているのだ。他に二つの体節が斜めにぴんと伸び、空《から》のように見える石棺へと根のようにのびていた。その石棺にはおぞましい古代の謎の文字を彫り込んだ金箔が被せてあり、石座の傍に置いてあった。

壺の形をした胴《トルソ》には二つの頭がついていた。そのひとつは甲烏賊《こういか》のようにくちばしが突出しており、目があるべき所には長い斜めに走る裂け目が並んでいた。他方、狭い肩の上に並んでついているもう一つの頭は、陰気な恐しい老齢の王めいた頭だった。その燃える眼は紅玉のように赤く、灰色の顎鬚は穴だらけの胴の上に忌わしく密生して苔のように広がっていた。この人間の頭の下につながる胴の脇に、肋骨のような輪郭が微かに残っていた。伸びている器官の先は人間の手足だったり、擬人的な関節だったりする。

その頭や手足、胴の中から、ミラブとマラバクをこの部屋にひきずりこんだ例の不思議な噴出音が、定期的に発せられていた。その音が繰り返されるたびに異形の毛穴からぬるぬるした雫がにじみだし、ゆっくりと滴りを落とし続けていた。

宝石商人たちはじっとりした恐怖にとらえられ、ものも言えず立ちつくした。この世のものならぬ高みから睨みつけてくる人間の頭の不吉な目から視線をそらすことができなかった。やがて、ミラブの指の間の麻の帯がゆっくりと燃え尽きて、赤いくすぶりとなって落ちてしまうと、丸天井の部屋に再び闇が集い寄ってきた。その時、もう一方の頭についている暗い裂け目が次第に開きはじめ、やがて丸い眼窩になって、耐え難いほど熱く燃えたった黄色い光を発しはじめた。同時に巨大な怪物の心臓が打ちはじめたのか、鼓を打つような奇妙な響きが耳に届いた。

前にある見知らぬ恐しいものは、地球のものでないか、あるいはそうだとしても一部分だけだろうとしか思えなかった。その光景は彼らから思考も記憶も剥ぎとった。とりわけ、ファラードでの語部のこと、彼がオッサルゥとニオス・コルガイの秘められた墓について話したこと、そして墓がそれとは知らずに遭遇する者の手によって発見されるだろうという予言などは、かけらも思い出せなかった。

怪物はおぞましくもすばやく身をしゃんと伸ばすと、前方の器官である老人のようなしなびた褐色の手を、宝石商人たちの方へさしのべてきた。甲烏賊のようなくちばしからかん高く魔物めいた笑い声が起り、王者然とした灰色鬚の口からは堂々たる声が、何か呪文《ルーン》のような荘厳なリズムを帯びつつ、ミラブもマラバクも知らない言語で響きはじめた。

彼らは前を探ってくるぞっとする手に後ずさった。恐怖と恐慌のさなか、白熱の光を放つ眼球から流れ出る光で彼らは見たのだった——尋常でないものが石の床から起き上がり、不釣り合いな足でぎこちなくぶざまに重い足どりを進めてくるのを。象のように太い足が地面を踏みしめ、一方で瀆神の巨体を支えるには不適当な人間の足が躓きながらもついてくるのだ。

二つの硬く張っていた触手が金箔張りの棺から引きぬかれた。その端はかつては王のミイラを巻くのに用いられたと思われる、高貴な紫の宝石の縫い込まれた布で覆われていた。二つ頭の怪物は絶え間なく響く狂気に満ちた笑い声と、老人の震え声で唱えられる邪気に満ちた呪文を発しながら、ミラブとマラバクに迫ってきた。

二人は踵《きびす》を返し、広い部屋を横切って遁走した。怪物の眼の光に照らされて、目前に半開きの扉が見えた。扉は黒ずんだ金属でできていて、留金も蝶番も錆びて内側にたわんでいた。扉の大きさは高さも幅も並はずれており、あたかも人間より図抜けた巨人族のために設計されたようだった。扉の向うには薄明りの中に通廊がのびている。

扉より手前五歩くらいのところ、埃だらけの床の上に、部屋の形に沿って微かな赤い線があった。ミラブより少し前を走っていたマラバクがその線を横切った。すると何か見えない壁に阻まれたように、彼はよろめき立ち止まった。手足が衣服の中で溶けていくように思えた。衣服それ自体も、まるで数えきれない歳月を経てぼろぼろになったかのようだ。塵が空中を希《うす》い雲のように漂い、彼の伸ばした手があったところには白骨が束の間の光を放った。やがてその骨もまた消え……床の上には空の襤褸《ぼろ》がうず高く残った。

微かな腐臭がミラブの鼻孔をついた。ミラブは訳が解らないまま、一瞬逃亡の足を留めた。と肩を、ぬるぬるとしたしなびた手でつかまれる。背後の二つのかん高い笑いとつぶやきは悪魔の合唱にも似ていた。太鼓を打つような音、噴き上がる泉のような音が耳にがんがん響く。断末魔の短い叫びを残して、ミラブもマラバクを追って赤い線を越えた。

人間でもあり、異星に生を享けた怪物でもある邪悪の化身、この世のものならぬ復活を遂げた名づけえないこの合成怪物はよろよろと歩きつづけ、止まろうとしなかった。自らの魔術を忘れはてたオッサルゥの頭は、その手を二つの襤褸の山に伸ばして進んだ。そして、オッサルゥ自身が永遠にこの部屋を護るために設けた死と分解の領域へ足を踏み入れた。たちまちにして空中に溶解が生じ、それはおかしな雲のような形をとってから軽い灰の山となって落ちた。後には暗黒が甦り、残されたのはただ闇と静寂だけだった。

夜がかの名前のない国、その忘れられた都市の上にかぶさった。時を同じくして、砂漠を越えてミラブとマラバクを追ってきたゴーリィが現われた。すぐに彼らは宮殿の入口で辛抱強く待っていた駱駝を屠り、喰ってしまった。その後、柱が無数にならぶ古い大広間《ホール》へと入りこみ、宝石商人たちが降りていった台座の穴を見つけた。彼らはまだ飢えており、穴のまわりに群がって下の墓の臭いを嗅いではみたが、不思議な面もちで立ち去った。彼らの鋭い臭覚にも獲物の臭いが消え、墓は生者も死者もいない虚ろそのものとわかったからであった。

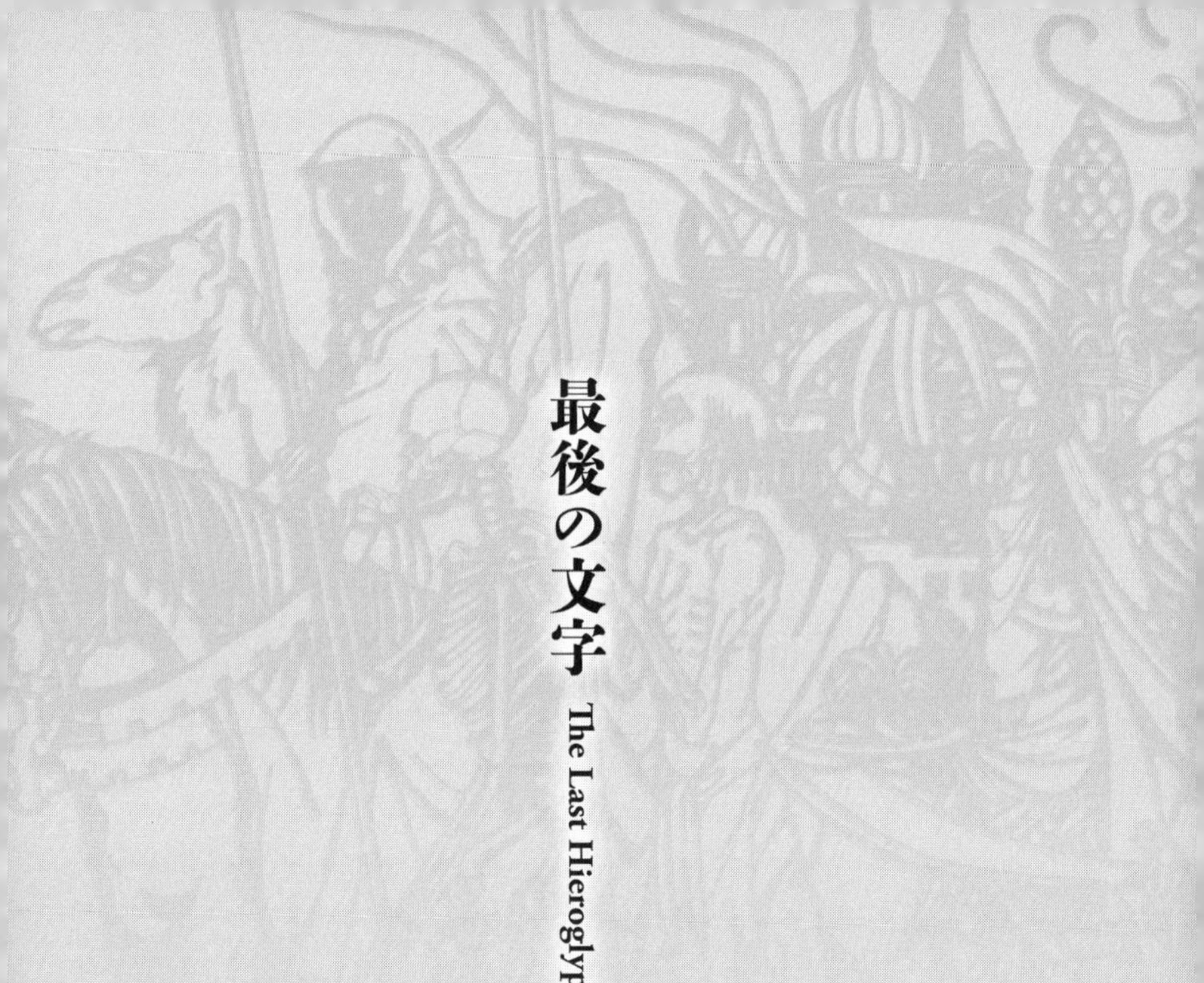

最後の文字

The Last Hieroglyph

安田均訳

世界はそも、ついには一つながりの文字とならん。

――ゾシークに伝わる古い予言

占星術師ヌシャインは多くの隔った地で夜空をめぐる球体を調べた結果、自らの力量に応じてだが、数多くの男女子供たちに星占いをするまでになった。彼は都市から都市、国から国へと渡り歩いたが、いずこの地にもごく短い期間しか逗留することはなかった。その地の行政官が彼をよくいる山師として追放してしまうのがオチだったからだ。そうでなくとも、やがて相談客が予言の誤りを指摘して、彼から手を引いてしまうからだ。そうした結果、彼は飢えに悩まされ、ぼろぼろの着物をまとうことがしばしばで、どこへ行ってもそれほど尊敬をうけることはなかった。彼の移り気な運まかせに同行するのは、ズル＝バァ＝ザイールの砂漠の街から何とはなしにくっついてきた見すぼらしい雑種の犬と、ヨウロスで信じられないほど安く買い入れた、片目で口のきけない黒人だった。彼はこの犬に犬狼星にちなんだアンサラスという名を付けてやり、黒人の方は暗黒という意味でモウズマと呼び慣らわした。

いつ果てるとも知れぬ遍歴を続けるうちに、占星術師の一行はジラックへ到着した。彼らは首都ウムマオスに住居を定めたが、その地は遙か昔、ある魔術師の怒りによって壊滅した同名の古代都市の遺跡の上に建てられたものだった。ここでヌシャインはアンサラスやモウズマと共に、腐りきって半ば崩れかかった借家の屋根裏部屋に起居することとなった。都市の煙はここでは妨げにならず、ヌシャインは夕べが訪れるたびに、その屋根から恒星の位置や動向を観測するのが習慣となった。時おり主婦や娼婦、運び屋や行商人、あるいは小商人が朽ち果てた階段を登って部屋に現われ、彼がぼろぼろの占星学の本の助けを借りりながらも、はなはだ注意ぶかく天宮図で占ってくれるのに対し、いくばくかの金でもって応えてくれた。

本を熱心に読みながら、しばしば夜空に示された合と衝の意味について途方に暮れた時、ヌシャインはアンサラスが疥癬だらけの尾を動かして蚤を探す動作から深遠な意味を引き出すことがあった。こうした方法もいくつかは的中し、ウムマオスにおけるヌシャインの名声は上り、実益ももたらされた。やがて彼がそこそこ有名な占い師だという噂がたち、人々はより頻繁に訪れるようになった。これもすべての占いや魔術が許されるジラックの寛大な法のおかげであり、彼もようやく追放のうき目から免れることとなった。

彼の運命を掌《つかさど》っていた暗黒の星が、生まれて初めて吉兆の星に屈したようだ。かくして自分を訪れた幸運と、財布をふくらませはじめた金について、彼はゾシーク全大陸で最も強大で謎いた魔神《ジン》、天と地すべてを治めるヴェルガマに感謝を捧げた。

ある夏の夜、漆黒の空に燃えたつ砂をまぶした如く星々が輝く頃、ヌシャインは借家の屋根に登った。日頃の習いからモウズマが後に従う。その黒人の片眼は驚くべき鋭さを備えており、近視ぎみの占星術師の目を補って余りあることがこれまでにも証明されていた。よく訓練された身ぶり手ぶりで、この黒人は口はきけずともヌシャインに観測の結果を難なく伝えることができたのだ。

この夜、ヌシャインの誕生を掌る大犬座が東の空に昇った。それをぼんやりとした眼ではあるがしげしげと見つめたヌシャインは、その配置にいつもと違うものを感じて困惑した。どう違うのか正確には測りかねていると、モウズマが異様に昂奮して注意をよび起した。三つの新たな二等星が犬の後足と臀部近くに現れている。この注目すべき新星は、ヌシャインの眼にはただの三つの赤いにじみとしか映らなかったが、小さな正三角形を構成していた。ヌシャインもモウズマも前夜に見なかったことは確かである。

「ヴェルガマに誓ってもいい。こいつは何ともおかしいぞ」

占星術師は驚き、唖然とした態だった。ヌシャインはこうした新星が自分の未来に及ぼす測りがたい影響を夜空から読みとろうと計算しはじめたが、これまでの大犬座による彼の占星が、この新星による影響の法則に従い、大きく修正されることだけは直ちにわかった。

しかし、書物や占い図に頼らなければ、続いて起るだろう影響の重大さや特有の方向性まで読みとることはできなかった。吉と出るか凶と出るか、いずれにせよ自分にとって由々しき事だろう。他の兆候を監視させるためにモウズマを残し、彼はすぐさま屋根裏部屋へと降りた。そこで、新星の及ぼす影響についての古えの占星術師の著述を数冊照合した後、自らの天宮図を作り直しはじめた。ヌシャインは苦心を払いながらも強い興奮を覚えて、夜を徹して解読に努めた。ようやく計算が終ったのは、暁の死んだような灰色と蠟燭の黄色い炎とが混りあう頃だった。

変貌した天空の解釈には、ただ一つの回答があるように思われた。大犬座と合になって三角に位置する新星の出現は、少くとも三つの要素をもつ転変に巻き込まれ、その不意の旅が間近に迫っていることを示していた。モウズマとアンサラスはそれにつき従うことになっていた。適切な時に次々と現れる三人の導き手が、彼を究極の目標へと連れて行くだろう。彼の解釈ではそこまでは明らかだったが、それ以上は何もわからなかった。旅が幸運をもたらすか不幸を招くか前兆となるものはなく、方向、目的、到達点を示すものも存在しなかった。

占星術師はこのどうにも奇妙で曖昧な占いに心をかき乱された。中でもさし迫った旅立ちという考えが彼をいらだたせた。この信じ込みやすいウムマオスの人々を相手に、成功とはいかないまでもようやく名声を確立しようとする矢先だったので、どうしてもこの街を離れたくなかった。そのうえ、旅の妙な性質と結果が隠されていることに強い懸念が起こりはじめた。これらには何か隠秘な作用、おそらくは不気味な神の摂理が暗示されているのだろう。三つの要素にからむ三人の導き手による旅など尋常ではないことに、彼は確信を抱いた。

それからは過ぎゆくいく晩かの間、彼とモウズマは輝きさかる大犬座の後ろに謎めいた新星があって、西方へと動くのを眺めていた。自分が読みとった答えに誤りがあることを期待して、何度も天宮図や諸々の書物と取り組んだが、結局同じ解釈へとたどりつくのだった。

時がたつにつれ、気の向かぬ謎めいた旅に向かわねばならぬという考えは頭にはびこり、ヌシャインを悩ませた。ウムマオスでは繁盛しており、都市を離れなければならない理由などなかった。暗く秘かな召喚が、何時《いつ》いかなる所からやって来るのか、ただ待ち続けねばならぬようだ。終日、彼は訪問客に、星に示された三人の案内者がこっそりとわからずに混っているのではないかと、相手の顔をびくびくと眺めていた。

モウズマとアンサラスはもの言えぬ者の直観から、主人の激しい不安を敏感に感じとった。彼らもそれを分ちあっていることは、黒人がときおり悪魔のような渋面を剥き出しにすることや、犬が占星術師の卓の下でうずくまり、半ばはげた尾を足の間にはさんで徘徊するしぐさに明瞭に表われていた。すると今度は主人の方が彼らの行動に凶兆を見てとり、不安を再燃させるのだった。

ある夕辺、ヌシャインはこれで五十回になろうかという、己れの天宮図をさまざまな色のインクでパピルス紙に描き熟考していた。驚いたことにパピルス紙の下欄の余白に、彼が書いた覚えのない奇妙な文字が現われていたのだ。それは瀝青の濃い茶色で記された象形文字で、ミイラを象《かたど》っているようだった。ミイラを包んでいた布はゆるんで足にまといつき、その足は大股で歩く姿勢をとっている。そして文字は、天宮図でゾシークの黄道帯では大犬座を示す区分に顔を向けていた。

その象形文字を見つめるうち、ヌシャインの驚愕は一種の戦慄に変った。彼はこの下欄が前夜まったく白紙であった事を知っていた。前日はずっとこの屋根裏部屋を立ち去る事はなかったはずだ。モウズマがこの図に触わるようなことは絶対にない。そもそもこの黒人はほとんど字を書けないのだ。それにヌシャインの使うさまざまなインクの内、この濃い茶色と似たものはなかった。そして、その象形文字は白いパピルス紙の上にくすんだ浮き彫りのようになっていた。

ヌシャインは説明のつかない不気味な亡霊に遭遇したような驚きを覚えた。確かにどんな人間の手をもってしても、彼の天宮図の黄道帯へ侵入を図ろうとしている、この奇妙な外惑星からの徴《しるし》のようなミイラめいた字を描けるはずがない。ここにこそ、あの三つの新星の出現についての隠秘な作用が暗示されているにちがいない。彼は何時間もこの謎を解き明そうと努力したが無駄だった。どの書物をとり上げても光明を見いだすことはできない。このようなことは占星学においてもまったく前例がないようだった。

翌日は朝から夕方まで、ウムマオスの人々の天に描かれた運命の作図をするので忙しかった。いつもの細心の注意をもってする計算が終わると、彼は指が震えているにもかかわらず、いま一度おのれの天宮図を拡げた。その瞬間、戦慄が身体を走った。見れば茶色の象形文字はもはや端にはなく、下方の天宮に位置して大股の姿勢で、いまも大犬座のある中天へ進むかのように顔を向けている。

ここに至って占星術師は、不思議な運命の前兆を見た畏れと好奇心から興奮の極に達した。彼がいくら見つめても、侵入した文字には何の変化も見当らない。とはいえ毎夕、彼が図をとり上げるたびにミイラはより上方、より高い位置にある大犬座へ大股に近づいてゆく……

ついにその姿が大犬座の区分の境に立つ時がやって来た。占星術師は自分の力を遥かに越える謎と脅威を感じながら、不吉な時を待ち続けた。やがて夜は過ぎゆき、暁を示す灰色のベールが部屋を覆いだした。ヌシャインは長々と寝ずに続けた研究に疲れ切って、椅子に沈み込んだ。どんな夢にも悩まされることなく、彼は眠りに引きずりこまれた。モウズマは彼を起さぬよう注意深く気を配っていたし、その日は誰も屋根裏部屋を訪れなかった。朝が過ぎ、昼が過ぎ、午後も過ぎたが、ヌシャインは気づきもしなかった。

夕方になって、部屋の一番奥からアンサラスの大きく悲しみに満ちた泣き声が聞こえ、ヌシャインは眼を覚した。意識は混濁していたが、眼を開ける前にきつい香料と刺すような酸性の臭いが鼻につんときた。睡魔のせいで視力がぼんやりしていたが、モウズマの灯す黄色い蠟燭の中に、背の高いミイラのような姿がすぐそばに黙って立っているのが眼に入った。そいつは頭や腕や上体は瀝青色の布でしっかり巻かれていた。しかし、それは腰のあたりから緩んで垂れ下り、茶色いしなびた片足を前に出して歩くような姿勢をとっていた。

恐怖がヌシャインの鼓動を早めた。その布のなかのものは死体であれ亡霊であれ、彼の天宮図に侵入し、区分から区分へと進んできたあのおぞましく侵略的な象形文字そっくりではないか。

その時、厚く巻かれた包帯から明瞭な声が発せられた。

「準備はよいか、ヌシャイン。余はおまえを星の定めた旅に導く最初の案内者だ」

おびえたアンサラスは占星術師の寝台の下に逃げこんでいたが、なおも吼え続けた。モウズマさえもが犬と同じく隠れようと躍起になっていた。

死が迫ってくるような寒けが襲いかかった。この亡霊は死そのものだと悟ったヌシャインは、波乱に満ちた人生の中でも保ってきた占星術師にふさわしい威厳でもって椅子から立ち上った。モウズマとアンサラスを隠れ場所から呼び出し、この陰鬱な布だらけのミイラの前ですくむ黒人と犬におとなしくするよう命じる。

ヌシャインはこの一蓮托生の仲間を後ろに従え、訪問者に向き直った。「いつでもよろしい」そうは言ったものの、声は震えていてほとんど聞きとれなかった。「が、持って行きたいものがいくつかあるのだが」

ミイラは布で包まれた頭を振った。「その天宮図の他は、何も持って行かぬ方がよいだろう。結局、おまえにとって残り続けるものはそれだけだから」

ヌシャインは卓の上の天宮図に身をかがめた。そしてパピルス紙を巻こうとしたとき、ふとミイラを表わす文字が消え去っているのに気づいた。あたかも描かれた象徴が天宮図を横切った後、そのまま物質化していま眼前に出現したかのようだった。そして天宮図の下の余白には、大犬座と反対側の位置に、鯉のような尾びれを持ち、上半身は半人半猿という奇妙な男の人魚《マーメン》が、海のように青い象形文字で描かれていた。人魚の後ろには、小さな艀《はしけ》が黒い象形文字で描き入れてある。

しばしの間、驚きの念が恐怖を上まわった。彼は天宮図を注意深く巻き上げて右手にかかえた。「来るんだ」と案内人は告げた。「おまえに与えられた時間はごく短い。ヴェルガマの住まわれる所に思いもかけず迷い込んでくる者を防ぐための、三つの要素をこれからくぐりぬけねばならぬからな」

これらの言葉は、占星術師の予見をある程度確かにするものだった。

しかし、旅の最後にこのヴェルガマと呼ばれる存在のもとへ行かねばならぬという暗示は、未来の運命の謎に何ら光明を灯すものではなかった。ゾシークのあらゆる所で、ヴェルガマについての噂や伝説が囁かれていた。あるものはすべての神のうち最も秘かなものであると言い、他のものは悪魔の中でも最も謎めいているものと語る。それらは様々で互いに矛盾しており、結局この存在がほぼ全能の力をもつという結論だけが一致するにすぎなかった。その所在する地は誰一人知らず、無数の人々が何世紀も何千年にもわたってその地へ向ったものの、戻ってきたものは一人もいないと信じられていた。

ヌシャインもしばしば、多くの人がその帷に覆われた王の名にかけて宣誓したり告発したりするように、ヴェルガマの名を唱えることがあった。いま恐るべき訪問者の唇からその名が洩れるのを聞いて、彼の胸は暗く塞ぎこんだ気持で一杯になった。それでも彼は感情を抑え、星々の明白な意志に身を委ねようと、モウズマと足もとのアンサラスを従え、大股に進み出したミイラの後を追った。ミイラはほどけた布を引きずるのに少し困惑しているようだった。

彼は後方に散らばる書物や書類を名残り惜しげに振り返りつつ、屋根裏部屋から出て借家の階段を降りていった。蒼ざめた光がミイラの包帯の周りにまとわりついているようだったが、他に何の明りもなかった。家は妙に暗く静かで、住人がすべて死にたえたか消え去ったかのようだった。夕暮れの市街からは物音ひとつ聞えず、普段なら灯のついた街路が見える窓の外も、ひっそりとうずくまる暗闇のほか何も見えなかった。階段も変形して距離が伸びたらしく、もはや借家の中庭には通じておらず、迂回して窒息しそうな地下室や汚く陰鬱な悪臭のする通廊など、思いもよらぬ地域へ繋がっていた。

空気は死臭を孕み、ヌシャインの心は萎えしぼんだ。闇の帷の下りた納骨堂や奥の凹みに並ぶ棚などに、無数の死者の存在を嗅ぎつけられた。進むにつれて近くでかすかに動く屍衣からのわびしい溜め息や、長く硬ばった死体の吐き出す息、唇のない歯のカチカチと鳴る乾いた音が感じられる。暗闇が完全に彼の視界をさえぎり、前方に故郷に舞い戻ったかのように大股に進む導き手の輝く姿だけしか見えなかった。

あらゆる年代にわたる死者とその腐乱した体の詰った、果てしない地下墓地を進む気分だった。後方にはモウズマの足を引きずる音と、ときどきアンサラスの低いおびえたような鳴き声が続いた。彼らが忠実について来るのはわかったが、命にかかわりそうな拡がる寒気とともに辺りを取り囲む恐怖が徐々に膨らんできた。そして前を行く包帯に包まれた体や、底知れぬ陰鬱さで周りに朽ちている者など、すべての生者を拒否するような雰囲気に縮みあがった。

声でみずからを勢いづけようと考えながら、ヌシャインは導き手に尋ねてみたが、舌はしびれたようにもつれた。

「私をこの旅に召喚したのは、本当に他でもないヴェルガマなんだね？　いったい何の目的で私を呼んだんだ？　どこにヴェルガマは住んでいるのかね？」

「おまえの運命がおまえを呼んだのだ」ミイラは答えた。「そう遠くないが、いずれ定められた時にその目的は識れるだろう。三番目の質問については、定命の者が入れぬよう隠されているヴェルガマの地所を、たとえ告げてもおまえにはどうにもなるまい。その地は現世の地図には載っていないし、天宮の地図にもありはしないのだから」

ヌシャインにはこうした回答は曖昧で胸さわぎがした。そして地下墓地へとより深く降りて行くに従い、おぞましい予兆に取り憑かれた。実際、旅の最初の段階で彼がここまで深く死と崩壊の帝国へと導かれている以上、暗黒こそが旅の目的地にちがいない。そして自分を呼び出し、最初の導き手として死装束をまとうしなびたミイラを送り込んだりする存在は、極めて怪しいに決まっている。

彼がこうした考えにどうしようもなく浸り込んでいるうち、地下墓地の前の奥まった壁がぼんやりとした光に照らされて、その輪郭を露わにした。ミイラに従って部屋に入って行くと、巨大な石棺が一つあり、周りには錆びた銀の受け皿に何本もの黒く長い蠟燭が燃えていた。ヌシャインは石棺に近づいたが、その蓋や側面には秘文字も彫刻も象形文字も刻まれてはいなかった。形状から見て中は巨人が横たわっているとしか思われなかった。

ミイラは止まることなく部屋を横切って行った。が、ヌシャインはかなたの地下室が再び暗闇に満ちているのを見て、おさえきれぬ嫌悪感に後ずさりした。いくら星々が彼の運命を定めたとはいえ、生身の人間にとってそれ以上進むことはとても耐えられない。突然、彼は衝動に駆られて、石棺の周りで音もなく燃えている一ヤードもありそうな重い蠟燭をひっつかんだ。右手にはまだしっかりと天宮図を握っていたので、蠟燭を左腕に抱きかかえる。そしてモウズマとアンサラスを従え、蠟燭の光によって何とか陰欝な洞窟をたどってウムマオスへ戻りつこうと、やって来た道を一目散に走って戻ろうとした。

ミイラの追って来る音は聞こえなかった。だが逃げながら激しくゆらめく瀝青の蠟燭で照らすと、先ほどまで闇が覆い隠していたおぞましい諸々《もろもろ》が露わになった。彼はこみあげる嫌悪感のうちに見た。倒れた怪物の不気味な残骸とまじりあって、無数の人間の骨が積み重なり、裂けた棺から突き出しているのは、半ば朽ち果てた名も知れぬものの頭とも手足ともつかぬ器官だった。やがて地下道は分かれ、さらに枝分れしていった。自分がウムマオスへ帰れるのか、未踏の深淵へ踏み込むのか、いずれにせよどれかの道を場当りに選ばざるをえなかった。

やがて額の隆起の欠けた見たこともない巨大な生き物の骸骨が、上目使いに眼窩を据えたまま地面に横たわっていた。その向こうにも新たなカビ臭い怪物の頭蓋が行方を遮っている。その肋骨は狭い壁で締めつけられており、いわばそこまできたものの這い出そうとして進退きわまり、闇の中で果ててしまったかのようだった。魔物じみた頭で猿ほどの大きさもある白い蜘蛛どもが、曲った骨の内側で巣を張っていた。ヌシャインが近づくにつれ、白い蜘蛛は数知れず寄り集ってきた。骨の上に忌まわしく集まり、はみ出た一部が占星術師の前に落ち、骸骨が震え動いた。それらは後から後から軍隊のように数え切れないほど溢れ出たかと思うと、一面に拡がって骨を覆いかくしてしまった。ヌシャインは振り向いて仲間と共に逃げた。分れ道まで引返すと他の道を選んだ。

魔物めいた蜘蛛の群も追っては来なかった。ミイラや蜘蛛に捕まらないように急ぐうち、やがて地下道の壁から壁へと広がる巨大な裂け目の縁に行きあたり、一行は立ち止った。その幅は人間の跳躍では飛びこせそうになかった。アンサラスは窖《あなぐら》から立ちのぼる瘴気にあてられ、後ずさりして狂ったように吠えたてた。ヌシャインは蠟燭をその上から差しのべたが、遥か下方にねばついた黒い液体がさざ波のように輪を描いて拡がり、燐光を放つのが認められた。二つの血のように赤い点が現われ、中央でくねるように泳ぎ出した。耳には、炎に熱せられた魔術師の大釜のあげるようなしゅうしゅういう音が伝わってきた。その黒いものが上方へと煮えたぎり、悪意に満ちて、すばやく窖からあふれ出そうと駆け昇ってくるように見えた。近づくにつれ、光る眼のような赤い点が彼を悪意のこもった視線で見つめ……

ヌシャインは慌ててその場を去った。元の方角へ戻っていくとミイラが分岐点で待っていた。

「ヌシャインよ、どうやらおまえは自分の天宮図を疑っているようだな」案内人は皮肉をこめて言った。「才能のない占星術師でも、時には天の定めを読みとる場合があるものだ。ならば従うがよい。星々がおまえの運命を定めたのだから」

ヌシャインはミイラに逆らわずについて行った。巨大な棺のある部屋に戻ると、彼は盗んだ黒い蠟燭を受け皿に戻すように命じられた。ミイラの外布から発する燐光の他に頼る光となく、彼らは前方にのさらに広い納骨堂の薄汚ない闇の中を進んで行った。ようやく鈍い夜明けの光が暗闇に射し込み、彼らは洞穴を抜けて曇り空の下へ出ることができた。そこは霞と雲が蔽い、波しぶきが唸る浜辺だった。新鮮な空気と光に辟易したようにミイラは洞穴へ急ぎ戻っていった。

「私の支配はここまでだ。おまえたちは残って、次の導き手が現われるまで待たねばならない」

磯の香が刺すように鼻をつき、髪や外衣が疾風になびく中、ヌシャインは洞穴の出口で立ったまま錆びた色の青銅の扉が金属的な音をたてて閉じるのを見た。浜は両側に、海面から切りたってそびえる巨大な絶壁に区切られていた。やむなく占星術師は待った。やがて砕け散る波の彼方から、半人半猿の頭をした、海のように青い男の人魚《マーマン》が現われた。その後ろに、誰が櫂や舵を操るともなく黒い小舟が進んで来た。ヌシャインの頭に、天宮図の余白に現われた生き物と船形の文字がひらめいた。パピルス紙を広げて更に驚いたのは、両者が消え去っていた事である。それらがミイラの時のように十二宮を通って、彼の運命を掌る天宮へ到達したことに疑念の余地はなかった。おそらく、こうして彼らは現実化するのだろう。そして天宮図にはそれらに替って、赤々と燃える火蜥蜴《サラマンダー》の字が大犬座の反対側に待機していた。

人魚は鮫のような白い鋸歯を見せてニヤリと笑うと、見たことのない動作で彼を招いた。ヌシャインは進み出て、その生き物の指図で小舟に乗り込んだ。モウズマとアンサラスも主人に忠誠を示して従った。人魚が荒《すさ》ぶる波を越えて泳ぎ始めると、小舟は魔術に舵をとられてでもいるのか櫂もなく、風波に逆いながらも滑らかに、名もしれぬ暗い外洋へとただちにのりだして行った。

押し寄せる泡のような波と霧に見えかくれしながら、人魚は確実に前進して行った。かくて時間と空間とが過ぎ去って行った。ヌシャインは生身であることを忘れ去ったように、飢えも渇きも覚えなかった。しかし心は、妙な疑惑と身の毛もよだつ錯乱にまみれて海上を漂っているようだった。夜ふけの墓場のように、周囲の混沌とした霧が無闇に恐ろしかった。彼は何度も相手に行先を尋ねたが、返事は返ってこない。どことも知れぬ岸辺から吹く風や未知の深淵へ注ぎ込む潮は、畏れと恐怖の囁きに満ちあふれていた。

ヌシャインはこの旅の謎を考えるうちに気も狂わんばかりになった。死の領域を通り抜けて、今や創造されていないものの灰色の辺土を横切っているのではなかろうか。このように考えると、旅の第三段階を推測するのが嫌になった。目的地の本質を想像することなど到底したくはなかった。

やがて突然、霧が二つに裂けたかと思うと、高い太陽から黄金色の光の奔流がふりそそいだ。漂いゆく小舟の風下、手の届くほど近くに島が高く聳えていた。そこには青々とした木が茂り、貝殻に似た明るい丸屋根があり、正午の陽光の中で花園がなだらかに上方へ広がっていた。波は嵐の咆哮など知らなかったかのように眠たげに滑らかな音を立て、低く横たわり青草を繁らせる浜へ打ち寄せていた。果実でたわんだ蔓や、咲き乱れる花が海辺にまで垂れ下っている。忘却と眠りが島から発散しているようであり、その地を踏むものは誰にせよ、明るく輝かしい夢の中で永遠に静かな日々を送るように思えた。ヌシャインは、その青々とした木陰だらけの避暑地に逃げ込みたいと願った。なおも霧にとざされた恐るべき虚無の大洋へ旅を続けるのは耐え難かった。そうした渇望と恐怖のはざまでは、星々に課せられた運命についての思いなど片隅へ押しやられてしまった。

小舟は止まる様子も揺れる様子もなかった。岸辺にそって徐々に島へと近づいてゆく。やがて、島と沖との間が澄み、浅くなって、背の高い男なら岸へたやすく渡れるようになった。ヌシャインは天宮図を捧げ持って海へと飛び込み、島に向って歩きだした。モウズマとアンサラスも後を追ってそばで泳ぎだした。

長く垂れた外衣が濡れて、いささかわずらわしかったが、占星術師は何とかその魅力あふれる浜に辿りつけそうに思った。人魚は妨害しそうになかった。深さは腰と腋の間くらいだったが、それも腰帯付近にまで下り、やがて外衣の垂れた踝《くるぶし》あたりまでになった。蔓と花が芳しく垂れ下っている。

彼がその素晴しい浜にあと一歩まで来たとき、急に大きなしゅうしゅういう音がしたかと思うと、眼前の蔓や枝、花や草々がからみ合い混り合って、とんでもない数の蛇と化し、恐るべき鎌首をもたげてあちこちで際限なくねじくれだした。その音は高く聳える島のあらゆる所からきこえ、不快なまだらの固まりとなった蛇がとぐろを巻き、這い、滑りこんでいくのだった。どの地の表も蛇たちに汚され、足の踏み場もない。

ヌシャインは嫌気がさし、海へと向った。人魚と小舟はすぐ手の届く所で待っていた。望みも消えて仲間たちと乗り込むと、小舟は魔術に操られてか、再び針路を定めて漂いだした。いま初めて人魚が彼の肩越しに、強い調子だが余り明晰とは言えない言葉で、皮肉まじりに語りかけた。

「おお、ヌシャインよ、未だに自分の運命に対して信念が足りないようだな。しかしいかに無能な占星術師でも、時には天宮図を正しく読みとることがある。ならば、星々の書き記した運命にそむく様な事は止めるのだ」

進み行く小舟の周りを霧はさらに重々しく包み、陽に輝いていた島は視界から姿を消した。ぼんやりした時が過ぎ、霧に包まれた太陽は生まれたての海と雲の後ろに没した。源初の夜のような闇が周りを覆う。いまヌシャインは雲の切れ間から、見たこともない星や星座の輝く奇妙な天空を眺めていた。同時に、なんと遠くの窮極の果ての地へやってきたのかという暗い恐怖が襲いかかった。やがて霧と雲とが舞い戻り、行く手の未知の空に覆いをかけた。もう人魚の他には何も見分けられなかった。その泳ぐ姿には常に青ざめた発光物がまとわりついていた。

なおも小舟は進んで行った。やがて赤い夜明けが、霧の彼方から息苦しく赤みを増して訪れた。艀《はしけ》は拡がる明るみの中へと乗り入れ、ヌシャインは再び陽光を眼にするものと思った。ところが奇妙な浜の側では、巨大な炎の柱がとうてい破ることのできない高い壁となって燃えさかり、むきだしの浜と岩は、どこから見てもその炎にいつまでもあぶられているようだった。炎は吹きつけられた波のように力強く跳ね、轟々と燃えさかり、まるで無数のかまどから寄せ来るようなその熱気はかなり離れた海面まで感じられた。速やかに艀は浜へと近づいていった。人魚は別れを思わせる風変りなしぐさを見せると、波の下へとたちまち消えさった。

その炎を見つめることも、熱に耐えることもほとんど無理だった。しかし、艀はそれらと海との間に舌状にのびる砂州に接岸した。赤熱の壁からヌシャインの前に燃え上る火蜥蜴が現れたが、その姿といい色といい、天宮図に最後に浮かび上った象形文字そのままだった。彼は口に出せないほどの驚きとともに、これが予言された三度の旅の三番目の導き手であることを悟った。

「ついて来るように」火蜥蜴は薪がはぜるような声で言った。ヌシャインは小舟から浜へと足を踏み入れたが、足裏では砂が天火のような熱を放っていた。後ろからは、嫌々という風情を明らさまにモウズマとアンサラスがついて来た。しかし火蜥蜴の背後の熱に近づくと、弱い生身の肉体を持つヌシャインは熱に半ば圧倒されて気を失いかけた。またも運命から逃れようと、彼は炎と海の間に伸びる狭い砂州に戻ろうとした。が、ほんの数歩と進まぬうちに、火蜥蜴が激しい咆哮をあげつつ追い迫って彼を遮った。

そいつは竜のような尾を恐しげにうち振り、そこから火花をまき散らして彼を炎の方へと追いたてた。火蜥蜴にはとても歯向かえそうもなかったが、炎の中に飛び込めば、たちまち紙きれのように燃え尽きてしまうだろう。ところが炎の壁が拱門道《アーチ》を形造り、一種の門が現われた。彼と従者たちは火蜥蜴に追い立てられ、低くたれこめる煙と蒸気によってすべてが覆われてしまった灰色の土地へと入っていった。ここで火蜥蜴が皮肉ともとれる言葉を呟いた。

「まちがってはいなかったぞ、ヌシャイン。おまえが天宮図に読みとった事はな。もう旅も終りに近い。もはや案内の必要はないだろう」

語り終えると火蜥蜴は、煙る空気の中で消え行く炎のように去っていった。

ヌシャインはぐずぐずと立っていたが、その眼前に移ろいゆく蒸気の間から、上方へのびる白い階段が姿を現わした。後方では炎がまだ崩れずに燃えさかり、頂上のない城塞のような姿を呈していた。両側から刻々と煙は顔や姿を変え、魔物じみて脅すように見えた。階段を昇り始めると、その形は魔術師の使い魔のように周りや下方におぞましく群れつどい、ヌシャインの歩調に合わせて上方へとついてくるので、立ち止りも引き返しもできなかった。煙にぼんやり曇る中を昇るにつれ、やがて推しはかることもできぬ高さと大きさに聳える灰色の石造建築の開いた門口が突然見えた。

煙のようなものに追いたてられ、ヌシャインは仲間たちとしぶしぶ門口を通り抜けて行った。屋敷は法螺貝の内側のように曲りくねった長い空の通廓からなっており、窓も灯も見あたらない。しかし空中には銀色に輝く太陽がいくつも照っているかのように、光が溶け散乱していた。占星術師は追いくる地獄の怨霊どもをふり払い、曲りくねった通廊をたどって、ついに世界それ自体が閉じ込められたといってよいような内奥の部屋に至った。中央の大理石の椅子の上に布ですっぽりと全身を覆った巨大な姿が、黙ったまま動くこともなく背をまっすぐのばして坐っていた。前に卓のようなものがあり、巨大な書物が開かれている。

ヌシャインはなにか高位の魔物、もしくは魔神に近づいたような畏怖を感じた。後方の悪霊が消え去ったことに気づき、彼は部屋の入口でひと呼吸ついた。その部屋の広大さが二つの世界の間に横たわる虚空のように、彼の眼を眩ませてしまったこともある。彼はしり込みした。しかし頭巾を被ったものの声が、彼自身の中から聞えるように穏やかに響いた。

「われはヴェルガマ。またの名は運命と呼ばれる。汝が無知なるままに意味もなく告げた如く、人がその隠れた主を呼ぶ際に使う名、ヴェルガマ。汝を召したように、すべてのものがいかなる時であっても、いかなる方法であってもなさねばならぬ旅を課す者、ヴェルガマ。ヌシャインよ、来たれ。わが書を少し読んでみよ」

占星術師は、見えない手によって卓の方へ引きずられていった。上から覗き込むと、巨大な書物のちょうど中頃の頁が開けてあって、そこには人、神、魚、鳥、怪物、動物、星座、その他あらゆる物を表わす徴《しるし》が、さまざまなインクを使って無数に書かれていた。右の頁の最後の行の終りには小さな余白が残されており、末尾に並ぶのは、つい先頃、犬狼座の近くに現れたあの等辺三角形の星に似た文字だった。これに続くのは、ミイラであり、人魚と艀であり、火蜥蜴であり、すべて彼の天宮図に現われては消え、彼をこのヴェルガマの館に導いた姿にそっくりであった。

「わが書には」頭布を被ったものは言った。「すべての存在の文字が記され保存される。始めは眼に見える存在であったものはすべて、われによって唯の表徴へと変えられてしまう。最後には、それらは書物に書かれた存在だけとなるだろう。しばしの間それらは生れ出て、外界へは物質として知られるものの形をとる。ヌシャインよ、われなのだ、汝の旅を予見させる星々を天空に配置したのは。三人の導き手を送ったのもな。これらのものは、その目的を果した後、今は以前と同じただの書き記された文字となっておる」

ヴェルガマが黙ると、果てしない沈黙が部屋にまい戻った。ヌシャインの心の内に測りしれぬ

畏怖がよび醒まされた。頭巾を被ったもの
は言葉を続けた。

「人々のうちにしばし、占星術師ヌシャインと呼ばれる者が、彼の運命に従うアンサラスなる犬と黒人モウズマと共にいたという……が、もう少しすると、われは頁を繰らねばならぬ。その前に、そこにあるべき文字を記し終えねばならぬのだ」

ヌシャインには部屋につむじ風が起り、不気味なそよぎとため息を残して軽く吹き抜けたように思えたが、その風を肌に感じることはなかった。しかし傍らで彼に寄り添って怯えているアンサラスの毛が、その風にさわぐのを見た。やがて驚く彼の眼の前で、犬は死の魔術によって焼かれでもしたのか、急に衰え、縮み始めた。それは見る見る鼠ほどに縮んだかと思うと、ついで二十日鼠ほどになり、すぐ昆虫くらいになっていったが、不思議なことにまだ原形は保ち続けていた。だがついにその微小なものは、溜め息をつくような風に捕われたかと思うと、蚊が飛ぶようにヌシャインの側を通りすぎて行った。そしてそれに続いて、右頁の下辺、火蜥蜴の次に犬の形をした文字が突然記されたのだ。これを除けば、アンサラスが存在していた跡はどこを探してもなかった。

風が再び部屋の中に湧き起った。それは占星術師には触れもせず、主人の傍に保護を求めるかのようにうずくまっているモウズマのぼろぼろの外衣を翻した。みるまに口のきけない男は縮みしなびてゆき、最後には翼が砕けてボロボロのかけらになった黒いかぶと虫のように、薄く軽くなって風に運ばれていった。再びヌシャインは片目の黒人を表わす象形文字が犬のすぐ後に書き記されているのを見た。それを除けばモウズマを表わすものは何一つとしてなかった。

自分に予定された運命がはっきりとわかり、ヌシャインはヴェルガマの前から何とか逃げ出そうとした。彼は開いてある書物に背を向け、その細い脛に占星術のすりきれたけばけばしい長衣をまといつかせて、扉の方へと駆けだした。が、その耳にヴェルガマの声が低く響いた。

「最後に文字となってしまう運命に人は抗ったり逃れようとするが、無駄なことだ。ヌシャインよ、わが書物には無能な占星術師のために余白が設けられておるぞ」

またも恐るべき風の溜め息が巻き起り、駆けてゆくヌシャインに冷気が戯れかけた。すると壁にでもぶつかったように、彼は広大な部屋の途中で停止した。そのひょろ長い体の周りで風が優しく呼吸し、灰色の髪の房とひげを運ぼうとし、まだ手にしっかりとつかんでいたパピルスの巻き物をそっと奪い去った。ぼんやりとしてきた彼の眼には部屋が渦巻き、膨れ上り、無限に拡がって行くように思えた。上方へ運び上げられ、眼が回りそうなほどすばやい渦の中でぐるぐる回りながらも、彼は広大な宇宙の中に上方に高くぼんやりと現れくる坐像をみつめていた。やがて、その神は明るさのなかで姿を消した。ヌシャインは重さもなく追い払われる身となって、最後のしなびきった朽葉の如く、輝く旋風の中を昇降した。

ヴェルガマの書の右頁の最後の行の終りに、巻かれた天宮図を持つ痩せた占星術師を表わす文字があった。

やがて、ヴェルガマは椅子から前にかがんで、頁を繰った。

アドンファの園

The Garden of Adompha

安田均訳

消ゆることなき冥府《よみ》の炎に映え、
　燃え上る真紅の花園と果樹園の王よ、
汝が地にてその木は咲き誇る。
　数知れぬ魔物の頭を果実とし、
蛇身めきし根の走り来る、
　そはバアラスと名づけられしもの。
また青白く二股のばせしマンドラゴラが、
　自らを土より抜きてそこかしこをさまよい歩き、
汝の名を呼び求めよう。
　その時こそ新たに呪われし者は悟る、
悪魔が激怒に震え奇怪な叫びを挙げつつよぎっていくと。

——ルダールのササイドンへの連禱

巨大な東方の島ソタールの王アドンファは、その広大に拡がる宮殿に、彼と宮廷魔術師ドゥエルラス以外だれ一人入ることが許されぬ秘密の花園を所有することで知られていた。その花園の四方を囲む大理石の壁は、がっしりとしたもくまおう《ビーフウッド》や楠、その他多彩な色の花の咲く広大な地所の周りに、牢獄の壁にも似て高く堂々と聳え、誰が見てもひと目でそれとわかった。しかし、その内部は何も確かめられてはいなかった。なぜならアドンファの指示のもと、魔術師だけが園に必要なあれこれを世話していたからである。二人はそこで誰にも判じえない謎めいた語りをするのであった。厚い真鍮の扉は、彼らだけにしかわからない秘かな仕掛けによって反応を示した。王とドゥエルラスが一人でにせよ二人でにせよ、そこを訪れるのは誰もが周りにいない時に限られた。そのため、扉が開くのを見たと言い張る者すら一人もいなかった。

噂によると、園は陽を避けるために銅と鉛の大きな板を屋根に差しわたし、いかなる小さな星も中をのぞき込めないようにすき間一つとしてないという。また、二人が訪れたさいには、ドゥエルラスの魔術によってあたり一面忘却の眠りがもたらされ、かくして主たちの秘密は保たれるのだと一部の者は断言したりした。

そのような奇怪な謎が人々の好奇心を煽らぬわけがなく、園の性質についても種々様々な臆測が流布していた。園には夜行性の邪悪な植物がはびこっていて、アドンファが使用するためにすばやく腐蝕していく毒物を生み出すと同時に、魔術師に呪文を使うための潜行性の有害な薬液を提供していると、ある者は断定した。その噂にはたぶん根拠もあるのだろう。というのはこの閉ざされた園が造られて以来、宮廷内で多くの毒殺や明らかに魔術によってひき起こされたと思われる災厄が、アドンファやドゥエルラスにとってもはや気に召さなくなったと思われる人々の消失とたび重なって起きていたからである。

また一方では、信じ込みやすい者たちの間でもっと途方もない噂があった。これによって幼時から王を取り巻いていた普通でない悪評は、さらにおぞましい色合いを強めたとも言えるだろう。それは、ドゥエルラスは魔女である母によって誕生以前から大魔王《アーキデモン》に売り渡されていた上、今ではその自己放棄が深さと激しさを極め、すべての魔術師を凌ぐ暗黒面での名声を新たに獲得したというものだ。

アドンファは黒い罌粟《けし》の液汁が与えてくれる眠りと夢から醒めて、月が沈み、暁が訪れる間のあの死のように澱んだ時刻に起き上った。宮殿は納骨堂のようにひっそりと静まりかえり、そこに住む者たちは葡萄酒や麻薬、アラク酒などに溺れて、各々の夜を紡いでいた。宮殿の周囲では園もロイゼの市街も、風もない南の空に緩慢な動きを示す星々の下で眠りこけていた。この時刻であれば、アドンファもドゥエルラスも尾行され見とがめられる恐れを少しも抱かずに、高い壁に囲まれた地を訪れるのが至極たやすかった。

アドンファは進み立ちどまると、己れの部屋の隣りの灯の点っていない部屋に黒い青銅の角灯の秘かな光を差し入れた。そこは珍らしくも、王が八晩もの間寵愛した女奴隷《オダリスク》スロネアの部屋である。寝乱れた絹の夜具があるだけで空の寝台を見ても、王は驚きも狼狽も感じなかった。これによってドゥエルラスが先んじて園へと向ったことを知った。と同時に、ドゥエルラスが手ぶらで赴いたのではないこともまた確かだった。

宮殿の地所は王の好む秘密を保持するために、いたる所が一面の暗がりに満ちみちていた。王は厳然と聳える大理石の壁面にある真鍮の扉の前にやってきた。近づくにつれ、王の口からコブラがたてるような鋭い摩擦音がもれた。その高低の変化に応えて扉が静かに内へと開き、やがて彼の後方で沈黙の内に閉じた。

誰も知らぬうちに植えられ、耕され、金属の屋根によって天空から遮られたその庭園は、中央の宙空にかかる奇妙な燃える球体によって照明されていた。アドンファは常に畏れにも似た感情を抱いて球体を見るのだった。この物体の材質や由来はまったくの謎だった。ドゥエルラスによれば、月のない真夜中に彼の命をうけて地獄よりたち昇り、その地獄の力で空中に浮揚するという。またそれは、冥界の王ササイドンの果実が蠱惑の香気に満ち、この世のものとは思えぬ大きさに実るその土地の絶えざる炎によって育つらしい。その球体は真紅の光を放射し、それをうけて庭園はあたかも血の霧をとおして見るようにうねり浮き出すのだった。真冬の冷たい夜も、球体は温和な暖かさを発散させていた。また触知できるような支えがあるわけでもないのに、妙な宙吊り状態から落ちることもなかった。その光のもと、植物たちは地獄の花壇のようにおぞましくも生き生きと豊かに繁るのであった。

事実この庭の植物といえば、いかなる天空の太陽とてもその成育を助けられないような代物だった。ドゥエルラスによれば、これらの種子は球体と根源は同じものということだ。まるで大地から己れを引抜くかのように上方へとまっすぐ伸びた青白いふた叉の幹が、黒い筋のある竜の翼のように巨大な葉を広げていれば、他方にはたえずうち震える腕のように太い茎によって支えられ、丸盆のように大きなしぼまぬ花《アマランス》が咲き匂っていた。

他にも冥府の七界に群れ集うかのように様々な恐るべき植物があり、ドゥエルラスがあちこちで超自然や口寄せの術を用いて接ぎ木したもの以外、一つとして似たようなものはなかった。

こうした接ぎ木は人間の様々な部分や器官からなっていた。魔術師がその器官を半ば動物半ば植物の台木に、決して誤ることなく申し分なく接合すると、それらは膿漿のような樹液を吸い上げながら成長していった。かくして、王とドゥエルラスに嫌悪と退屈な思いをさせた多くの者たちの記念物が、注意深く選ばれて保有されていた。棕櫚《シュロ》の幹の羽毛のような房状の葉の下に、宦官の頭が鈴なりになって黒い大きな核果のようだった。葉もない裸の蔓が怠慢な衛兵の耳の花を咲かせていた。奇妙な形をしたサボテンが女性の乳房のような果実をならせ、髪のような刺《とげ》を突き出していた。手足や胴が化け物のような樹々に接合されているものもあった。巨大な盆のような花の一部には脈打つ心臓がついていたし、ある小さな花の中央には睫毛の間から瞬きをする眼があった。他にも、語るには余りに卑猥だったり不快な接ぎ木もあった。

アドンファが無気味な交配植物の間を抜けていくと、植物はその接近を知ってさざめき動いた。彼の歩みを窺うかのように、彼に向かって頭が少し伸ばされ、耳が震え、乳房は軽く揺れ、眼は広がり狭まるのだった。人間の名残が植物のゆっくりした生命の中でも生き、その半動物的な動作によってのみ窺いしれた。王はこれを病的とも猟奇的ともいえる審美感でもって眺め、その内部に巨大で超自然なもの特有の微妙な魅力を見出していた。しかしいま初めて、歩みながらもの憂い無関心が芽生えていた。新奇な魔術を行ってすら、もはや庭が容赦ない退屈からの逃げ場ではなくなる最後の時が近づいていると感じとったのだ。

　奇怪な花園の中央、密生する植物のはざまにわずかな円形の場が残っていたが、アドンファはそこに新たに掘り返された肥沃な土盛りを見た。そばに全裸で死んだように蒼ざめ、体を弛緩させた女奴隷スロネアが横たわっている。その近くには、ドゥエルラスが接ぎ木に使う液状の鎮痛薬や粘着性の樹脂のガラス壜と共に、さまざまなナイフやその他の道具が皮袋から取り出されて地面に並べられていた。ディデイムと呼ばれる植物が、果肉ともとれる白っぽい緑色をした幹から葉のない裸の大枝を数本、放射状に延ばしていた。それの滑らかな樹皮は削りとられて、その切り口から時おり黄色味がかった赤い膿漿をスロネアの胸の上に滴らせている。

　肥沃な土盛りの後ろから、ドゥエルラスが地下の棲み家から突然現れ出た魔神といった風情で現われた。手には今しがた深い墓のような穴を掘り終えた鍬が握られている。ただ、アドンファの帝王然とした恰幅の前には、この魔術師はただの萎びた小人でしかなかった。その顔つきには索漠たる世紀が肉体を衰弱させ、無限の歳月が血を吸いとった痕跡が刻みつけられているようだった。眼は暗い穴のような眼窩の底で燦き、顔は永く墓に横たわっていた死体のように黝《くろず》み、背は砂漠で千年生きるという杉のように曲っている。いつも背をかがめており、痩せた節だらけの腕が地面につかんばかりだった。アドンファはいつものことながら魔術師の魔物のような腕力に驚きを禁じえなかった。ドゥエルラスは重いシャベルを信じられぬくらい迅速に扱えたし、実験に使用する犠牲者の身体を人の手も借りずに苦もなく背負って庭園へ運ぶことができた。そのため王は自らを落としめる労苦をなんら分担する必要はなく、消えても不快ではないと思える者の名をときどき魔術師にほのめかした後は、その奇怪な造園術を見守り監督する以外何もすることはなかった。

「死んでいるのか?」豊満な手足を伸ばしているスロネアを見つめ、特に感情もなくアドンファは問いただした。

「いいえ」ドゥエルラスは棺の蝶番がきしむような声で言った。「眠気で意志を奪ってしまうディデイムの果汁を盛ってあります。いま心臓はそれとわからぬほど弱々しく、血液は膿漿と混り合ってゆっくりと流れているはず。彼女は決して目覚めますまい……ただ庭の生命の一部となり、その朧ろげな感覚をわかちあうだけ……さあ、もうこれからのご指示を待つだけです。どの部分を……どのくらい?」

「指先は確かに器用だった」アドンファは魔術師の呟きともとれる質問に、感慨をこめてはっきり答えた。「愛情を微妙に表現するのに巧みだったし、とりわけ愛の技巧においてはすべての面で秀れていた。おまえに手を保存しておいてもらおう……他はいらぬ」

奇妙な魔術がとり行なわれた。スロネアのほっそりした華奢な先細りの手は手首のところからきれいに切断され、ディデイムのふた叉に分れた枝の青く切りとられた先に、縫目もわからぬほど見事に付着された。この間ドゥエルラスは地獄の植物から取った樹脂を使用し、地下の魔神の奇怪な力をいつものように何度も喚び起した。やがて取りつけられて半植物化した腕は、人間である手をアドンファに向ってさし伸ばすのだった。王は接ぎ木された植物の美とグロテスクの混淆を前にして妙な興奮を呼びさまされ、再び以前のドゥエルラスの園芸に対する興味がわき上るのを感じた。と同時に、愛の手練手管に消耗していた夜の熱情が肉体に再び甦った……かの指先は追慕に満ちている。

王は、スロネアの身体が両手を失って傍らに横たわるのをまったく忘れ去っていた。ドゥエルラスが急に動いたのでアドンファは回想からわれに返り、魔術師が手術の間ずっと身じろぎもせず未だに意識を失っている娘の上にかがみ込むのを見た。手首の切り口からまだ血が滴っており、暗い大地の上に血溜りを作っていた。ドゥエルラスはいつもその動作に見られる異様なまでの活力で、その管のように細い手で女奴隷をたやすく抱え上げた。その仕草はまだ仕事をやり終えていない労働者めいていたが、それでも墓として掘られたと思えるその穴へ彼女を投げ込むのには躊躇している様子だった。彼女の埋葬された腐りゆく肉体は、そこで地獄から引き寄せられた球体によって照らされ、四季を通じて常に暖められ、彼女の手を接いだあの奇怪な植物の根に吸われ、それを肥やしてゆくことだろう。さすがに彼もそのなまめかしい重荷を棄てかねているようだった。ドゥエルラスを意外な眼差しで眺めていたアドンファは、ドゥエルラスの曲った背やねじれた手足から、以前には感じたこともなかった強烈な邪悪と非道の気配が悪臭のように他を圧して流れくるのを感じた。

アドンファは自身が邪悪な行為にどっぷり染っていたにもかかわらず、魔術師にぼんやりとした反感をおぼえた。王の眼にドゥエルラスの姿は、かつて食屍鬼じみた行ないを見て驚いたぞっとする昆虫を思い浮ばせた。王は石でその昆虫をどう押しつぶしたかも思い出した……そして思い出しながら、いつものように突然の行動に駆り立てる、向こうみずな思いつきにとらわれた。

そのような意図を抱いて庭園に入ったのではないが、機会はいまをおいてはなく、黙って看過ごす手はないとアドンファは自らにいいきかせた。魔術師の背は王に向けられており、両腕は重くうるわしい肉体を抱えている。アドンファは鉄鍬を振り上げると、伝説の海賊の先祖から伝わる猛々しい好戦的な力をありったけこめて、ドゥエルラスの小さな萎びた頭に打ちおろした。小人はスロネアを抱いたまま深い穴の中へ落ち込んで行った。

なお一撃が必要なら、それを加えてやろうと王は鍬を構えた。しかし墓穴からは何の音も動きも返っては来なかった。人知を超えた力があるのではと思い込んでいた手強い魔術師が、余りにも簡単に倒されてしまったことに王はかなり驚いた。と同時に、自分の向こうみずなことにもひとかたならず驚いた。やがて勝利がまちがいないと確認できた時、王は魔術師を自己の実験に使えるかもしれないと考えた。彼はドゥエルラスを観察することで、その特殊な技術と知識の多くを学びとったと信じ込んでいたのである。ドゥエルラスの頭は庭の植物群の一部に、面白いぴったりの添えものとなることだろう。だが穴を覗きこんだ時、彼はこの考えを棄てねばならなかった。接ぎ木には無傷な人間の部分や器官が必要なのに、打撃が激しすぎたためか魔術師の頭はとても実験に使えないほどつぶれていたのだ。

情けないとまでは言わないが、エミューの卵のようにたやすく壊れてしまった魔術師の頭蓋の意外なもろさに思いを馳せながら、アドンファは穴を赤土で埋め始めた。ドゥエルラスのうつ向いた身体は、その下で丸く横たわるスロネアと共に同じようにぐったりしていたが、柔かく埋まり行く土によって視界から隠れていった。王は心中まだドゥエルラスを畏れていたが、墓穴がしっかりと踏み固められ周囲の土でなだらかにならされた時には、ようやくはっきりと安堵できた。巧くやれたはずだ。魔術師の知識は近頃、宮廷の秘密も数多く含むようになっていた。そして彼のような魔力は、自然からにせよ闇の領域からにせよ、王の確実なる支配や王国の存続にとって両立できるとはとても思えない。

アドンファの宮廷や海と接するロイゼの街中では、ドゥエルラスの失踪がさまざまな臆測を生んだが、さして捜索されようとはしなかった。このような喜ぶべき厄介払いに対して、感謝されるべきなのはアドンファなのかそれとも魔王ササイドンであるのか、意見のわかれるところではあった。ともかく結果として、ソタールの王と冥府七界の王である両者は、以来共にかつてないほど恐れられ敬われた。あのドゥエルラス、一晩すら眠ることなく一千年を生き続けるといわれ、地界の闇から邪悪と魔術を呼びよせることに生涯のすべてを費やそうとした、あのドゥエルラスをかっさらうとは、人か魔物かはわからぬがとにかくもっとも手強いものにちがいない。

ドゥエルラス埋葬の後、王は説明のつかない曖昧な恐怖と不安にとらわれ、封じられた庭園へ一度も足を運ばなかった。宮廷での愚にもつかぬ噂に平然と笑みを浮かべながら、王は相変らず新奇な娯しみや荒っぽい、あるいはもの珍しい歓楽を求め続けていた。しかし、これにはほとんど成功しなかった。どんなに常軌を逸しひねくれたものであっても、隠れた退屈の断崖へと必ず導かれるのだ。奇妙な愛戯や残酷な遊びにもそっぽを向き、眼もくらむ華麗なショーや狂おしい音楽にも何ら興味が湧かず……遠くの地に探し求めた催淫効果をもたらす花の香炉や、異国の娘の風変りな乳房も避け、ただドゥエルラスによって最も刺激的な女性の魅惑を接ぎ木された、あの半ば生きている植物への興味を新たな熱望で呼び醒ますだけだった。

夜もふけて月が沈み、陽が昇ろうとする間のあの時刻、すべての宮殿とロイゼの街がどっぷりと眠りに浸っている頃、王は寵姫の側から起き上り、今や己れのほか誰も秘密を知らぬ庭園へと赴いた。

真鍮の扉はアドンファのコブラのような摩擦音に応えてその狡猾な機能を作動させ、ゆるやかに開き、通ると静かに閉じた。閉じるまでもなく、王はこの前と比べて庭に明らかに奇妙な変化が表れていることに気づいた。謎めいた宙空にかかる球体は怒り狂った魔物に煽動されたかのように、以前に比べると赤味を増し、熱放射も一段と強さを増していた。木々は高く異様に成長し、以前よりも遙かに重々しい葉をまとい、真紅の地獄から熱せられた吐息が漂ってくるような雰囲気の中で、動くことなく立っていた。

アドンファはこの変化の意味に首をひねり躊躇した。一瞬ドゥエルラスの姿が頭に浮かんだ。その魔術によってなされた数々のめざましい驚異や、口寄せ的な秘術を思い起こし、身震いを覚えた。しかしすでにドゥエルラスは殺し、己れの手で埋葬したのだ。球体の熱や輝きの増大も庭の植物の過剰な成長も、自然の過程がどこかで狂った結果なのだろう。

王は強烈な好奇心に捉われて、鼻孔を刺激しているむせかえるような芳香を吸いこんだ。光が眼をくらませ、奇妙な見たこともない色彩であたりを満たした。地獄の夏がまっ盛りであるかのように熱が彼をうった。声も聞いたように思えた。それは最初ほとんど聞きとることができなかったが、そのうち半ばわかるささやきとなって、彼の耳をこの世のものとは思えない甘さでもって魅了した。と同時に微動だにしなかった植物の中に、踊り子《ベヤデレ》たちの半ば薄紗に覆われた手足が一瞬、見えたように思われた。それがドゥエルラスによって接ぎ木されたものかどうかははっきりしない。

妖しい魅力にひきずられ、ぼんやりとした夢幻境にさまよいながら、王は地獄にしか生まれぬ迷路へ足を踏み入れた。彼が近づくと植物は優しくそよぎ、その通過を許すように両側へ身を引くのだった。まるで仮面舞踏会を催しているかのように、その新しく繁った葉叢の陰に、自らの人間の部分を隠しているように思えた。やがてアドンファの背後で彼らはその仮面を投げ捨て、王が覚えているよりも野蛮で下品に融合した姿を見せはじめた。そして王の周りで悪夢の中で見るもののように刻々と姿を変えたので、どこまでが樹や花で、どこまでが男や女なのか確信を持てなくなった。次々と葉が身もだえするように揺れ、身体や手足を放埒に動かした。そのうち何か不可解な変化でも起ったのか、彼らはもはや地中に根を下してはおらず、王の周りを陰鬱で奇怪な足どりで動き、何か見たこともない祝典の踊り子たちのように速度を上げて回りはじめた。

アドンファはその人とも花ともいえるものと競うようにぐるぐる回り、ついには彼らの目くるめく狂気の渦が脳を通して、激しいめまいとなって襲いかかってきた。まるで、嵐に見舞われた森のざわめきのようで、やがて自分の名を呼ぶ聞き覚えのある大声となり、戦士、議官、奴隷、幇間、宦官、寵姫などが、呪い、乞い、嘲り、勧める無数の響きとなって彼を圧した。これらの上で血紅色の球体はさらに輝きと有害な光彩を増し、耐えがたい灼熱となって燃え上った。あたかも庭の全生命が目覚め、立ち上り、熱狂して、何か地獄めいたものの絶頂に向かうかのようだった。

アドンファは、ドゥエルラスとその黒魔術のすべてを記憶から失っていた。彼の五感は地獄から立ち昇ってきた球体の灼熱で燃え上り、彼を取り巻いている奇怪なものたち、、、と朦朧とした動きや恍惚をわかち合っていた。狂気の膿漿が血の中を駆け昇る。眼前にこれまで考えも知りもできなかった快楽の妙なる光景が跳梁する。それは生身の感覚に定められた限界を遥かに超えた快楽だった。

やがて渦巻く幻の中に、棺の蓋を持ち上げる際の錆びついた蝶番がきしむような耳ざわりな声が聞えた。王はその言葉を理解できなかったが、静寂を命じる呪文でもあるかのように、急に再び庭園は至る所で仮面をつけたように静まりかえった。王はまだ朦朧とした状態で立ち尽していたが、はたと声はドゥエルラスのものだと気づいた！　アドンファは困惑し、迷ったように周りを探ったが、おびただしい木の葉をまとう静かな植物があるだけだった。前方にはどこかディデイムとわかる植物が成長して聳え、丸く膨んだ幹と細長く伸びた枝から黒い髪のような細糸のかたまりがもつれていた。

ディデイムの頂きから二本の枝がきわめて緩慢に、だが優しく垂れ下ってきて、アドンファの顔と並ぶ位置に達した。スロネアのすんなりした先細りの手が葉陰から現われ、王が未だ忘れやらぬ恋人のようなあの技巧で頬を愛撫しはじめた。時を同じくして、ディデイムの幹の広く平らな頂きで、細糸の密集したかたまりが分かれたのが、王の眼に止った。そしてそこから、曲った肩のドゥエルラスの小さなしわだらけの頭がとび出してアドンファに直面した……

潰されて血のにじむ頭蓋骨や、何世紀も経ることでしなび黒ずんでしまった顔立ち、魔物によって焚かれる燠のように暗い眼窩に光る眼などを、アドンファは虚ろな恐怖の中で眺めていた。と、四方から無数の者たちが殺到してくる印象を受けて、彼はとまどった。もはや庭には、狂った接ぎ木や奇怪な魔術の変形による樹々は存在していなかった。彼の周囲にはよく知っていた顔立ちだけが熱い大気の中に密集して漂っていた。いまや怒りと復讐の念にこり固まり、悪意に満ち満ちて歪んだ顔また顔。ドゥエルラスだけが考えたであろう皮肉によって、スロネアの柔らかい指が王を愛撫し続けるうち、無数の腕が伸びてきて、彼の衣服をボロボロに引き裂き、その爪で肉体をずたずたに引き裂くのを王は感じていた。

解　題（一九七四年版）

安田　均

クラーク・アシュトン・スミス〈一八九三－一九六一）は、一九二〇年代後半から四〇年代に至る十余年の間に、怪奇小説専門誌「ウィアード・テールズ」（以下「ウィアード」誌）を中心に、約一一〇の短篇（長篇はない）を発表している。そのほとんどは怪奇な幻想を基調としたもので、当時、同誌に掲載されていたH・P・ラヴクラフトの「クトゥルー神話」や、R・E・ハワードの「コナン」シリーズなどと共に、読者の人気をわかちあったといわれる。彼の作品は一言で評すると「グロテスクとアラベスクの物語」とでもいうべき、怪奇性と諧謔味に溢れたもので、確かに彼自身も認める通り、E・A・ポー、A・ビアス、R・チェンバース（二十世紀初頭の米の大衆小説作家）らの影響を強く受けている。また、彼のもう一つの特徴である時代や空間を遥かに越える幻想譚の雰囲気は、これはむしろダンセイニやE・R・エディスン（二十世紀初頭の英の幻想小説家）ら英国の特異な幻想小説作家に直接つながるものといってよいだろう。長篇がないこと（一度試みたが頓挫したという）や、短篇、特に散文詩的なものに佳作が多いということから、構成面での弱点と、詩人的な肌合が強いことなども指摘できるが、とにかく、彼もまたラヴクラフトと同じく、独自の世界を作り上げた「ウィアード」誌の雄であり、そのトータルな雰囲気にどの程度ひきずりこまれるかによって、作家的評価がかなりかわってくるものと思われる。

彼の百を越える短篇の中には共通の時代設定を基にした一連の物語がかなりあり、どちらかといえば彼の特徴は、これらの作品群にあるといえよう。本書では、そういう観点から、これらの作品群を中心に選択したことをお断りしておく。

1　ゾシークの物語について

スミスが書き綴った空想の地を題材とした一連の物語のうち、量的に最も多く、内容的にもバラエティに富んでいて最も優れていると思えるのが、この「地球最後の大陸」ゾシークを扱ったものである。

「地球最後の大陸たるゾシーク、日輪はすでにして原初の光輝を失い……」（暗黒の偶像）、「……わが地球が繁栄の極みにあった時代に伝承された、幾多の光輝充てる伝説も早や忘却のかなたに消え、世界が小暗《おぐら》い老いらくの世紀をむかえんとするとき……」（魔術師の帝国）と、篇中述べられているごとく、この時代の背景となるのは遙か未来の地球である。太陽は既に衰えて薄暗く、世界は年老い、干上った海が全地上を覆うという終末に状況は設定されている。かつて隆盛を極めた科学は衰えて、長い歳月の間に忘却の彼方へと押しやられ、魔術の暗黒の領域が甦って、様々な魔術師たちが跳梁している。このさながら「魔術師の帝国」ともいうべき世界を、倦怠に充ちた王が、宮廷の美姫が、或いは流浪の戦士が、各々の運命に忠実に物語の糸を紡いでゆく……

この「ゾシークの物語」は都合十六篇が発表されており、本書にはそのうちの八篇を収録した。これらは一応、年代順に並べてあるが、スミスは最初は意図的にゾシークを連作に仕立てようとはしなかったらしく（これは各篇の発表年代を見てもらえればわかる）、物語の相互の繋がりは曖昧である。今回は篇中のデータから見て、妥当と思われる順に並べてあるバランタイン・ブックス版に準拠した。未訳の作品をも含めると以下のとおりとなる。

①「ジースラ」②「死霊術師の島」③「魔術師の帝国」④「蟹の王」(The Master of the Crabs) ⑤「イラロサの死」(The Death of Ilalotha) ⑥「窖《あなぐら》の紡ぎ手」(The Weaver in the Vault) ⑦「ウルアの魔術」⑧「納骨堂の神」(The Charnel God) ⑨「暗黒の偶像」⑩「プスウムの黒僧」(The Black Abbot of Puthuum) ⑪「忘却の墳墓」⑫「最後の文字」⑬「拷問者の島」(The Isle of Torturers) ⑭「アドンファの園」⑮「エウロヴァン王の航海」(The Voyage of King Euvoran) ⑯「モージラ」(Mothyla)

以上について少し補足すると、②③④はナアトに関して同時代のものと思われる。⑤⑥⑦は砂漠の都ミラアブを舞台としていることからこれも同時代の一群と推定される。⑧⑨⑩⑪⑫は、ミラアブから時代をかなり下った頃の周辺の都市と砂漠の物語であろう（これは「暗黒の偶像」にミラアブの崩壊が語られることにより明瞭である）。⑬⑭⑮は更に（？）時代を下って、繁栄の中心が海辺の諸都市及び島々に移った頃の物語である。⑯に関しては、年代、場所共に不詳である。①は③の篇中で述べられていることから時代を先だつものと思われる。もちろん他にも篇中から色々と読みとる方法があるだろうし、それは読者の方々におまかせする。

ところで、カテゴリー的に、この「ゾシーク年代記《サイクル》」を「英雄冒険譚《ヒロイック・ファンタシィ》」の変型とみなす向きがある。確かに、本書には収録しなかったが、「プスームの黒僧」など、いわゆる「ヒロイック・ファンタシィ」と呼ぶのに適当な作品も二、三見うけられるが、全体としてみると、やはり「ゾシーク」はスミスが生みだしたユニークな一個の小宇宙と見なすのが妥当だろう。彼のアラビアン・ナイトに発する東方への興味と、ケルト的な異国風幻想、及び当時ジャンルとして育ちつつあったSFから影響をうけた発想、更には俗悪なパルプ趣味と、これらが一体となって結びつき、この物語を次々と生み出していったのではないだろうか。その意味でこの作品群には、スミスの長所と短所が曝けだされ、アクの強さだけを狙ったグロテスクなものから、耽美的な吸血鬼小説、ダンセイニ調の異国風神話まで、さながら彼の集大成の観がある。

2　ハイパーボリアの物語について

ハイパーボリアという名はギリシャの昔に由来する。そこはヘラクレスが訪れた地であり、ペルセウスがゴルゴンの首を切りとった所であり、アポロの祖父の生誕の地であった。

ハイパーボリアは「γπερβόρεοι」からきたと信じられており、その意は「北風の向う側」であるという。つまり、極地付近に想定された楽園であった。

スミスのハイパーボリアの設定もこれにならい、氷河期の氷河にまさに襲われようとしている極地の大陸というふうになっている。

スミスはハイパーボリアを舞台として、十の短篇と一つの散文詩を書いた。それらは、年代記的に二つの大きなグループに分けることができる。一つは、中央ハイパーボリアのコモリオムが首都である時代であり、もう一つは、時代が下って、ウズルダルウムに首都が移った時代である。この間に「アタマウスの証言」(The Testament of Athamaus)という作品に言及されているように、首都コモリウムの運命的な崩壊がおこっている。

具体的作品名をあげていくと、最初のコモリウム時代に属するものは、「七つの呪文」「アヴースル・ウトカンの冒険」である。

次に、作品数ではもっとも多いのが、コモリオム以後、ウズルダルウム以前の時代に、ムー・スランという北の半島を舞台とした作品群である。

「白い巫女」「白蛆の襲来」(The Coming of White Worm)「ウボ＝サトゥラ」「土星への扉」(The Door to Saturn)「氷魔」(The Ice Damon)などがこれにあたる。

そして、ウズルダルウム時代に移って、

「魔神ツアトゥグアの神殿」(The Tales of Satampra Zeiros)「三十九ガードルの泥棒」(The Theft of Thirty-Nine Girdles)の連作がある。

スミスは「ウィアード」誌でH・P・ラヴクラフトとも親交(手紙でだが)があったが、「ハイパーボリア」の諸作には、ラヴクラフトが素材として使った「クトゥルー神話」と関係の深いものが少なからず存在する。

幻想小説の研究家であるリン・カーターによると、それは次の五作となる。「魔神ツアトゥグアの神殿」「土星への扉」「ウボ＝サトゥラ」「七つの呪文」「白蛆の襲来」

しかし、スミスには、やはりこの神話の創設者であるラヴクラフトのように、精神の内なるおどろおどろしさを表現しえなかったのか、はっきりいってこれらの作品は、その系列から見た場合一段おちるようだ。スミスという作家が、生来的に耽美的な形而上的な気質を持っていたことが、あるいはその一因かも知れない。その意味でも、彼は自ら述べているとおり、いささかE・A・ポーに近い性向を持っていたようだ。感覚的な鋭さは別にして、文飾の凝り方や、語彙の豊富さにおいては、確かにそれは的を射ているように思われる。

彼の才能は、たとえば「白い巫女」のような寓意的な作品において成功を収めており、この作品は本書の中でも傑作の一つに数えられよう。「白い巫女」がすなわち巻頭の詩と呼応して、それが「詩人の女神」であると明らかに認められることから、詩人が彼女に手を触れたときが彼の生命の終りであることは容易に察せられよう。これは、悲劇の典型的な一形式である。

また、「ウボ＝サトゥラ」は古代の魔術師と現代人が、水晶球を支点として人格交替を起す点が興味深い。膨大な時の流れを簡潔な文章の中でパノラマ的に展開するところなど、いかにもスミスらしいといえるのではないか。

3　星々の物語について

「星々の物語」については、スミスの惑星を舞台にした作品群から五篇を選んである。「花の乙女たち」と「ヨー・ヴォムビスの地下墓地」はそれぞれ「ジッカーフ」「火星」と一つのシリーズに含まれているが、他の三篇は独立した作品である。

「花の乙女たち」は、惑星ジッカーフを背景とした連作の後篇にあたる。前篇は、スミスの処女短篇集「二重の影」に書下しで発表された「マアル・ドゥエブの迷宮」(The Maze of Maal Dweb)で、既に邦訳がある。本篇は「ウィアード」誌に発表されたが、背景も、登場するマアル・ドゥエブも同一でありながら、雰囲気、ストーリィとも対称的である。「マアル・ドゥエブの迷宮」ではおぞましい状況の中で、主人公に対置する存在として描かれていたマアル・ドゥエブが、「花の乙女たち」ではメルヘン的なストーリィの主人公となって大活躍する。いずれをよしとするかは読者の好みであるが、スミスがこの魅力的な魔術師の登場する作品を二篇しか書かなかったのは残念な気もする。

「ヨー・ヴォムビスの地下墓地」はスミスの火星（物語ではアイハイ Aihai と呼ばれる）を舞台にした三篇の内の一つである。他の二篇に少し触れると、「バルスーム」(Vulthoom)は、太古、人間がまだ猿だった頃に宇宙の彼方から飛来して、以来火星の地下に棲みついている植物人間の話である。プロットは至って平凡であるが、物語を支配する夢幻的な雰囲気はやはりスミスならではと思わせ、特に歌う花々の妖しい芳香に満ちた世界の描写は、美しいバルスームのイメージと相俟って、彼の独壇場といったところである。発表は「ウィアード」誌で、後に短篇集 Genius Loci に収められた。「淵に棲むもの」（The Dweller in the Gulf）は火星の地下の湖にひそむ怪物の話。どちらかといえばグロテスクさを強調した作品で、「ワンダー・ストーリィーズ」誌に Dweller in Martian Depth の題名で発表されている。後に作品集 The Abomination of Yondo に収録された。「ヨー・ヴォムビスの地下墓地」は説明を要しないが、リン・カーターによると「スミスのもっとも見事な作品の一つ」ということである。これも初出は「ウィアード」誌で、後に作品集 Out of Space and Time に収められている。

「予言の魔物」は、スミスが短篇小説を集中的に発表しはじめた一九二九年に書かれたと思われ、三年後の一九三二年に「ウィアード」誌に掲載された。スミスのSF的作品には中篇が多いが、これもその一つで、SFとしての内容は今となってはいささか古めかしいが、その異境美ともいえる幻想は他に類を見ないものである。

「悲しみの星」及び「記憶の淵より」はいづれも小説というより散文詩に近い小品である。スミスには多くの詩とともに、このような散文詩も数多くあり、一例として採り上げた。前者は「ウィアード」誌に発表され、後者は詩集 Ebony and Crystal に掲載された。これらは彼の最も初期に属する作品である。

4　詩とその他の物語について

遙かな昔、海中に没したといわれる伝説の大陸アトランティス。もちろん、スミスがこの大陸に興味をひかれぬはずはなく、そこからこの「ポセイドニス」を舞台にした作品群が生まれた。本書に収録した「二重の影」を読んで頂ければおわかりと忠うが、スミスの設定では、アトランティスの前にもいくつかの国、あるいは大陸が存在したことになっている。地球最初の大陸は、蛇人間が住む大陸で、これが海中に没した後、ハイパーボリアが生れる。その後、ムー、シュール、レムリアといった国が続き、やがて、ついにアトランティスが登場することとなる。ポセイドニスとは、このアトランティスの後代の姿であると思われる。

ハイパーボリア、ゾシークに比べると、ポセイドニスに関する作品はぐっと少なく、多く数えてもわずかに五篇しかない。そのうちの一篇「マリグリスの死」(The Death of Malygris) は既に邦訳されている。

本書の「二重の影」に関して一言断っておかなければならない。この作品には、実は二種のテキストがある。一つはスミスが個人で出版した小冊子 Double Shadow and Other fantasy (1933) 中のもの、もう一つは、後に「ウィアード・テールズ」に掲載(一九三九年)されたもの、これは後にアーカム・ハウス社から Out of Space and Time (1942) の中の一篇として出版された。二つのテキストの間の最も顕著な違いは、前者の第四パラグラフが、後者では完全に脱落していることだ。このパラグラフでは、賢者アピクテスが、ポセイドニス中で最も偉大な魔術師マリグリスの愛弟子であることが語られている。つまり、スミスには「二重の影」を「マリグリスの死」と関連づけようという明確な意図があったわけだ。ところが、それを「ウィアード・テールズ」の編集者が削除してしまったらしい(あるいは、スミス自身がそう判断したのかも知れない)。

どちらがよいかは別として、本書ではアーカム版をテキストとして使用したことをお断りしておく。なお一つ付け加えると、スミスはボセイドニスを舞台として、更に二篇の作品を構想していたらしい。残念ながらその作品はとうとう実現せず、今ではその題名すら知ることはできなくなった。

「ヨンドの砂漠」は「オーヴァーランド・マンスリー」誌に発表され、後に彼の第五短篇集の表題ともなった傑作である。この世の涯とも思われる打ち棄てられた砂漠に出没する魑魅魍魎たちの物語がいかにも作者らしいタッチで描かれている。

「スームの砂漠」「夜のメムノン」は、「ヨンドの砂漠」と状況を一にしたような作品で、ほとんど散文詩といってもよい。前者は「ファンタスマゴリア」一九三八年十一月号、後者は「ファンタグラフ」一九三五年十一／二月号に発表され、後に散文詩集 Poems in Prose に収録された。

「大麻吸飲者」は、スミスの第三詩集 Ebony and Crystal に発表された長詩である。カリフォルニアでボヘミアン的生活を送っていた頃彼と親交のあった詩人ジョージ・スターリングの詩 A Wine of Wizardry に影響を受けていると言われるが、スミスの詩作の中では最も著名なものの一つである。未だ訳されたことのない彼の詩の一例として採り上げた。

以上が本書に収録した作品及びその背景であるが、スミスは他にもいくつかのシリーズを残している。その中で代表的なものは、「アヴェロワーニュ」の物語である。これは全十一篇からなり（わが国では「アヴェロワーニュの森のランデヴー」が訳されている）「ゾシーク」に次いで多く、スミスが最も早くから手を付けており、愛着も強かったであろうと思われるもので、中世のフランスにあると思われる架空の国アヴェロワーニュを舞台として、田園的な情景の中に、吸血鬼、魔女、怪物が跳梁する、一種奇妙な風情を湛えた作品群である。最初の作品 The End of the Story は若い僧侶と女吸血鬼の出会いを扱った一篇で、地にも「クトゥルー神話」に属する The Holiness of Azadarac、水浴している吸血鬼に見ほれてしまう青年の話を扱った傑作 The Enchantress of Sylaire など、他の作品とはすこし傾向の異なる話が含まれている。

またスミスには、翻訳もあり、ボードレールやフロベールを英訳しているが、中でも興味深いのは、W・ベックフォードの「ヴァセック」を一部増補した作品である。これは曖昧だった「ヴァセック」の「第三エピソード」の結末にスミスが手を入れて完成させたもので、年代も国籍も違う両者の文章を見比べるのも一興だろう。これは、スミスの初期の習作が殆ど東洋奇譚であることから、彼のある資質が窺えるのではないかと思われる。

5　作者について

最後に、作者の略歴について、簡単に触れておきたい。

クラーク・アシュトン・スミスは一八九三年、カリフォルニアのロング・ヴァレーで生れた。父は金鉱探しに熱中している英国生れの放浪者で、当時三十六歳であり、一方母の方はその地の農家の娘で、父よりも四つ年上であった。彼らは、やがてロング・ヴァレーからそう遠くないオーバーンという地に居を定めた。幼いスミスには、将来も、この年老いて行く両親の世話をすることによって、ずっとこの地に縛りつけられようとは想像もできなかったに違いない。

やがて、彼はその地の中学を卒業し、高校入試に受かったものの、進学を自ら拒絶してしまう。幼時に愛読したアラビアン・ナイトの影響から、小説のまねごとをしたためていた彼は、この頃から詩人となる意志を固めており、型にはめられた学校生活よりも、独学の方がその目的には適っているように思えたからであった。彼にとって幸いだったことは、社会的にも家庭的にも何らの強制を受けなかったことである。こうして、昼は鉱山労働や家事の手伝い、夜は独学の生活がしばらく続いた。その独習法には二通りの方法があったといわれる。一つは、辞書に記載されている単語を一語々々、その古語形から派生語に至るまで全てを、完全に使いこなせるまでに覚えこむことであり、他の一つは『エンサイクロペディア・ブリタニカ』を二度読み返すことであった。この方式は彼の後の文体にかなり大きな影響を与えたものと思われる。少なくとも語彙の豊富さ（全く稀語としか呼べないものも数多い）においては、スミスは他の「ウィアード・テールズ」系の作家を遙かに引き離してしまっている。

十七〜十九歳にかけて、スミスの初期の才能が開花することとなる。手始めは、東洋綺譚が数篇、当時大衆小説誌として割合名の通っていた「ブラック・キャット」に掲載されたのだ（ちなみに、この頃の同誌に載った有名な作家としては、ジャック・ロンドンや、オクティバス・ロイ・コーエンなどがいる）。もっとも、その作品自体はいかにもジャンル読物といった凡庸な内容で、スミスの関心は再び詩作へと向うようになった。

この、詩への熱中は、従来からE・A・ポーによって呼び醒されていたものなのだが、十五歳の頃からはジョージ・スターリングに傾倒することで、その狂熱の度合は増々高まっていた。スターリングは、当時カリフォルニア沿岸の芸術家の間で指導的な立場にあり、ボヘミアン的な生活で異彩を放っていた詩人である。スミスは十八歳の時に、ふとしたことでこの詩人と交遊間係を持つに至った。きっかけはオーバーン高校の教師であった女友達から、彼に詩の添削を受けたらどうかと勧められたことによる。以後、二人の間には何度も文通がかわされるが、既にこの頃からスミスは自らの住むオーバーンの地に対して、逃れられぬ束縛を感じたかのように、激しい憎悪を抱いていた事を書き記している。

スターリングはスミスの詩を、当時カリフォルニアに居住していた大立物A・ビアスに紹介もしている。ビアスは彼の詩をかなり好意的に評価してくれたようだが、結局スミスは、ビアスに直接会う機会には恵まれなかった。

スミスは翌年カリフォルニアに出かけ、スターリングと初めて顔を合わせるが、さすがにその地での生活は若いスミスにかなりの精神的圧迫を与えたように思われる。スミスはスターリングの紹介で、ボードレールの詩を英訳したりしている。

同年、スミスの処女詩集「星を踏み分ける人《スター・トリーダー》」が出版された。もちろんスターリングの力添えがあったことは確かだが、出版当時は二十歳《はたち》前の詩人の手になる傑作として、かなり話題にもなったらしい。キーツ、バイロンになぞらえるジャーナリズムの讃辞もあったりしたが、これがスミスの第一の絶頂期でもあった。もっとも、ビアスはこのような事態を憂慮して、このまだ未熟な段階での過褒は彼に悪影響を与えるだけだと警告している。この予言通り、やがてスミスは健康を損うこととなる。抑鬱状態、消化不良など、結核の初期症状とも誤診されたこの半健康状態は、以後、断続的に八年近く彼を襲い悩ませた。こうした中でも、第二、第三の詩集は発表されたが、もう最初の熱狂的な賛辞もなく、徐々に彼も詩作だけで生計をたてる苦しさに気づくようになる。もはや、両親は六十に手が届こうとしており、自らの病弱な体では定期的な収入を得る職に就くことも難しい。この頃に書かれた詩の中で、最も著名なものが、本書にも収録した長詩「大麻吸飲者」である。彼はスターリングに次のように書いている。

「大麻の影響などについて気にすることはありません。現実は別に麻薬がなくったって、悪夢に満ち満ちています。幻覚体験なんて、噂だけで充分です……」

一九二〇年代に入ると、健康も徐々に回復してくるが、一九二二年は彼にとって重要な転回点となった。この年、スターリングが家庭的な不和から自殺（？）し、他方、ラヴクラフトとの文通が始まったのである。以前からスミスの熱心な読者であったラヴクラフトが、スミス宛に賞讃の手紙を出したことがきっかけであった。やがて「ウィアード・テールズ」が二三年に創刊され、ラヴクラフトは重要な作家として初期の頃から定期的に掲載されるが、スミスの方はラヴクラフトの挿絵を書いたり、二三の散文詩を寄稿するだけで、ファンの域に止まっていた（スミスには詩・小説の他にも絵画・彫刻などに特異な才能があった。それらは、いずれも土俗的な傾向のものので、詩や小説との共通点を探すなら、グロテスクさとユーモアということにでもなるだろう）。

一九二九年、大恐慌が起るが、結果としてスミスも経済的にかなりの圧迫を受けるようになる。年老いた両親は病気がちで、日増しに弱まり、彼らを養うにも彼には確実な収入の目途がつかなかった。そのうちに、年来の友人の一人が、彼に再び散文の筆を採らないかと勧めた（先程も書いたが、彼は「ウィアード」誌の創刊以来、ラヴクラフトの勧誘にもかかわらず、同誌に寄稿した小説は一篇きりだった。やはり、己れを本来詩人であると見なす気持が強かったのが原因であろう）。事ここに至って、彼も本格的に小説の筆をとることになる。こうして、彼は一九二九年から、父母が二年の間に続いて死去する一九三五～三七年までのわずか六～八年の間に、その百十を越す短篇の大部分を発表する。発表誌は半分以上が「ウィアード」誌で、その作品は同誌の中でも異彩を放ち、ちょうど当時絶頂期にあったH・P・ラヴクラフトやR・E・ハワードと並んで最も人気のある作家となった。

しかし、やがて父母が死去すると時を同じくして、彼は以前のように小説の筆を殆どおいてしまう。一九三七年以後に発表された短篇は、事実、十指に満たぬ程しかない。彼の人生はこうして再び詩作へと戻るのだが（むしろこの時代には彫刻の製作が主体となる）、その原因としては、もちろん経済的な圧迫面からの解放感もあるだろうが、年来の友人であったラヴクラフトの死（三七年）も大きく関与していたに違いない。

彼は生涯独身を通すかに思われたが、一九五四年、子持ちの未亡人と結婚し、あれ程嫌いながら住み続けたオーバーンを引払って、妻の実家のあるパシフィック・グローブへと移った。そこで七年間過した後、一九六一年静かに息を引取った。享年は六十八歳である。

スミスの作品集は一九三三年、自費出版した「二重の影」以外は、アーカム・ハウス社から生前に着々と刊行され、今では散文詩もまとまった一冊になっている。詩集も含めると次の通りとなる。

	"The Star-Treader and Other Poems"		1912
	"Odes and Sonnets"		1918
	"Ebony and Crystal"		1922
	"Sandalwood"		1925
※	"The Double Shadow and Other Fantasies"		1933
	"Nero and Other Poems"		1937
※	"Out of Space and Time"	「Arkham House」	1942
※	"Lost Worlds"	「Arkham House」	1944
※	"Genius Loci and Other Tales"	「Arkham House」	1948
	"The Ghoul and the Seroph" - a verse play		1950
	"The Dark Chateau"	「Arkham House」	1951
	"Spells and Philtres"	「Arkham House」	1958
※	"The Abominations of Yondo"	「Arkham House」	1960
	"The Hill of Dionysus" - a selection		1962
※	"Tales of Science and Sorcery"	「Arkham House」	1964

"Poems in Prose" 「Arkham House」 1965
"The Palace of Jewels" 1970
※"Other Dimensions" 「Arkham House」 1970
※"Zothique" 「Ballantine Books」 1970
"Selected Poems" 「Arkham House」 1971
※"Hyperborea" 「Ballantine Books」 1971
※"Xiccarph" 「Ballantine Books」 1972
※"Poseidonis" 「Ballantine Books」 1973
"¿Do'nde Duermes, Eldorado? Y Otros Poemas"

※印は小説集

スミスの邦訳は次のとおりである。

① 「アヴェロワーニュの森のランデヴー」（月刊ペン社「アンソロジー・恐怖と幻想」第一巻）
② 「魔術師の復活」（新人物往来社「怪奇幻想の文学」第二巻）
③ 「魔神ツァソググアの神殿」（早川書房「ミステリ・マガジン」一九七三年九月号）
④ 「魔術師の帝国」（早川書房「ミステリ・マガジン」一九七〇年四月号）
⑤ 「小惑星の支配者」（早川書房「ＳＦマガジン」一九六二年九月号）
⑥ 「混沌空間」（早川書房「世界ＳＦ全集」第31巻）

⑦「ウボ＝サトゥラ」（歳月社「幻想と怪奇」一九七三年九月号）
⑧「魔術師の迷路」（早川書房「ミステリ・マガジン」一九七二年五月号）
⑨「マルグリスの死」（早川書房「ＳＦマガジン」一九七一年十月号増刊）
⑩「地獄のササイドン」（早川書房「ＳＦマガジン」一九六九年十月号増刊）
⑪「白い巫女」（歳月社「幻想と怪奇」一九七三年五月号）
⑫「プルトニウム」（早川書房「ＳＦマガジン」一九六一年四月号）
⑬「分裂症の神」（早川書房「ミステリ・マガジン」一九六七年八月号）

翻訳にあたったのは荒俣宏（魔術師の帝国）、鏡明（暗黒の偶像）、蜂谷昭雄（大麻吸飲者）のほかは京大幻想文学研究会を中心としたメンバーで、第一部を安田均、西田清明。第二部を広田耕三、米田守宏。第三部を広田耕三、山田修、渡辺広蔵。第四部を広田耕三、米田守宏が各々担当した。

最後に、資料面でいろいろとお世話になった荒俣宏氏、出版に到るまでそれこそ枚挙に暇がないほど面倒を見ていただいた井田一衛、小山万里子両氏に謝意を表したい。

〈付記〉

ここでは全体の復刊を基本とすることから、創土社版の「解題」を、ほぼそのまま載せている。今回の版で題名等の変わったものの修正など変更はごく一部である。そのため、第1巻では収録されない詩「大麻吸飲者」の紹介がそのまま記載されていたり、新たに第2巻に収録予定の「マアル・ドゥエブの迷宮」のことが詳しく書かれていなかったりするが、お許し願いたい。

今回復刊の全体についての新たな解説は次巻に掲載されるので、そちらを参考にされたい。

クラーク・アシュトン・スミス著作リスト

〈凡例〉

1：小説

●以下の訳書に収録された作品は、各書の番号で表記した。

①『魔術師の帝国』蜂谷昭雄他訳　創土社　一九七四
②『アトランティスの呪い』榎林哲訳　ポプラ社文庫　一九八五
③『呪われし地《ロキ》』小倉多加志訳　国書刊行会　一九八六
④『イルーニュの巨人』井辻朱美訳　創元推理文庫　一九八六
⑤『魔界王国』柿沼瑛子訳　ソノラマ文庫海外シリーズ　一九八六
⑥『ゾティーク幻妖怪異譚』大瀧啓裕訳　創元推理文庫　二〇〇九
⑦『ヒュペルボレオス極北神怪譚』大瀧啓裕訳　創元推理文庫　二〇一一
⑧『アヴェロワーニュ妖魅浪漫譚』大瀧啓裕訳　創元推理文庫　二〇一一
⑨『魔術師の帝国』1・2　安田均編　アトリエサード　二〇一七

●以下のアンソロジーは題名を表示のように略した。

《神》『ク・リトル・リトル神話集』荒俣宏編　国書刊行会　一九七六
《真》『真ク・リトル・リトル神話大系』全10巻　国書刊行会　一九八二‐八四
《新》『新編　真ク・リトル・リトル神話大系』全7巻　国書刊行会　二〇〇七‐〇八
《ク》『クトゥルー』大瀧啓裕編　全6巻　青心社　一九八〇‐八五
《暗》『暗黒神話大系　クトゥルー』大瀧啓裕編　全13巻　青心社文庫　一九八八‐二〇〇五
《エ》『エイボンの書　クトゥルフ神話カルトブック』ロバート・M・プライス編　坂本雅之他訳　新紀元社　二〇〇八

●初出誌の一部は以下のように略記した。

CR = Crypt of Cthulhu
F&SF = The Magazine of Fantasy and Science Fiction
FF = The Fantasy Fan
ST = Strange Tales of Mystery and Terror
UTCAS = Untold Tales by Clark Ashton Smith
WS = Wonder Stories
WSQ = Wonder Stories Quarterly
WT = Weird Tales

●断章、梗概は略した。

2：詩作

●作品に関する情報は以下の記号で示した。

¶ = Clerigo Herrero 名義
† = Christophe des Laurieres 名義
[F] = フランス語　[G] = ドイツ語　[S] = スペイン語

3：著書

●復刻や再刊、改装、合本は略した。

1・小説

【ゾシーク】

The Empire of the Necromancers（WT Sep.1932）
魔術師の帝国（中原純訳）ミステリマガジン一九七〇・四
魔術師の帝国（荒俣宏訳）①⑨－1
降霊術師の帝国⑥

The Isle of the Torturers（WT Mar. 1933）
拷問島⑤
拷問者の島⑥

The Voyage of King Euvoran（*Double Shadow* 1933）
別題 Quest of the Gazolba
ユーヴォラン王の船旅④
エウウォラン王の航海⑥

The Weaver in the Vault（WT Jan,1934）
地下埋葬室に巣を張るもの③
地下納骨所に巣を張るもの⑥

The Witchcraft of Ulua（WT Feb. 1934）
ウルアの魔術（安田均訳）①⑨－1
ウルアの妖術⑥

The Charnel God（WT Mar. 1934）
死神の都②
食屍鬼の神③
死体安置所の神⑥

The Tomb-Spawn（WT May. 1934）
忘却の墳墓（安田均訳）①⑨－1
墓の落とし子⑥

Xeethra（WT Dec. 1934）
ジースラ（安田均訳）①⑨－1
クセートゥラ⑥

The Dark Eidolon（WT Jan. 1935）
地獄のササイドン（鏡明訳）ＳＦマガジン 一九六九・一〇
→（改題）暗黒の偶像①⑨－1
暗黒の魔像⑥

The Last Hieroglyph（WT Apr. 1935）
最後の文字（安田均訳）①⑨－1
最後の象形文字⑥

The Black Abbot of Puthuum（WT Mar. 1936）
プトゥームの黒い僧院長③
プトゥームの黒人の大修道院長⑥

Necromancy in Naat（WT Jul. 1936）
黄泉の島（安田均訳）①
→（改題）死霊術師の島⑨－1
ナートの降霊術⑥

The Death of Ilalotha（WT Sep. 1937）

墓所への誘い⑤
イラロタの死⑥
The Garden of Adompha（WT Apr. 1938）
アドンファの園（安田均訳）①⑨-1
アドンパの庭園③
アドムファの庭園⑥
The Master of the Crabs（WT Mar.1948）
蟹の王⑤
蟹の支配者⑥
Zothique（*The Dark Chateau and Other Poems* 1951）詩
ゾシーク（安田均訳）①⑨-1
ゾティーク⑥
Morthylla（WT May.1953）
吸血姫⑤
モルテュッラ⑥
The Dead Will Cuckold You（*In Memoriam: Clark Ashton Smith* 1963）

【ハイパーボリア】

The Tale of Satampra Zeiros（WT Nov.1931）
魔神ツアソググアの神殿（仁賀克雄訳）ミステリマガジン 一九七三・九
サタムプラ・ゼイロスの話⑦
サタムプラ・ゼイロスの物語（大瀧啓裕訳）《暗12》
The Door to Saturn（ST Jan.1932）
土星への扉⑦
魔道師の挽歌（小林勇治訳）《真3／新2》
魔道士エイボン（大島令子訳）《クⅣ／暗5》
土星への扉（坂本雅之・立花圭一訳）《エ》
The Weird of Avoosl Wuthoqquan（WT Jun.1932）
アブースル・ウトカンの悲惨な運命（広田耕三訳）①⑨-2
二つのエメラルド②
アウースル・ウトックアンの不運⑦
The Testament of Athammaus（WT Oct.1932）
怪盗ニガシム・ジャウムの首②
アタマウスの遺言④
アタムマウスの遺書⑦
アタマウスの証言（大瀧啓裕訳）《クⅣ／暗5》
The Ice-Demon（WT Apr.1933）
氷の魔王②
氷の魔物④
氷魔⑤
氷の魔物⑦
Ubbo-Sathla（WT Jul.1933）
ウボ＝サトゥラ（広田耕三訳）幻想と怪奇 一九七三・一一①⑨-2
ウッボ＝サトゥラ⑦
ウボ＝サスラ（若林玲子訳）《暗4》

The White Sybil（*The White Sybil / Men of Avalon* 1934）
白い巫女（米田守宏訳）幻想と怪奇一九七三・七①
白い巫女（安田均訳）⑨-2
皓白の巫女⑦
The Seven Geases（WT Oct.1934）
七つの呪い（安田均・米田守宏訳）①⑨-2
七つの呪い⑦
七つの呪い（池田勝子訳）《クⅥ／暗4》
The Muse of Hyperborea（1934）詩
ハイパーボリアの女神（安田均・米田守宏訳）①⑨-2
ヒュペルボレオスのムーサ⑦
The Coming of the White Worm（Stirring Science Stories Apr.1941）
白蛆の襲来⑦
白蛆の襲来（高木国寿訳）《神》
白蛆の襲来（中山てい子訳）《エ》
The Theft of Thirty-nine Girdles（Saturn Mar.1958）
神殿の盗賊⑤
三十九の飾帯盗み⑦
Lament for Vixeela（*The Book of Hyperborea* 1989）＊詩

【アヴェロワーニュ】

The End of the Story（WT May.1930）
物語の結末⑧
A Rendezvous in Averoigne（WT Apr.1931）
アヴロワーニュの媾曳⑧
アヴェロワーニュの森のランデヴー（片桐信訳）『アンソロジー恐怖と幻想1』矢野浩三郎編　月刊ペン社　一九七一
アヴロワーニュの逢引（井澤真紀子訳）『吸血鬼伝説　ドラキュラの末裔たち』仁賀克雄訳　原書房　一九九七
アヴェロワーニュの逢引（下楠昌哉訳）『ゴシック短編小説集』C・ボルディック編　春風社　二〇一二
The Satyr（La Paree Stories Jul.1931）
森の神サテュロス③
サテュロス⑧
The Beast of Averoigne（1932/ *Strange Shadows* 1989）
初稿・別題 The Werewolf of Averoigne
The Maker of Gargoyles（WT Aug.1932）
怪物像をつくる者⑧
The Mandrakes（WT Feb.1933）
マンドラゴラ⑧
The Beast of Averoigne（WT May.1933）
アヴェロワーニュの獣④
アヴェロワーニュの獣⑧
The Holiness of Azedarac（WT Nov.1933）
聖人アゼダラク④

アゼダラクの聖性⑧
The Disinterment of Venus（WT Jul.1934）
ヴィーナスの解放③
ウェヌスの発掘⑧
The Colossus of Ylourgne（WT Jun.1934）
イルールニュの巨像③
イルーニュの巨人④
イルゥルニュ城の巨像⑧
イルルニュの巨人（仁賀克雄訳）『フランケンシュタインのライヴァルたち』Ｍ・パリー編　ハヤカワ文庫ＮＶ　一九八一
Mother of Toads（WT Jul.1938）
ヒキガエルおばさん④
蟾蜍のおばさん⑧
The Enchantress of Sylaire（WT Jul.1941）
シレールの女魔法使い④
シレールの魔女⑧
Averoigne（1951）詩
アヴェロワーニュ⑧

【ジッカーフ】

The Maze of Maal Dweb（*Double Shadow* 1933）
別題 The Maze of the Enchanter
魔術師の迷路（山本光伸訳）ミステリマガジン　一九七二・五
マアル・ドゥエブの迷宮（安田均訳）⑨-2
The Flower-Women（WT May.1935）
花の乙女たち（山田修訳）①⑨-2

【アイハイ（火星）】

The Planet Entity（WSQ Fall 1931）
Ｅ・Ｍ・ジョンストンと合作。別題 Seedling of Mars
The Vaults of Yoh-Vombis（WT May.1932）
ヨー・ヴォムビスの地下墓地（安田均・渡辺広蔵訳）①
ヨー・ヴォムビスの地下墓地（安田均訳）⑨-2
遺跡の秘密（榎林哲訳）②
ヨー・ヴォムビスの地下墓地（中村融訳）『影が行く　ホラーＳＦ傑作選』中村融編　創元ＳＦ文庫　二〇〇〇
The Dweller in the Gulf（WS Mar.1933）
別題 Dweller in Martian Depths
Vulthoom（WT Sep.1935）
ヴルトゥーム③
Mnemoka（Astro Adventures Jan.1987）

【ポセイドニス（アトランティス）】

Atlantis（*The Star-Treader and Other Poems* 1912）詩

From a Letter（*Ebony and Crystal* 1922）詩

　別題 The Muse of Atlantis

The Last Incantation（WT Jun.30）

　最後の魔術⑤

　最後の呪文⑦

Voyage to Sfanomoe（WT Aug.1931）

　スファノモエーへの旅⑦

The Double Shadow（*Double Shadow* 1933）

　二重の影（安田均・米田守宏訳）①

　二重の影（安田均訳）⑨-2

　二重の影⑦

A Vintage from Atlantis（WT Sep.1933）

　アトランティスの呪い②

　アトランティスの美酒⑤

　アトランティスの美酒⑦

The Death of Malygris（WT Apr.1934）

　マルグリスの死（大野二郎訳）ＳＦマガジン一九七一・一〇増刊号

　マリュグリスの死⑦

【キャプテン・ヴォルマー】

Marooned in Andromeda（WS Oct.1930）

A Captivity in Serpens（WSQ Summer 1931）

　別題 The Amazing Planet

The Ocean-World of Alioth（UTCAS#27 1984）

Red World of Polaris（*Red World of Polaris* 2003）

【その他の小説】

The Malay Krise（The Overland Monthly Oct.1910）

The Ghost of Mohammed Din（The Overland Monthly Nov.1910）

The Mahout（The Black Cat Aug.1911）

The Raja and the Tiger（The Black Cat Feb.1912）

The Perfect Woman（1923/ *Strange Shadows* 1989）

The Flirt（1923/ *Strange Shadows* 1989）

Something New（10 Story Book Aug.1924）

The Abominations of Yondo（Overland Monthly, Apr.1926）

　ヨンドの魔物たち（安田均・米田守宏訳）①

　ヨンドの魔物たち（安田均訳）⑨-2

The Ninth Skeleton（WT, Sep.1928）

　九つ目の骸骨③

　九番目の骸骨④

The Parrot（1930/ *Strange Shadows* 1989）
A Copy of Burns（1930/ *Strange Shadows* 1989）
Fables from the Edge of Night（1930/ *Kingdoms of Sorcery* 1976）
The Phantoms of the Fire（WT,Sep.1930）
　火事の幻影③
Murder in the Fourth Dimension（Amazing Detective Tales, Oct.1930）
The Uncharted Isle（WT Nov.1930）
　地図にない島（高木国寿訳）『ウィアード・テールズ3』那智史郎・
　宮壁定雄編　国書刊行会　一九八四
　地図にない島⑦
Checkmate（1930/ *Strange Shadows* ed.Lin Carter 1989）
The Necromantic Tale（WT, Jan.1931）
　魔力のある物語⑧
　魔力のある物語（大島令子訳）『ホラー&ファンタシイ傑作選1』
　青心社　一九八四
　→『ウィアード1』大瀧啓裕編　青心社文庫　一九九〇
An Adventure in Futurity（WS Apr.1931）
The City of Singing Flame（WS　Jul.1931）
　歌う炎の都市⑦
The Willow Landscape（The Philippine Magazine, May 1931）
　柳のある風景画（大瀧啓裕訳）奇想天外　一九七七・五
　柳のある風景③
　柳のある風景④
　柳のある山水画⑦
　柳のある風景画（大瀧啓裕訳）『悪魔の夢　天使の溜息』大瀧啓裕
　編　青心社　一九八〇
　→『ウィアード3』大瀧啓裕編 青心社文庫　一九九〇
The Venus of Azombeii（WT Jun-Jul.1931）
　秘境のヴィーナス⑤
The Return of the Sorcerer（ST Sep.1931）
　別題 A Rendering from thre Arabic
　妖術師の帰還⑧
　魔術師の復活（米波平記訳）『怪奇幻想の文学2　暗黒の祭祀』新
　人物往来社　一九六九
　妖術師の帰還（三宅初江訳）《クⅥ／暗3》
　妖術師の帰還（植草昌実訳）ナイトランド・クォータリー07
　二〇一六・一一
The Immeasurable Horror（WT Sep.1931）別題 World of Horror
　はかりがたい恐怖④
The Justice of the Elephant（Oriental Stories, Autumn 1931）
The Resurrection of the Rattlesnake（WT Oct.1931）
Beyond the Singing Flame（WS Nov.1931）
The Immortals of Mercury（1932 Chapbook）
The Monster of the Prophecy（WT Jan.1932）
　予言の魔物（山田修訳）①⑨-2
The Eternal World（WS Mar.1932）

永遠の世界③
The Planet of the Dead（WT Mar.1932）別題 The Doom of Antarion
The Gorgon（WT Apr.1932）
The Invisible City（WS Jun.1932）
見えない街④
The Nameless Offspring（ST Jun.1932）
墳墓の末裔（広田耕三訳）《神》
名もなき末裔（東谷真知子訳）《暗8》
Flight into Super-Time（WS Aug.1932）
別題 The Letter from Mohaun Los
Master of the Asteroid（WS Oct.1932）別題 The God of the Asteroid
小惑星の支配者（川村哲郎訳）ＳＦマガジン　一九六二・九
The Hunters from Beyond（ST Oct.1932）
彼方から狩り立てるもの⑧
彼方からの猟犬（東谷真知子訳）《クⅥ》
↓（改題）彼方からのもの《暗3》
The Dimension of Chance（WS Nov.1932）
混沌空間（野田昌宏訳）『世界ＳＦ全集31　世界のＳＦ・古典篇』
早川書房　一九七一
The Supernumerary Corpse（WT Nov.1932）
余分な死体④
The Second Interment（ST Jan.1933）
The Light from Beyond（WS Apr.1933）
別題 The Secret of the Cairn
彼方からの光④
A Star-Change（WS May.1933）
別題 Escape to Mlok / The Visitors from Mlok
異次元の惑星③
A Night in Malneant（*Double Shadow* 1933）
マルネアンの夜④
マルネアンでの一夜⑦
Genius Loci（WT Jun.1933）
地霊③
土地神④
The Devotee of Evil（*Double Shadow* 1933）
The Kiss of Zoraida（The Magic Carpet Magazine, Jul.1933）
The Kingdom of the Worm（FF Oct.1933）
別題 A Tale of Sir John Maundeville
The Seed from the Sepulcher（WT Oct.1933）
The Demon of the Flower（Astounding Stories, Dec.1933）
The Ghoul（FF Jan.1934）
The Epiphany of Death（FF Jul.1934）
別題 Who Are the Living
死の顕現④
暗闇に還る⑤
The Plutonian Drug（Amazing Stories, Sep.1934）

プルトニウム（川村哲郎訳）ＳＦマガジン　一九六一・四
↓『ＳＦマガジン・ベスト（２）』ハヤカワＳＦシリーズ　一九六四
↓『華麗なる幻想　クラシックＳＦ』福島正実編　芳賀書店　一九七三
The Primal City（FF Nov.1934）
大昔の町③
始原の都市⑦
The Treader of the Dust（WT Aug.1935）
塵埃を踏み歩くもの⑧
The Chain of Aforgomon（WT Dec.1935）
アフォーゴモンの鎖⑧
Thirteen Phantasms（Fantacy Magazine,Mar.1936）
Conclusion to Wm. Beckford's story of Princess Zulkais & Prince Kalilah（Leaves Summer 1937）ベックフォード「ヴァテック」補作
The Dark Age（Thrilling Wonder Stories, Apr.1938）
Strange Shadows / I Am Your Shadow（1940/ *Strange Shadows* 1989）
The Great God Awto（Thrilling Wonder Stories, Feb.1940）
Dawn of Discord（1940）Ｅ・ホフマン・プライスとの合作
House of Monoceros（Spicy Mystery Stories, Feb.1941）
Ｅ・ホフマン・プライスとの合作　別題 The Old Gods Eat / House of the Monoceros
Flight Through Time（Tales of Wonder and Super Science, #16 1942）
The Root of Ampoi（The Arkham Sampler, Spring 1949）
The Metamorphosis of Earth（WT Sep.1951）
別題 The Metamorphosis of the World
An Offering to the Moon（WT Sep.1953）
ムー大陸の月⑤
月への供物⑦
Schizoid Creator（Fantasy Fiction, Nov.1953）
分裂症の造物主⑧
分裂症の神（宇野輝雄訳）ミステリマガジン　一九六七・八
↓『怪奇と幻想１　吸血鬼と魔女』矢野浩三郎編　角川文庫
一九七五
Phoenix（*Time to Come* ed.A.Derleth 1954）
Monsters in the Night（F&SF Oct.1954）
別題 A Prophecy of Monsters
夜の怪物たち④
Symposium of the Gorgon（Fantastic Universe, Oct.1958）
Told in the Desert（*Over the Edge* ed.A.Derleth 1964）
The Ampoi Giant（*Freak Show* ed.P.Heining 1970）
The Double Tower（WT Winter,1973）リン・カーター補作
The Utmost Abomination（WT Fall.1973）リン・カーター補作
最も忌まわしきもの（坂本雅之・立花圭一訳）《エ》
The Scroll of Morloc（Fantastic,Oct.1975）リン・カーター補作
The Stairs in the Crypt（Fantastic, Aug.1976）リン・カーター補作
窖に通じる階段（中山てい子訳）《エ》
Prince Alcouz and the Magician（1977 Chapbook）

The Light From the Pole（*Weird Tales #1* ed.L.Carter 1980）
　リン・カーター補作
　極地からの光（中山てい子訳）《エ》
The Descent Into the Abyss（*Weird Tales #2* ed.L.Carter 1980）
　リン・カーター補作
Double Cosmos（CR#16 1983）
Strange Shadows（CR#25 1984）
The Feaster from the Stars（CR#26 1984）リン・カーター補作
Nemesis of the Unfinished（UTCAS #27 1984）
The Dart of Rasasfa（UTCAS #27 1984）
I Am Your Shadow（CR#29 1985）
The Cairn（CR#30 1985）
Nemesis of the Unfinished（CR#31 1985）ドン・カーター補作
Papyrus of the Dark Wisdom（CR#54 1988）リン・カーター補作
A Good Embalmer（*Strange Shadows* 1989）
A Platonic Entanglement（*Strange Shadows* 1989）
Chincharrero（*Strange Shadows* 1989）
Djinn Without a Bottle（*Strange Shadows* 1989）
Eviction by Night（*Strange Shadows* 1989）
The Eggs from Saturn（*Strange Shadows* 1989）
The Expert Lover（*Strange Shadows* 1989）
The Infernal Star（*Strange Shadows* 1989）
The Lord of Lunacy（*Strange Shadows* 1989）
Wingless Phoenix（*Strange Shadows* 1989）
Cigarette Characterization（*Strange Shadows* 1989）
The House of Haon-Dor（*The Sorcerer's Apprentices* ed.J.Ambuehl 1998）L・J・コーンフォード補作
Uttressor（*The Book of Eibon* ed.R.M.Price 2002）L・J・コーンフォード&R・L・ティアニー補作
　ウトレッソル（坂本雅之・立花圭一訳）《エ》
Fakhreddin（*The Sword of Zagan* 2004）
Oriental Tales: The Yogi's Ring（*The Sword of Zagan* 2004）
The Bronze Image（*The Sword of Zagan* 2004）
The Emerald Eye（*The Sword of Zagan* 2004）
The Emir's Captive（*The Sword of Zagan* 2004）
The Fulfilled Prophecy（*The Sword of Zagan* 2004）
The Guardian of the Temple（*The Sword of Zagan* 2004）
The Haunted Chamber（*The Sword of Zagan* 2004）
The Haunted Gong（*The Sword of Zagan* 2004）
The Malay Creese（*The Sword of Zagan* 2004）
The Opal of Delhi [I]（*The Sword of Zagan* 2004）
The Opal of Delhi [II]（*The Sword of Zagan* 2004）
The Shah's Messenger（*The Sword of Zagan* 2004）
The Sword of Zagan（*The Sword of Zagan* 2004）
When the Earth Trembled（*The Sword of Zagan* 2004）
[Untitled]（*The Sword of Zagan* 2004）

The Face by the River（WT Jul.2005）
The Eidolon of the Blind（*The Klarkash-Ton Cycle* 2008）
The Animated Sword（*The Miscellaneous Writings of Clark Ashton Smith* 2011）
The Red Turban（*The Miscellaneous Writings of Clark Ashton Smith* 2011）
Mnemoka（*Clark Ashton Smith: A Critical Guide to the Man and His Work, Second Edition* 2013）S・ベーレンズ補作

2・詩作

【連作】

Images（from *Ebony and Crystal* 1922）
A Coronal
Offerings
Tears
The Secret Rose
The Wind and the Garden
Vignettes（from *Ebony and Crystal* 1922）
Beyond the Mountains
Grey Sorrow
Nostalgia of the Unknown
The Broken Lute
The Eyes of Circe
The Hair of Circe
Prose Pastels（連作幻想詩）
Chinoiserie（1931）
The Mirror in the Hall of Ebony（1934）
The Muse of Hyperborea（1934）
ハイパーボリアの女神①⑨-2／ヒュペルボレオスのムーサ⑦
The Lotus and the Moon（1934）
The Passing of Aphrodite（1934）
To the Daemon（1943）
The Forbidden Forest（1943）
The Mithridate（1943）
Narcissus（1945）
The Peril That Lurks Among Ruins（1945）

Quintrains（from *Spells and Philtres* 1958, *Selected Poems* 1971）
Essence（1958）別題 Attar of the Past
Mithridates（1958）
Nightmare of the Lilliputian（1958）

Passing of an Elder God (1958)
Quiddity (1958)
Bird of Long Ago (1971)
Epitaph for an Astronomer (1971)
Late November Evening (1971)
Mummy of the Flower (1971)
Poets in Hades (1971)
Someone (1971)
The Heron (1971)

Distillations (from *Spells and Philtres* 1958, *Selected Poems* 1971)
Abandoned Plum-Orchard (1958)
Cats in Winter Sunlight (1958)
Fence and Wall (1958)
Geese in the Spring Night (1958)
Growth of Lichen (1958)
Harvest Evening (1958)
Late Pear-Pruner (1958)
The Last Apricot (1958)
The Sparrow's Nest (1958)
Willow-Cutting in Autumn (1958)
Aftermath of Mining Days (1971)
Basin in Boulder (1971)
Bed of Mint (1971)
Builder of Deserted Hearth (1971)
Chainless Captive (1971)
Classic Reminiscence (1971)
Crows in Spring (1971)
Declining Moon (1971)
Fallen Grape-Leaf (1971)
Flight of the Yellow-Hammer (1971)
Flora (1971)
Foggy Night (1971)
Future Meeting (1971)
Garden of Priapus (1971)
Goats and Manzanita-Boughs (1971)
Gopher-Hole in Orchard (1971)
Hearth on Old Cabin-Site (1971)
High Mountain Juniper (1971)
Improbable Dream (1971)
Indian Acorn-Mortar (1971)
January Willow (1971)
Love in Dreams (1971)
Mountain Trail (1971)
Mushroom-Gatherers (1971)
Night of Miletus (1971)

Noctournal Pines（1971）
Nuns Walking in the Orchard（1971）
Old Limestone Kiln（1971）
Phallus Impudica（1971）
Picture by Piero di Cosimo（1971）
Poet in a Barroom（1971）
Prisoner in Vain（1971）
Reigning Empress（1971）
Spring Nunnery（1971）
Storm's End（1971）
Stormy Afterglow（1971）
Sunset Over Farm-Land（1971）
Tryst at Lobos（1971）
Windows at Lamplighting Time（1971）
Neighboring Slaughter-House（From *In Memoriam: Clark Ashton Smith* 1963）
・Cattle Salute the Psychopomp
・Field Behind the Abatoir 別題 Behind the Abatoir
・Slaughter-House in Spring
・Slaughter-House Pasture
Old Hydraulic Diggings: I～IV（1971）
River-Canyon: I～X（1971）
Snowfall on Acacia: I～II（1971）

Childhood（from *Selected Poems* 1971）
Boys Rob a Yellow-Hammer's Nest
Boys Telling Bawdy Tales
Girl of Six
Grammar-School Vixen
School-Room Pastime
Water-Fight

Mortal Essences（from *Selected Poems* 1971）
Berries of the Deadly Nightshade
Felo-de-se of the Parasite
For the Dance of Death
La Mort des Amants
Plague from the Abatoir
Snake, Owl, Cat or Hawk
Vultures Come to the Ambarvalia
Water-Hemlock

Sestets（from *Selected Poems* 1971）
Copyist
Love and Death

【詩】

A Dream of Beauty（1911）
The Abyss Triumphant（1912）
A Dead City（1912）
A Song of Dreams（1912）
A Sunset（1912）
Averted Malefice（1912）
Chant to Sirius（1912）
Copan（1912）
Fairy Lanterns（1912）
Finis（1912）
Lament of the Stars（1912）
Lethe（"I flow beneath the columns that upbear"）（1912）
Medusa（1912）
Nero（1912）
Nirvana（1912）
Ode on Imagination（1912）
Ode to Music（1912）
Ode to the Abyss（1912）
Pine Needles（1912）
Retrospect and Forecast（1912）
Saturn（1912）
Shadow of Nightmare（1912）
Song to Oblivion（1912）
The Balance（1912）
The Butterfly（1912）
The Cherry-Snows（1912）
The Cloud-Islands（1912）
The Dream-Bridge（1912）
The Eldritch Dark（1912）
The Fugitives（1912）
The Last Night（1912）
The Live-Oak Leaf（1912）
The Mad Wind（1912）
The Masque of Forsaken Gods（1912）
The Maze of Sleep（1912）
The Medusa of the Skies（1912）
The Morning Pool（1912）
The Mystic Meaning（1912）別題 The Meaning
The Nemesis of Suns（1912）
The Night Forest（1912）
The Price（1912）
The Retribution（1912）
The Return of Hyperion（1912）
The Snow-Blossoms（1912）

The Song of a Comet（1912）
The Song of the Stars（1912）
The Soul of the Sea（1912）
The Star-Treader（1912）
The Summer Moon（1912）
The Unrevealed（1912）
The Wind and the Moon（1912）
The Winds（1912）
To the Darkness（1912）
To the Sun（1912）
White Death（1912）
Remembered Light（1912）
The Sorrow of the Winds（1912）
The Nereid（1913）
The Medusa of Despair（1913）
Crystals（1914）
Beauty Implacable（1914）別題 The Unmerciful Mistress
The Harlot of the World（1915）
Fire of Snow（1915）
In the Wind（1915）
A Phantasy（1916）
The Memnons of the Night（1917）
The Exile（1917）
From the Crypts of Memory（1917）
　記憶の淵より（安田均訳）①⑨-2
Strangeness（1917）
Ennui（1918）
Alexandrines（1918）
Ave Atque Vale（1918）
Belated Love（1918）
Exotique（1918）
Memnon at Midnight（1918）
Satan Unrepentant（1918）
The Crucifixion of Eros（1918）
The Ministers of Law（1918）
The Refuge of Beauty（1918）
Sepulture（1918）別題 Sepulchre
In Saturn（1919）
The Desert Garden（1919）別題 Song of Sappho's Arabian Daughter
Forgetfulness（1919）
The Mummy（1919）
Dissonance（1919）
Flamingoes（1919）
In November（1919）
The Princess Almeena（1920）
Palms（1920）

Requiescat in Pace（1920）
In Lemuria（1921）
The Infinite Quest（1921）別題 The Unfinished Quest
The Absence of the Muse（1921）
Rosa Mystica（1921）
Quest（1921）
Haunting（1922）
Symbols（1922）
Requiescat（1922）
Chant of Autumn（1922）
Ecstasy（1922）
A Dream of Lethe（1922）
A Fragment（1922）
A Precept（1922）
A Psalm to the Best Beloved（1922）
A Vision of Lucifer（1922）
Antepast（1922）別題 Anticipation（1922）
Arabesque（1922）
Artemis（1922）
Ashes of Sunset（1922）
At Sunrise（1922）
Autumnal（1922）
Beyond the Great Wall（1922）
Cleopatra（1922）
Coldness（1922）
Crepuscle（1922）別題 Crepuscule
Desire of Vastness（1922）
Desolation（1922）
Echo of Memnon（1922）
Eidolon（1922）
Image（1922）
Impression（1922）
In Cocaigne（1922）
Inferno（1922）
Inheritance（1922）
Laus Mortis（1922）
Love Is Not Yours, Love Is Not Mine（1922）
Love Malevolent（1922）
Mirage（1922）
Mirrors（1922）
Nightmare（1922）
November Twilight（1922）
Psalm（1922）
Recompense（1922）
Remoteness（1922）
Satiety（1922）

Solution（1922）
Song（1922）
The Black Lake（1922）
The Caravan（1922）
The Chimaera（1922）別題 The Chimera
The City in the Desert（1922）
The Demon, the Angel, and Beauty（1922）
The Flower Devil（1922）
The Flower-Devil（1922）
The Garden and the Tomb（1922）
The Ghoul and the Seraph（1922）
The Hashish-Eater: or, The Apocalypse of Evil（1922）
　別題 The Hashish-Eater
　大麻吸飲者（蜂谷昭雄訳）①
The Hidden Paradise（1922）
The Hope of the Infinite（1922）
The Kingdom of Shadows（1922）
The Land of Evil Stars（1922）
The Litany of the Seven Kisses（1922）
The Melancholy Pool（1922）
The Mirrors of Beauty（1922）
The Motes（1922）
The Orchid of Beauty（1922）別題 The Orchid
The Shadows（1922）
The Statue of Silence（1922）
The Tears of Lilith（1922）
The Traveller（1922）別題 "The Traveler"
The Witch in the Graveyard（1922）
To Nora May French（1922）
To Omar Khayyam（1922）
To the Beloved（1922）別題 Sonnet
Transcendence（1922）
Triple Aspect（1922）
Twilight on the Snow（1922）
Union（1922）
Winter Moonlight（1922）
The Song of Aviol（1923）
Semblance（1923）
The Secret（1923）
We Shall Meet（1923）
The Love-Potion（1923）
The Song of Cartha（1923）
Don Juan Sings（1923）
Contradiction（1923）
The Witch with Eyes of Amber（1923）
Song（1923）

Chance（1923）
The Sea-Gods（1923）
The Wingless Archangels（1923）
The Garden of Evil（1923）別題 Duality
The Red Moon（1923）別題 Moon-Dawn
Alienage（1923）
Change（1923）
Selenique（1923）
Forgotten Sorrow（1923）
A Valediction（1923）
Afterwards（1923）
The Funeral Urn（1923）†
Dolor of Dreams（1923）
The Barrier（1923）
By the River（1923）†
On the Canyon-Side（1923）
Autumn Orchards（1923）
Departure（1923）
Diversity（1923）別題 Dissidence
The End of Autumn（1923）
December（1923）
On Reading Baudelaire（1923）別題 On Re-reading Baudelaire
The Lemurienne（1923）別題 Lemurienne
You Are Not Beautiful（1923）
A Meeting（1924）
Remembrance（1924）
The Last Oblivion（1924）
Adventure（1924）
Plum-Flowers（1924）
To the Chimera（1924）
Immortelle（1924）
Estrangement（1924）
A Catch（1924）
Apologia（1924）
Ennui（1925）別題 The Ennuye
Enigma（1925）
Maya（1925）
Incognita（1925）
Query（1925）
Minatory（1925）
Consolation（1925）
Enchanted Mirrors（1925）
Interrogation（1925）
Loss（1925）
Lunar Mystery（1925）別題 Dream-Mystery
The Envoys（1926）

After Armageddon（1927）
A Fable（1927）
The Saturnienne（1927）
Warning（1928）
The Touch-Stone（1929）
Sonnet（1929）
Nyctalops（1929）
The Nightmare Tarn（1929）
Fantaisie d'Antan（1929）
The Osprey and the Shark（1929）
Ougabalys（1930）
Shadows（1930）
Sadastor（1930）
　悲しみの星（広田耕三訳）①
　悲しみの星（安田均・広田耕三訳）⑨-2
　サダストル⑦
Fellowship（1930）
Cumuli（1931）
Madrigal of Evanescence（1931）
Jungle Twilight（1932）
On a Chinese Vase（1932）
Lichens（1933）
A Dream of the Abyss（1933）

The Hill-Top（1934）
Revenant（1934）
In Slumber（1934）
Necromancy（1934）
October（1935）
Dominion（1935）
In Thessaly（1935）
Tristan to Iseult（1935）†
Ennui（1936）
Sandalwood（1937）
The Outer Land（1937）
Song of the Necromancer（1937）
Outlanders（1937）
To Howard Phillips Lovecraft（1937）
　ハワード・フィリップス・ラヴクラフト頌（小林勇次訳《真8》）
Farewell to Eros（1938）
The Prophet Speaks（1938）
The Abomination of Desolation（1938）別題 The Desolation of Soom
　スームの砂漠（広田耕三訳）①⑨-2
Bacchante（1939）
Interim（1940）
The Phoenix（1940）
Fame（1941）別題 That Last Infirmity

Silent Hour（1941）
Wizard's Love（1941）
Witch-Dance（1941）
Amor Hesternalis（1942）
Fragment（1942）
Wine of Summer（1942）
Madrigal of Memory（1942）
The Old Water-Wheel（1942）
Future Pastoral（1943）
Strange Girl（1943）
Town Lights（1943）
The Mime of Sleep（1943）
Dialogue（1943）Timeus Gaylord 名義
Desert Dweller（1943）
Alternative（1944）
Lines on a Picture（1944）
Midnight Beach（1944）
Nocturne: Grant Avenue（1944）
Omniety（1944）
Amor（1944）
Twilight Song（1945）
The Sorcerer to His Love（1945）
Paean（1946）
Yerba Buena（1946）
For an Antique Lyre（1946）
Humors of Love（1946）
Said the Dreamer（1947）
Sea Cycle（1947）
Some Blind Eidolon（1947）
Resurrection（1947）
Hellenic Sequel（1948）
Lamia（1948）
No Stranger Dream（1948）
On the Mount of Stone（1948）
Only to One Returned（1948）
The Blindness of Orion（1948）
The City of Destruction（1948）
The Nameless Wraith（1948）
Avowal（1949）
Calenture（1949）
Pour Chercher du Nouveau（1949）
Moly（1950）
Parnassus（1950）
The City of the Titans（1950）
Do You Forget, Enchantress（1950）
Luna Aeternalis（1950）

Amithaine（1951）
Dominium in Excelsis（1951）
The Twilight of the Gods（1951）
What Dreamest Thou Muse（1951）
"Not Altogether Sleep"（1951）
"O Golden-Tongued Romance"（1951）
Cambion（1951）
Don Quixote on Market Street（1951）
Hesperian Fall（1951）
Malediction（1951）
Not Theirs the Cypress-Arch（1951）
Seeker（1951）
Shapes in the Sunset（1951）
Sinbad, It Was Not Well to Brag（1951）
Soliloquy in an Ebon Tower（1951）
Sonnet for the Psychoanalysts（1951）
Surrealist Sonnet（1951）別題 Surrealiste Sonnet
The Dark Chateau（1951）
The Isle of Saturn（1951）
The Stylite（1951）
Ye Shall Return（1951）
The Flight of Azrael（1952）
The Isle of Circe（1952）

Seer of the Cycles（1956）
Postlude（1956）
Before Dawn（1956）
High Surf（1957）
Nada（1957）
Tired Gardener（1957）
The Pursuer（1957）
"That Motley Drama"（1958）¶
Almost Anything（1958）
Anteros（1958）
Dedication（1958）
Didus Ineptus（1958）
Disillusionment（1958）
Parnassus a la Mode（1958）
Secret Love（1958）†
The Centaur（1958）
The Pagan（1958）†
Thebaid（1958）
Tolometh（1958）
H. P. L.（1959）
Armor Aeternalis（1961）
Memorial（1961）
Metaphor（1961）

The Hill of Dionysus（1961）
The Horologe（1961）
The Incubus of Time（1961）
To the Daemon of Sublimity（1961）
Bond（1962）
Dedication / To Bacchante（1962）別題 "There was a place, beloved,"
Illumination（1962）
Ode（1962）
Reverie in August（1962）
Sonnet（1962）
Supplication（1962）
The Knoll（1962）
To One Absent（1962）
Cycles（1963）
Ineffability（1963）
September（1963）
The Voice in the Pines（1963）
El cantar de los seres libres [S]（1964）¶
La isla del naufrago [S]（1964）¶
Las alquerias perdidas [S]（1964）¶
Lo ignoto [S]（1964）¶
Los poetas [S]（1964）¶
Memoria roja [S]（1964）¶
?Donde duermes, Eldorado[S]（1964）¶
The Corpse and the Skeleton（1965）
The Crystals（1965）
The Image of Bronze and the Image of Iron（1965）
The Sun and the Sepulchre（1965）
The Touchstone（1965）
Moonlight（1970）
Death（1970）
Morning on an Eastern Sea（1970）
Ode to Matter（1970）
The Pageant of Music（1970）
The Palace of Jewels（1970）
The Power of Eld（1970）
The Tartarus of the Suns（1970）
The Voice of Silence（1970）
To the Nightshade（1970）
Weavings（1970）
A Sierran Sunrise（1970）
Cloudland（1970）
In the Ultimate Valleys（1970）
Night（1970）
The Call of the Wind（1970）
The Noon of the Seasons（1970）

To George Sterling（Deep）（1970）
To George Sterling（High）（1970）
To George Sterling（His）（1970）
To George Sterling（What）（1970）
To George Sterling: A Valediction（1970）
An Old Theme（1971）†
Chansonette（1971）†
Classic Epigram（1971）†
Concupiscence（1971）†
Exotic Memory（1971）†
Heliogabalus（1971）†
In Alexandria（1971）†
Madrigal（1971）†
Moments（1971）†
Mors（1971）†
Satiety（1971）†
Tempus（1971）†
The Mortuary（1971）
The Nymph（1971）†
The Whisperer of the Worm（1971）
"All Is Dross That Is Not Helena"（1971）
Anodyne of Autumn（1971）
Apostrophe（1971）
Au bord du Lethe [F]（1971）
But Grant, O Venus（1971）
Calendar（1971）
Canticle（1971）
Connaissance（1971）
Dancer（1971）
De Profundis（1971）
Decadence（1971）
Erato（1971）
Even in Slumber（1971）
Exorcism（1971）
From Arcady（1971）
Grecian Yesterday（1971）
If Winter Remain（1971）
In the Desert（1971）
Indian Summer（1971）
L'espoir du neant [F]（1971）
La forteresse [F]（1971）
La mare [F]（1971）
Le miroir des blanches fleurs [F]（1971）
Les marees [F]（1971）
Mystery（1971）
Nevermore（1971）

Nocturne（1971）
November（1971）
One Evening（1971）
Pool at Lobos（1971）
Psalm（1971）†
Refuge（1971）
Sea-Memory（1971）
Sestet（1971）
Somnus（1971）
Sufficiency（1971）
The Autumn Lake（1971）
The Dragon-Fly（1971）
The Last Goddess（1971）
The Nevermore-to-be（1971）
The Thralls of Circe Climb Parnassus（1971）
The Unremembered（1971）
Tin Can on the Mountain-Top（1971）
To Antares（1971）
To Beauty（1971）別題 Ode to Beauty
To Whom It May Concern（1971）
Touch（1971）
Trope（1971）
Un paysage paien [F]（1971）
Une vie spectrale [F]（1971）別題 Spectral Life
Vaticinations（1971）
Venus（1971）
Winter Moonlight（1971）別題 Winter Midnight
A Prayer（1973）
Dead Love（1973）
Fawn-Lilies（1973）
Offering（1973）
Poplars（1973）
Reclamation（1973）
Suggestion（1973）
The Days（1973）
The Garden of Dreams（1973）
The Sphinx of the Infinite（1973）
February（1974）
Ode to Light（1974）
Psalm to the Desert（1974）
Temporality（1974）
The Suns and the Void（1974）
The Titans in Tartarus（1974）
A Dream of Oblivion（1975）
A Phantasy of Twilight（1975）
A Song from Hell（1975）

Beyond the Door（1975）
Sphinx and Medusa（1975）
The Ancient Quest（1975）
The Burning-Ghauts at Benares（1975）
The Castle of Dreams（1975）
The Dream-God's Realm（1975）
The Potion of Dreams（1975）
The Song of the Worlds（1975）
The Years Restored（1975）
A Madrigal（1976）
A Sunset（1976）
Adjuration（1976）
Harmony（1976）
High Surf: Monterey Bay（1976）
Lawn-Mower（1976）
Saturnian Cinema（1976）
Souvenance（1976）
The Fanes of Dawn（1976）
The Throne of Winter（1976）
The Twilight Woods（1976）
The Waning Moon（1976）
To a Mariposa Lily（1976）
To the Morning Star（1976）
Wings of Perfume（1976）
Amor Autumnalis（1977）
The Burden of the Suns（1977）
The Harbour of the Past（1977）
The Wind-Threnody（1977）
The Sorcerer Departs（1978）
Geometries（1984）
Above the Loud Sea（1984）
Preference（1984）
The Frozen Waterfall（1984）
The Lake of Enchanted Silence（1984）
Untitled（1984）
（The Land of Fruitful Palms）（1989）
From the Crypts of Memory 初稿（1993）
Peril That Lurks Among Ruins 初稿（1993）
Peril That Lurks Among Ruins 改稿版（1993）
untitled（"It is a land of fruitful palms..."）（1993）
Imagination（2002）
Pour chercher du noueau（2002）
Respect and Forecast（2002）
The Desert（2002）
The Moonlight Desert（2002）
The Titans in Tarturus（2002）

Bedouin Song（2004）
Benares（2004）
Epitaph for the Earth（2004）
Night（2004）
Reve Parisien（2004）
Rubaiyat of Saiyed（2004）
The Departed City（2004）
The River of Life（2004）
The World（2004）
Zuleika: An Oriental Song（2004）
Anterior Life（2014）
Hymn to Beauty（2014）
The Ghoul（2014）
The Old Wheel-Whell（2014）
The Remorse of the Dead（2014）
To George Sterling: A Validation（2014）
El Eros de ebano [S] 未発表?
　Eros of Ebony（1951）のスペイン語訳
L'amour supreme [F] 未発表?
　L'Amour Supreme（1973 原詩は英語）のフランス語訳
Le poete parle avec les goules [F] 未発表?
　The Poet Talks with the Biographers（1951）のフランス語訳
The Eternal Snows（発表年不詳）

3・著書

【小説】

The Double Shadow and Other Fantasies（Auburn Journal, 1933）
Out of Space and Time（Arkham House, 1942）
Lost Worlds（Arkham House, 1944）
Genius Loci and Other Tales（Arkham House, 1948）　呪われし地
The Abominations of Yondo（Arkham House, 1960）
Tales of Science and Sorcery（Arkham House, 1964）
Zothique（Ballantine, 1970）
Other Dimensions（Arkham House, 1970）
Hyperborea（Ballantine, 1971）
Xiccarph（Ballantine, 1972）
Poseidonis（Ballantine, 1973）
The City of the Singing Flame（Timescape, 1981）
The Last Incantation（Timescape, 1982）
The Monster of the Prophecy（Timescape, 1983）
A Rendezvous in Averoigne（Arkham House, 1988）
Strange Shadows: The Uncollected Fiction and Essays of Clark Ashton Smith（Greenwood Press, 1989）
Tales of Zothique（Necronomicon Press, 1995）

The Book of Hyperborea（Necronomicon Press, 1996）
The Emperor of Dreams（Gollancz, 2002）
The Black Diamonds（Hippocampus Press, 2002）
The Double Shadow（Wildside Press, 2003）
The Sword of Zagan and Other Writings（Hippocampus Press, 2004）
小説、詩、断章
Star Changes:The Science Fiction of Clark Ashton Smith（Darkside Press, 2005）
The White Sybil and Other Stories（Wildside Press, 2005）
The Maker of Gargoyles and Other Stories（Wildside Press, 2005）
The Return Of The Sorcerer: The Best Of Clark Ashton Smith（Wildside Press, 2007）
The End of the Story: The Collected Fantasies Of Clark Ashton Smith Volume 1（Night Shade Books, 2007）
The Door to Saturn: The Collected Fantasies Of Clark Ashton Smith Volume 2（Night Shade Books, 2007）
A Vintage from Atlantis: The Collected Fantasies Of Clark Ashton Smith Volume 3（Night Shade Books, 2007）
The Klarkash-Ton Cycle（Chaoseum, 2008）
The Return of the Sorcerer（Prime Books, 2008）
The Colossus of Ylourgne and Three Others（Wildside Press, 2009）
The Empire of the Necromancers（Wildside Press, 2009）
The Miscellaneous Writings of Clark Ashton Smith（Nightshade Books, 2011）
The Dark Eidolon and Other Fantasies（Penguin Books, 2014）

【詩集】

The Star-Treader and Other Poems（A.M. Robertson, 1912）
Odes and Sonnets（The Book Club of California, 1918）
Ebony and Crystal: Poems in Verse and Prose（Auburn Journal,1922）
Sandalwood（Auburn Journal,1925）
Nero and Other Poems（Futile Press, 1937）
The Dark Chateau and Other Poems（Arkham House, 1951）
Spells and Philtres（Arkham House, 1958）
The Hill of Dionysus: A Selection（Roy Squires and Clyde Beck, 1962）
¿Donde duermes, Eldoradoy otros poemas? [S]（Roy A. Squires, 1964）¶
Poems in Prose（Arkham House, 1965）
To George Sterling（Roy A. Squires, 1970）
The Tartarus of the Suns（Roy A. Squires, 1970）
The Palace of Jewels（Arkham House, 1970）
In the Ultimate Valleys（Roy A. Squires, 1970）
Selected Poems（Arkham House, 1971）
Grotesques and Fantastiques（Gerry de la Ree, 1973）詩画集
The Titans in Tartarus（Roy A. Squires, 1974）
A Song from Hell（Roy A. Squires, 1975）

The Potion of Dreams（Roy A. Squires, 1975）
Seer of the Cycles（Roy A. Squires, 1976）
The Fanes of Dawn（Roy A. Squires, 1976）
Nostalgia of the Unknown: The Complete Prose Poetry of Clark Ashton Smith（Necronomicon Press, 1988）
The Last Oblivion: Best Fantastic Poems of Clark Ashton Smith（Hippocampus Press, 2002）
The Complete Poetry and Translations Volume 1: The Abyss Triumphant（Hippocampus Press,2008）
The Complete Poetry and Translations Volume 2: The Wine of Summer（2008）（Hippocampus Press,2008）
The Complete Poetry and Translations Volume 3: The Flowers of Evil and Others（Hippocampus Press,2008）
Song of the Necromancer & Others: The Complete Poems from Weird Tales（PS Publishing, 2010）

【チャップブック（小冊子）】☆＝詩集

The Immortals of Mercury（Stellar Publishing Corporation,1932）
The White Sybil（Fantasy Publication,1935）
　D・H・ケラー"The Men of Avalon"併録
The Ghoul and the Seraph（Gargoyle Press, 1950）☆
Hesperian Fall（Clyde Beck, 1961）☆
The Hill of Dionysus（Roy Squires, 1961）☆
Cycles（Roy A. Squires, 1963）☆
A Fable（Roy A. Squires, 1964）☆
Nero: An Early Poem（Roy A. Squires, 1964）☆
The Mortuary（A Fugative Prose Poem）（Roy A. Squires, 1971）☆
Sadastor（Roy A. Squires, 1972）
From the Crypts of Memory: A Poem in Prose（Roy A. Squires, 1973）☆詩画集
Klarkash-ton and Monstro Ligriv（Gerry de la Ree, 1974）
　フィンレイの絵とスミスの詩作、エッセイを収録
Clark Ashton Smith-Poet（Gerry de la Ree, 1975）☆
Prince Alcouz and the Magician（Roy A. Squires, 1977）
The Black Book of Clark Ashton Smith（Arkham House, 1979）☆
Mother of Toads（Necronomicon Press, 1987）
The Dweller in the Gulf（Necronomicon Press, 1987）
The Monster of the Prophecy（Necronomicon Press, 1988）
Xeethra（Necronomicon Press, 1988）
The Vaults of Yoh-Vombis（Necronomicon Press, 1988）
The Witchcraft of Ulua（Necronomicon Press, 1988）
The Hashish-Eater: or, The Apocalypse of Evil（Necronomicon Press, 1989）
A Prophecy of Monsters（Necronomicon Press, 1996）
The Black Abbot of Puthuum（The RAS Press,2007）
The City of the Singing Flame（Wildside Press, 2011）

＊製作にあたり、左記のサイトを参考にした。
Internet Sci-Fi Databese（http://www.isfdb.org）
The Eldritch Dark:The Sanctum of Clark Ashton Smith（http://www.eldritchdark.com/）
Tomepage（http://www.lares.dti.ne.jp/hisadome）

なお、スミスの研究サイト"The Eldrich Dark"は、小説や詩のほとんどをはじめ、絵画、彫刻を含むスミスの作品をウェブ上に公開している。

（編集部）

【その他の著作】

Planets and Dimensions（Mirage Press, 1973）エッセイ・評論集
The Fantastic Art of Clark Ashton Smith（Mirage Press, 1973）画集
Clark Ashton Smith-Artist（Gerry de la Ree, 1975）画集
Clark Ashton Smith Letters to H.P. Lovecraft（Necronomicon Press, 1987）H・P・ラヴクラフト宛書簡集
Selected Letters of Clark Ashton Smith（Arkham House, 2003）書簡集
The Shadow of the Unattained: The Letters of George Sterling and Clark Ashton Smith（Hippocampus Press, 2005）G・スターリングとの往復書簡集

地図製作：グループSNE

本書は『魔術師の帝国』（創土社　一九七四年十一月）を分冊、再編したものの第一巻です。刊行にあたり、訳文を訂正し、「クラーク・アシュトン・スミス著作リスト」を追加しました。

（編集部）

クラーク・アシュトン・スミス Clark Ashton Smith
1893年、米国カリフォルニア州に生まれる。若くしてその詩作が注目され、18歳で詩人ジョージ・スターリングと親交をはじめ、彼を介しアンブローズ・ビアスに評価される。1922年にH・P・ラヴクラフトの知己を得、彼の勧めで「ウィアード・テールズ」誌に寄稿。29年から同誌を中心に、独自の幻想世界を描いた物語を精力的に発表。代表作に「呪われし地」(国書刊行会)などがある。1961年歿。

安田 均(やすだ ひとし)編者
1950年生。翻訳家、ゲームデザイナー、小説家、アンソロジスト。株式会社グループＳＮＥ代表。訳書にウィルヘルム「翼のジェニー」(共訳 アトリエサード)、フィルポッツ「ラベンダー・ドラゴン」、マーティン「サンドキングス」(早川書房)、プリースト「逆転世界」(東京創元社)、ワイス＆ヒックマン〈ドラゴンランス〉シリーズ(KADOKAWA)等多数。

ナイトランド叢書 2-3

魔術師の帝国《1 ゾシーク篇》

著　者　クラーク・アシュトン・スミス

編　者　安田均

訳　者　安田均・荒俣宏・鏡明

発行日　2017年2月7日

発行人　鈴木孝

発　行　有限会社アトリエサード
東京都新宿区高田馬場1-21-24-301 〒169-0075
TEL.03-5272-5037 FAX.03-5272-5038
http://www.a-third.com/ th@a-third.com
振替口座／00160-8-728019

発　売　株式会社書苑新社

印　刷　モリモト印刷株式会社

定　価　本体2200円＋税

ISBN978-4-88375-250-8 C0097 ¥2200E

www.a-third.com